U0870232

The Little French Bistro

小小法国酒馆

A Novel by

Nina George

〔德〕妮娜·乔治 著
邵文实 译

中国出版集团 现代出版社

图书在版编目（CIP）数据

小小法国酒馆 /（德）妮娜·乔治（Nina George）著；邵文实译. — 北京：现代出版社，2019.6
ISBN 978-7-5143-7741-5

Ⅰ. ①小… Ⅱ. ①妮… ②邵… Ⅲ. ①长篇小说—德国—现代 Ⅳ. ① I516.45

中国版本图书馆 CIP 数据核字（2019）第 083294 号

版权登记号 01-2019-1229
Copyright © 2010 by Nina George, originally published as *Die Mondspielerin* by Knaur Verlag, an imprint of Verlagsgruppe Droemer, Knaur, Munich, Germany. All rights reserved. No part of this book may be reproduced by any means, electronic or mechanical, or by any information storage and retrieval system, without permission in writing from the Proprietor.

小小法国酒馆

作　　者：〔德〕妮娜·乔治（Nina George）
译　　者：邵文实
选题策划：杨　静
责任编辑：杨　静　王　羽
出版发行：现代出版社
通信地址：北京市安定门外安华里 504 号
邮政编码：100011
电　　话：010-64267325　64245264（传真）
网　　址：www.1980xd.com
电子邮箱：xiandai@vip.sina.com
印　　刷：三河市宏盛印务有限公司

开　　本：880mm×1230mm　1/32
印　　张：10.125　　字　　数：194 千字
版　　次：2019 年 6 月第 1 版　　印　　次：2019 年 6 月第 1 次印刷
书　　号：ISBN 978-7-5143-7741-5
定　　价：49.80 元

版权所有，翻印必究；未经许可，不得转载

To my Chinese Readers.

Yours,

1

这是她有生以来第一个自己做出的决定，是她第一次能够决定自己的生命历程。

玛丽安决定去死。在此时此地，在这灰暗的一天结束的时候，沉入塞纳河的河底。在她巴黎之旅的途中，夜空中不见一颗星星，微茫的雾霭中，埃菲尔铁塔只是个朦胧的影子。巴黎发出咆哮之声，摩托车和汽车的轰鸣声不绝于耳，地铁列车隆隆地穿行在城市腹腔的深处。

水真凉啊，平滑如黑色的丝绸。塞纳河将把她放置在宁静的自由之床上，载着她流向大海。眼泪顺着她的脸颊扑簌簌地落下来，一串串的，咸津津的。玛丽安且笑且哭，亦喜亦悲。她从未感到如此轻松，如此自由，如此快乐。“我说了算，”她低声说，“这次我说了算。”

她脱下鞋子，这是她十五年前买的——鞋底已不得已换了很多次。她是偷偷买下的，付了正价的钱，一点折扣都没打。东窗事发时，洛塔尔劈头盖脸地责怪了她一顿，然后给了她一条裙子，好与它们搭配着穿。这条裙子是直接从工厂买来的，由于织造上的瑕疵而在价钱上打了折扣。裙子的灰色底子上布有灰色的花朵。她今天也把它穿在身上。

今天是她的末日。当她还很年轻，有大把的时间可以挥霍时，时间仿佛是无穷无尽的。一本等待书写的书——当她还是个小姑娘时，她就是这样看待自己未来的生活的。现在她年届六旬，而书页依旧空白如初。无穷无尽的时间已然成为过往，就如一个绵延漫长的白天。

她把鞋子整整齐齐地摆放在身旁的长椅上，然后，想了一想，又把它们放在了地上。她不想把长椅弄脏——一个漂亮女人的短裙上也许会沾上污点，结果面红耳赤地不知所措。她试图把结婚戒指摘下来，但没有成功，于是她把手指放进嘴里使劲地嘬着，终于使它脱落下来。手指上原来戴戒指的地方留下了一圈白色。

在与新桥（Pont Neuf）相连的街道的对面，一个无家可归的男人正睡在一条长椅上。他穿着件条纹上衣，背朝着玛丽安，这让她心怀感激。

她把戒指放在鞋子旁。一定有人会发现它，靠典当它的收益过上几天。他们可以买一条长棍面包、一瓶茴香酒、几根意大利腊肠：只此一次，吃点新鲜东西，而不是从垃圾桶里淘来的食物。也许还可以买份报纸来取暖。

“再也不用吃过期食物了。”她说。洛塔尔经常在每周的报纸插页上的特价商品旁边打钩，就像别人在想看的电视节目旁打钩一样，周六——《谁想成为百万富翁？》，周日——《真探》。对洛塔尔来说则是：周一——天使乐牌即食甜点过了其最佳食用期限。他们吃的是他标记过的东西。

玛丽安闭上眼睛。洛塔尔·梅斯曼恩，他的朋友都叫他“乐透”，是一名炮兵中士，手底下有几个大头兵。他和玛丽安居住的房子位于德国策勒（Celle）的一条死胡同里，靠着道路掉头处的那一侧有道格钩栅栏。

洛塔尔看上去比他的实际年龄要年轻。他热爱自己的工作，热爱他的汽车，热爱电视。他会坐在沙发上，面前的木咖啡桌上放着他的餐盘，左手拿着遥控器，右手拿着叉子，音量调得很高，仿佛这是炮兵军官的标配。

“够了，洛塔尔。”玛丽安小声说。她用手捂住了嘴。会不会有人无意间听到了她的话？

她解开外套的扣子。也许它能给别人提供温暖，即使她经常修补衬里，使它变成了一件全无章法的五颜六色的百衲衬里。洛塔尔在去波恩和柏林出差时，总是会带回旅馆里的小瓶洗发液和针线包。针线包里有黑色、白色和红色的线。

谁需要红线？玛丽安一面想，一面开始折叠那件浅棕色外套，她将衣边对着衣边，就像她过去折叠洛塔尔的手帕和熨烫过的毛巾那样。她成年后一次红衣服也没穿过。“妓女的颜色。”她母亲曾鄙夷地说。玛丽安十一岁时母亲曾打过她一巴掌，因为她回家时戴着条从某处拾来的红围巾。它闻起来有花朵的芳香。

那天傍晚稍早时，在蒙马特高地，玛丽安看见一个女人蹲在阴沟上。她的裙子撩到了腿上，脚上穿着双红鞋。当那个女人站起来的时候，玛丽安看到她充血的眼睛周围的妆容完全花了。“不过是个喝醉了的婊子。”旅行团中的一个人评论说。当玛丽安想要走向那女人时，洛塔尔拦住了她：“别让大家笑话你，安妮。”

洛塔尔不让她去帮助那个女人，继而将她拖进了餐馆，旅行团组织者为他们在那里预订了一张桌子。玛丽安扭过头去看那女人，直到法国导游摇着头说：“*Je connais la chanson*——老掉牙的故事，但她只能责怪她自己。”洛塔尔点点头，而玛丽安则想象着她本人蹲在阴沟里。一段时间以来，她想逃跑的欲望越来越强烈，但那件事是最后一根稻草——现在她正站在这里。

她甚至在前菜还未端上来的时候就离开了，因为她再也不能忍受一言不发地坐在那里了。洛塔尔完全没有察觉：在过去的十二个小时里，他一直沉醉于同一位来自伯道夫的快乐寡妇进行套路完全相同的对话中。无论洛塔尔说些什么，那女人都不停地尖叫道：“那太神奇了！”她的红色胸罩透过白色上衣露了出来。

玛丽安甚至没有嫉妒，只是一味地厌倦。多年来，许多女人都曾折服于洛塔尔的魅力。玛丽安离开餐馆，漫无目的地越走越远，直到她发现自己站在新桥的中央。

洛塔尔，将一切归咎于他是轻而易举的事，但事情并非那么直截了当。

“你只能怪自己，安妮。”玛丽安小声说。

她回想起四十一年前她在五月举行的婚礼。她的父亲拄着拐杖，眼看着她一连几个小时徒劳地等着自己的丈夫前来邀请她跳舞。“你很有韧性，我的女儿。”他的声音颇不自然，因癌症而虚弱不堪。她穿着单薄的白裙站在那里，冻得瑟瑟发抖，一动也不敢动。她不想让这一切变成一场梦，如果她小题大做，一切就会戛然而止。

“答应我，你要幸福。”父亲向她提出要求，而玛丽安答应了。当时她十九岁。她父亲在婚礼举行的两天后离开了人世。

那个承诺被证明是一个弥天大谎。

玛丽安抖了抖折好的上衣，把它丢到地上，用脚使劲地去踩。“我受够了！一切都结束了！结束了！”当她最后一次踩在外套上时，她觉得自己充满了勇气，但她的兴奋感来得快去得也快。她捡起外套，把它放在长椅的扶手上。

只能怪自己。

她再没什么可脱的了。她没有任何珠宝，甚至帽子。除了那只破旧的手提包，她一无所有，手提包中装着一本巴黎旅行指南、几小包盐和糖、一只发夹、她的一些证件和零钱包。她把包放在鞋子和戒指旁边。然后她开始爬上栏杆。

她先是以腹部为支撑，把另一条腿往上抬，但她差点滑了下来。她的心怦怦作响，脉搏跳得飞快，粗粝的砂岩擦伤了她的膝盖。她的脚趾找到了一条裂缝，然后她让自己使劲向上。她成功了。她坐下来，让双脚垂在防护墙的另一边。

现在她只需纵身一跃，让自己掉下去。她不可能把这事搞砸的。

玛丽安想到了位于昂弗勒（Honfleur）附近的塞纳河河口，她的尸体在漂过水闸和河岸后，就会从那里流入大海。她想象着波浪在她周围旋转，仿佛她在随着只有她和大海才能听到的曲调跳舞。昂弗勒，埃里克·萨蒂[①]出生的地方。她热爱他的音乐；她热爱各种各样的音乐。音乐就像她闭着眼睛看的电影，而萨蒂的音乐使她想起了大海，尽管她从未去过海边。

"我爱你，埃里克，我爱你。"她低声说。除了洛塔尔，她从来没有对别的男人说过这种话。他上次告诉她他爱她是什么时候？他竟对她说过这样的话吗？

玛丽安等待着恐惧来袭，但它并没有来。

死亡不是免费的。它的代价是生命。

我的命值多少钱？

一文不值。

这对魔鬼来说是个坏买卖。

他只能怪他自己。

她双手紧紧地撑在石制的防护矮墙上，向前滑去。这时，

---

① 埃里克·萨蒂（Erik Satie，1866—1925），法国先锋派作曲家和钢琴家。——译者注。

她突然想起了几个月前在垃圾堆里发现的一盆兰花，不禁犹豫了一下。她花了半年时间照顾它，给它唱歌，但现在她将永远看不到它开花了。随后，她两手一推，跳了下去。

她的一跳变成了坠落，而坠落迫使她的手臂举过了头顶。当她跌落在风中时，她想到了人寿保险，想到它不会为自杀的人做出赔付。亏损 124563 欧元。洛塔尔会发疯的。

毕竟是笔好买卖。

带着这个念头，她撞入冰冷的塞纳河中，因放弃而生出一丝快感，不过，随着她的沉没，她灰色的花裙裹住了她的头部，这时，快感变成了深深的羞耻感。她拼命地想把裙摆拉下来，免得别人看见她赤裸的双腿。但随后她放弃了，伸开双臂，张大嘴巴，让肺部灌满了河水。

2

死亡好似随波逐流。玛丽安头向后仰去。这真是太棒了。幸福并没有停止，你可以把它吞入口中。她把它咽了下去。

瞧，爸爸。我可是说话算话的。

她看到一朵兰花，一朵盛开的紫色花朵，一切都如音乐。当一个阴影向她俯下身来时，她认出了那是死神。它起初看上去就像她自己的脸，是一个长大了的女孩的脸——一个有着明亮眼睛和棕色头发的女孩。

死神的嘴很温暖。然后他的胡子扎到了她，他的嘴唇不停地压在她的唇上。玛丽安尝到了洋葱汤、红酒、香烟和肉桂的味道。死神在吸食她，他在舔她，他饿了。她挣扎着想摆脱束缚。

两只有力的手放在她的胸前。她虚弱无力地想将那些冰冷的手指推开，它们正在一点一点地剖开她的胸膛。一个吻，冷气渗进了她的喉咙。玛丽安睁大了眼睛，张大了嘴巴，吐出了又黑又脏的河水。她发出一声长长的呻吟。当她大口大口地喘气的时候，疼痛像把利剑一样刺痛着她，把她的肺撕成了碎片。怎么这么吵？一切都太吵了！

音乐在哪里？那个女孩在哪里？幸福在哪里？她把它吐掉了吗？

玛丽安瘫倒在坚硬的地上。死神在她的脸上打了一下。她一面凝望着两只像天空一样湛蓝的眼睛，一面咳嗽着，竭力想喘上气来。她无力地抬起手臂，软软地给了死神一巴掌。

死神不停地跟她说话——在把她拽着坐起来的同时，连珠炮似的问了她一连串的问题。玛丽安又打了他一巴掌。他立即予以回击，但这次没有那么生猛。不，实际上他是在抚摩她的脸颊。

她用手捂住脸。事情怎么会变成这样呢？

“怎么会？”她的声音含混而沙哑。

真冷啊，还有这闹哄哄的声音！玛丽安左看看，右看看，然后看着自己的双手，它们因为抓着湿草而变成了绿色。新桥离这里只有几码远。她躺在右岸的一顶帐篷旁边，空气中到处弥漫着巴黎的嘈杂声。她并没有死。不。她死了。她的胃疼，她的肺也疼。到处都疼，连头发都疼，它们湿漉漉、沉甸甸地垂在她的肩头。她的心，她的头，她的灵魂，她的肚子，她的脸颊——无一处不疼痛。

“没死？”她语无伦次地说，感到一阵绝望。

那个穿条纹上衣的人笑了，但随后他的笑容隐在了愤怒的乌云之后。他指着那条河，用手指敲了敲额头，又指了指他的光脚。

“为什么？”她想冲他尖叫，但她的声音瓦解成了嘶哑的耳语，“你为什么要救我？”

他把胳膊举过头顶，做了个潜水的姿势，然后指指玛丽安、塞纳河和他自己。他耸了耸肩，好像在说，我还能怎么办？

“我有……一个理由，很多理由！你没有权力偷走我的死亡。你是上帝吗？不，你不可能是，否则我就死了！”

那人的眼睛在浓黑的眉毛下盯着她，好像听明白了。他把湿衣服从头上脱下，将其拧干。

他的目光落在玛丽安左胸的胎记上，它暴露无遗，因为她裙子上的扣子都解开了。他惊讶地扬起了眉毛。惊慌失措的她用一只手去拉衣服。她终其一生都在隐藏那块丑陋的胎记——一种罕见的色素失调症，状如熊熊烈焰——藏在扣得紧紧的上衣和高高的领口下。她只在晚上去游泳，那时就没人能看见她了。她母亲称那块胎记为“女巫的标记”，洛塔尔则称之为“魔鬼的玩意儿”。他从不碰它，当他们亲热时，他总是闭着眼睛。

然后她注意到自己赤裸的双腿。她拼命地把湿淋淋的裙边往下扯，同时把扣子扣好，遮住胸部。她打掉那个男人想来扶她的手，站了起来。她把紧紧贴在身上的衣服弄平。她的头发有咸水的味道。她踉踉跄跄地向岸墙走去。太矮了。矮到她没法让自己跳下去。她会摔伤，但不会摔死。

“夫人！”那人用坚定的声音恳求道，并再次向她伸出手来。她又一次拒绝了他的手，闭上眼睛，疯狂地朝他的脸和手臂挥打着，但她的拳头都落了空。于是她用脚去踢，但他用不着后退就避开了她的踢打。旁观者肯定以为他们是正在上演一出悲喜剧的情侣。

“我的！”她一边踢一边大叫，“我的死亡是我的，不是别人的。你没有权力从我这里偷走它！”

“夫人！”他又说了一遍，用双臂环抱住玛丽安。他紧紧地搂着她，直到她停止踢打，最终筋疲力尽地靠在他的肩膀上。他用粗糙如稻草的手指把她的头发从脸上撩开。他身上有股不眠之夜和塞纳河水的味道，还有搁置在洒满温暖阳光的木架上的苹果的味道。他把她抱在怀里轻轻摇晃着。她从来没有像现在这样被如此轻柔地摇晃过。玛丽安哭了起来。她躲在这个陌生人的怀抱里，在她为自己的生命和死亡而哭泣时，他一直抱着她，

“别哭，别哭。”男人把她推开一点，抬起她的下巴说，“跟我来。”

他拉着她走着。玛丽安感到异常虚弱，粗粝的石头将她的光脚硌得生疼。那人不肯放开她的手，把她拉上通往新桥的斜坡。

他们到达桥头时，陌生人前去驱赶两个正在检查两双鞋的流浪汉：玛丽安的浅口鞋和一双不相匹配的男靴。其中一个流浪汉把玛丽安的外套抓在胸前，另一个戴羊毛帽子的流浪汉在用嘴去咬玛丽安的结婚戒指时做了个鬼脸。两人中较高

的一个拿出手机，块头较小的一个则把戒指递给了玛丽安。

现在玛丽安开始发抖。她浑身直打哆嗦，感到寒冷刺骨。她把戒指从流浪汉的手中打掉，并试图重新爬上栏杆，但三个男人不约而同地跳上前去拦住了她。玛丽安在他们的眼里看到了怜悯，还有一丝对遭到指控的恐惧。

“把手拿开！”她喊道。没有一个人松手，她只好不情愿地让他们将自己带到长椅那里。那个高个子男人把自己的厚大衣披在她的肩膀上，另一个人抓了抓帽子，然后跪下来，用上衣的袖子擦干她的脚。

她的救命恩人正在打电话。另外两个无家可归的人坐在长椅上，将玛丽安夹在中间。她想去啃指甲时，他们温柔地握住了她的手。其中一个弯下腰，把她的结婚戒指放在她的手掌心中。

她盯着那暗金色的圆箍。她已经戴了它四十一年。在结婚四十周年纪念日那天，她才把它暂时性地取下来过一次。那天，她熨好了那条灰色花裙，还照着一本三个月前的杂志编了个发髻，杂志还是她从可回收垃圾桶里捡回来的。她擦了点香奈儿香水，它是来自同一份被丢弃的杂志附赠的小样。香水有股花香，她真希望自己有条红围巾。然后，她打开一瓶香槟，等着丈夫回家。

“你以为你在干什么？”这是洛塔尔的第一个问题。

她在他面前转了个圈，递给他一杯酒。“为我们，”她说，“为四十年的婚姻。”他已经喝了一小口，然后越过她，望向那张放着打开了的酒瓶的桌子，“那是瓶价格昂贵的香槟。真的吗？”

“今天是我们的结婚纪念日。”

“那你也没有理由乱花钱。你不能就这样花掉我的钱。”

那时她还没有哭。她从来不在洛塔尔面前哭，只在他看不见的浴室中哭。

他的钱？她倒是很想自己去挣钱。她曾经工作很努力，对着上帝起誓，她工作很努力。最近她在临终安养院当志愿者。她的第一份工作是在她母亲位于温德兰的农场里干活，然后跟在祖母身边做助产士，最后是做管家，她在那里真的挣到了一小份薪水，直到洛塔尔娶了她，并禁止她去照管别人的家，因为她必须照管他的家。

她是洛塔尔的清洁工、厨子、园丁和配偶。她看护自己的母亲，母亲和他们一起生活了很多年，直到老太太在玛丽安四十二岁生日那天去世。在那之前，玛丽安几乎只在买东西时才会出门——步行，因为洛塔尔禁止她开车。她母亲有许多健康问题——她经常尿床——但她仍然每天都羞辱玛丽安，洛塔尔则越来越多地在兵营里消磨夜晚，或独自外出。他度假时会给妻子写明信片，并问老太婆好。

玛丽安扔掉了戒指。与此同时，她听到了警笛声。于是她闭上眼睛，直到那刺耳的声音穿过城市蜿蜒的街道，离她越来越近，最终停在她面前。那几个流浪汉从跳动的蓝光中隐退了，当两名医护人员和一个拎着箱子的小个子女人向他们冲过来时，那个穿条纹上衣的男人走上前去，指指玛丽安，指指塞纳河，又拍了拍自己的脑袋。

他以为我疯了，玛丽安想。

她试图挤出她向洛塔尔笑了几十年的那种微笑。“你笑起来漂亮多了。”他在他们的第一次约会后说。他是第一个说她漂亮的男人，而不去管她的胎记和其他的一切。

她没有疯，没有。她也没有死。

她望着那个未经她同意就把她从塞纳河里捞出来的人。他才是疯子。他疯狂到以为人只有活下去才能生机勃勃。

她听任医护人员把她绑在担架上。当他们把她抬起来，把她向救护车敞开的车门推去时，那个有双天蓝色眼睛的陌生人紧紧地握住了玛丽安的手。他的手令玛丽安感到温暖而熟悉。玛丽安从他那对又大又蓝的瞳仁里瞥见了自己的影子。她看到了她那双浅色的眼睛，她一直觉得它们太大了；还有她的鼻子，它太小了；她的心形脸庞，以及她的灰褐色头发。当她张开手时，手掌上躺着她的结婚戒指。

“很抱歉招来了这么多麻烦。”她说，但他摇了摇头。“*Excusez-moi.*①”她加了一句。

“*Il n'y a pas de quoi.*②”他认真地说，用手掌拍着胸口，“*Vous avez compris？*③”他问道。

---

① 法语：对不起。

② 法语：这没什么。

③ 法语：你明白吗？

玛丽安笑了。不管他说的是什么，都一定是对的。

“*Je m'appelle Eric.*[①]” 他把玛丽安的包递给医护人员。

我叫玛丽安，她想说，但又改了主意。他只要告诉他的朋友他从水里捞出了一个疯女人就够了。名字有什么用？名字毫无意义。

她伸手去拉埃里克的手。“拜托。请你留着它吧。”她说。当她把戒指还给他时，他愣愣地盯着它。救护车的门关上了。

“我恨你，埃里克。”玛丽安嘟囔着，就仿佛还能感觉到他粗糙但温柔的手指在抚摩她的脸颊。

玛丽安躺在担架上，车在行驶期间，担架的带子勒进了她的皮肤。医护人员准备了一只注射器，扎进她手臂弯曲处的一根静脉，然后取出第二个针头，把它插进她的手背，给她打点滴。

“对不起，他们不得不为了我把你叫出来，”玛丽安低声说，凝视着那位医护人员的棕色眼睛。他迅速地把目光移开了。“*Je suis allemande.*”玛丽安咕哝着说。“我是德国人”。*Allemande* 听起来像是“杏仁”(almond)。

医护人员在她身上盖了条毯子，开始口述一份报告，他的话被一个留着胡子的年轻助手记录了下来。强力镇静剂开始生效。

“我是杏仁。”玛丽安在入睡前咕哝着说。

① 法语：我叫埃里克。

3

她梦见自己坐在新桥上。她摘下一块甚至不属于她的手表，在石头上摔碎了它的玻璃罩子，把指针从表盘上扯下来扔进河里。时间再也无法阻止人的行动。一旦她跳下去，时间就将静止不动，谁也阻止不了玛丽安飞旋着扑向大海。

然而，当她跳下去的时候，她下坠得很慢，仿佛在穿过液体树脂。许多身体从水中升起，在她下降的过程中从她身边漂浮上升。她认出了那些面容，认出了其中的每一张面容。他们是她看着死去的人，是那些临终安养院的人，她在母亲死后曾去临终安养院当志愿者，没有其他人愿意前去那里，因为他们害怕受到死亡的沾染。当大限来临之时，玛丽安会握着临终者的手，在她的牵引之下，他们进入了虚空。有些人表示抗拒，绝望地呜咽着，另一些人则为死亡感到羞愧，但他们都在寻找玛丽安的目光，紧紧地盯着她，直到自己的眼睛黯淡下去。

在梦中，他们摸索着玛丽安的手。他们的声音哀哀地诉说着每一个未实现的愿望，每一步未迈出的步伐，每一句未说出口的话语。注定死亡的人都无法原谅自己的事情是自己未去做的事。临终时，大家都向玛丽安坦承了这一点：他们没有做的事，他们没敢做的事。

光线让人眩晕，当她睁开眼睛的时候，洛塔尔正站在床边。镶着金纽扣的深蓝色西装让他看上去就像刚从游艇上走下来一样。他旁边站着个穿白色衣服的女人。一个天使？

这里也吵得不行。机器在毕剥作响，人们在嗡嗡说话，不知从什么地方传来了电视机的声音。玛丽安用手捂住耳朵。

“嘿。”过了一会儿，她说。

洛塔尔转过身来看着她。她在他的眼睛里看不到自己。他走近她，弯下腰，更仔细地打量着她，仿佛他不确定自己看到了什么。

“你打的什么鬼主意？”他最终问道。

“鬼主意？”

他摇了摇头，好像完全困惑了：“这小题大做的一切。”

“我想自杀。”

“为什么？”

她应该先撒哪个谎？在什么都不正常的时候说“我没事”，或者在他应当担心时说“别担心”？

“我……我……”

“我，我，”洛塔尔咆哮道，“现在有了个很好的理由：我！”

她为什么不告诉他：我不想活下去了，我活不下去了，我宁愿死也不愿和你一起过下去了。

她又试了一次："我……我想……"她又支吾了起来。她的嘴好像被砂岩堵住了，"我想做我想做的事。"

她丈夫站直了身子。"做你想做的！啊哈。你这念头是打哪儿来的？看看你自己。"他瞥了护士一眼，她还站在那里观察着这一幕。

玛丽安感到脸红了起来。洛塔尔坐在床沿，背对着她。"电话打过来后，我立即离开了餐馆。当然，我不得不付你的饭钱。厨师根本不在乎你是不是自杀了。"

玛丽安想把床单往上拉，但她丈夫坐在床单上，她的努力都白费了。她觉得自己被人剥光了衣服。

"地铁只运行到一点。他们还说这是个全球化的城市！我不得不坐出租车，车费都够往返巴黎的汽车旅行的钱了。你知不知道？"洛塔尔大声地喘着粗气，好像就要开始尖叫了，"你知道你对我做了什么吗？你想让我们分开吗？你想让我每天晚上都开着灯，以便时时留意着你吗？"

"对不起。"玛丽安挤出一句话。

"对不起？你认为谁最不爽？当你的妻子试图自杀时，你知道别人会怎么看你吗？它会毁掉一切，一切！当你想做你想做的事情时，你没有考虑这一点？就好像你知道你想要什么似的。"

洛塔尔瞥了一眼他的劳力士手表，然后站起身："大巴六点准时出发。我受够了。”

“那个……我怎么回家？”玛丽安听到自己的声音里有哀求的语气，觉得很丢脸。她一无所有，甚至连自尊都没有。

“保险公司会赔偿你回去的旅费。一位心理学家明天会来陪你回家。我的车票只有今天走才有效。你自己一个人跳桥，我自己一个人回家，这样我们都做了自己想做的事。有异议吗？”

“能抱抱我吗？”玛丽安恳求道。她丈夫头也没回地走了。当她转过头来时，遇到了邻床上的女人的目光，她正在细细打量着她。

“他的听力不太好，”玛丽安解释说，“他只是没听见。没听见，你明白吗？”然后她把床单拉过头顶。

4

一个小时后，妮珂莱特护士扯下玛丽安的床单，把一个托盘嘭地放在床头柜上。

玛丽安没有碰那食物。它看起来像是被车撞死的动物的尸体。奶油硬得像石头，汤水稀薄，里面只有三块胡萝卜和一段葱。她把它给了邻床的女人。当那位女士想要抚摩玛丽安的胳膊作为回应时，玛丽安退缩了。

现在，她推着装有万向轮的静脉点滴架走着，一边用手把短短的病号服拉拢起来，因为它不停地分开，露出了她的屁股。每当她把光脚抬离地面时，脚底都会发出声响。她沿着走廊走着，直到来到另一条与她所在病区相垂直的走廊。藏在角落里的是有面玻璃护墙的护士室。

一台小电视机上，法国总统尼古拉·萨科齐正激动地向全国人民表达着自己的不满。一支香烟在烟灰缸里冒着烟，收音机开着，与此同时，妮珂莱特一边翻阅着杂志，一边剥去一只小玛德琳蛋糕的外包装。

玛丽安走近了些。音乐……小提琴、手风琴、单簧管、风笛。她闭上眼睛，观看着她自己的私人电影。她看到男人在与漂亮女人翩翩起舞。她看到了一张餐桌，孩子和苹果树，太阳在位于地平线的海面上闪闪发光。她看到屋顶上盖着茅草的老砂岩房子的蓝色百叶窗，还有一个小教堂。男人们把头上的帽子向后推。她不知道这是首什么歌，但她很想去演奏。手风琴奏出的乐音穿透了她的心。

她曾经拉过手风琴，先是一架小手风琴，后来，当她的手臂够长时，就有了一架全尺寸的手风琴。那是在她十五岁生日时父亲送给她的。她母亲讨厌它，她会说:“还不如学缝纫，它不那么吵。”后来有一天，洛塔尔把手风琴扔进了垃圾堆。

显示板上的一个房间号码旁的红灯闪烁了起来。妮珂莱特恼怒地抬起头，与玛丽安形成对视，随即转身离去，装出一副漠不关心的样子。玛丽安一直等到妮珂莱特看不见了才走进护士室。她饥饿难耐地伸手去拿桌上那些独立包装的玛德琳蛋糕。她这样做的时候，几乎把一块护士们用作餐垫的色彩鲜艳的方形瓷板打翻在地。听到一声关门声后，她冲过走廊，穿过另一扇标有“楼梯”的门，在把它用力关上时，几乎把输液管夹在了门缝里。

她在最下面的台阶上坐下来，如释重负地喘着粗气。只有到了这时，她才注意到自己还拿着玛德琳蛋糕，胳膊下还夹着那块瓷板。她留心听了听声音，但周围一片寂静。她把瓷板斜靠在窗户上，把蛋糕从包装纸中取出来。

原来就是这个样子的，玛丽安想。这就是身在巴黎的感觉。

她咬了一口又软又甜的蛋糕，仔细打量着那块手绘的小瓷板。船只、港口、水洗过似的宝蓝色天空的无尽光芒，艺术家在这个小小的空间里创造出了壮丽的景色。玛丽安试着去读那些船的名字：马林、日内瓦、柯卡尔，还有……玛丽安。

“玛丽安号”是一艘玲珑的红色小船，船帆松弛，船身在画面边缘微微摆动着，似乎被人遗忘了。玛丽安，它的一切是多么美啊！收音机里的音乐似乎是属于这个地方的。那么快活，那么温柔，那么阳光，那么自由。

玛丽安咬下第二口时，她哭得那么厉害，以致咳嗽起来。蛋糕屑从她嘴里喷出来，夹杂着口水和眼泪。没有做的事：这是死神一直想告诉她的。死气沉沉的时刻，玛丽安的生活完全是由死气沉沉的时刻组成的。

她盯着手里的点滴管子看了一会儿，然后把它扯了下来。手在流血。那也让我死不了，她想。再说了，我还穿着昨天的内裤，这副样子在太平间里会怎样？

她用手背擦去眼泪，眨了眨眼。在过去的几个小时里，她哭得比过去的几十年都多。不能再哭了：这什么也改变不了。

她又看了看那块上了釉的瓷板。她无法忍受“玛丽安号”那松垮的船帆。她把瓷板翻转过去。背面刻着：*Port de*

Kerdruc, Fin [1]。

玛丽安吃完了剩下的玛德琳蛋糕，仍然觉得饥肠辘辘。科德鲁克。她又把瓷板翻过来，闻了闻。它是不是闻起来……有大海的味道？

我还从未去过这么漂亮的地方。

她试着想象如果她和洛塔尔来到这样一个地方的情景。但她的脑海里只呈现出坐在客厅桌子旁的洛塔尔。她看见他在整理邻居们的旧杂志，把它们的边缘对齐。她应该感谢他给她的生活带来的秩序。死胡同尽头的房子是她的家。

她又摸了摸瓷板。洛塔尔会记得给兰花浇水吗？她淡淡地笑了笑。他当然不会。

科德鲁克。如果它是个靠海的地方，那么……

当她身后的门打开时，她吓了一跳。是妮珂莱特，她对玛丽安大发雷霆，专横地挥手要她回到楼上去。玛丽安无法直视这位护士的眼睛，她从她身边挤过去，走进明亮的走廊，丝毫不做反抗地跟着她回到自己的病房。

妮珂莱特技巧娴熟地插上新的点滴管，在玛丽安的唇间放了两片粉红色药片。玛丽安假装服从，假装用床头柜上的走味了的水把药片吞下去。她的邻床在睡觉时像只咩咩叫的小羊似的呜咽着。等妮珂莱特关了灯并关上身后的房门后，玛丽安把药吐了出来，从病号服下取出那块她一直捂在胸前

---

① 法语：科德鲁克港，费尼斯坦。

的瓷板。

科德鲁克。她抚摩着那幅画。这很荒谬，但她几乎能感觉到指尖下那柔和甘醇的空气，她颤抖起来。她站起身，缓缓走到窗前。狂风向她咆哮。雷声滚滚而来，云层分开，刹那间，一道闪电照亮了天空。开始下雨了，雨点像断了线的珠子般哗啦啦地落在窗玻璃上。月光把雨滴放大，使它们看起来像是在地上起舞一般。她跪下身。雷声震耳欲聋，听起来好像暴风雨就是在医院上空盘旋。

我的小妻子害怕暴风雨。洛塔尔会说。

她不怕暴风雨。她假装害怕是为了讨他的欢心，这样他就可以嘲弄她，从而对自己感觉良好。她曾一次又一次地让自己卷入如此愚蠢的游戏中。

她望着外面雷电交加的天空，犹豫地用双手托起自己丰满的乳房。洛塔尔是她的第一个也是唯一的男人。她以处女之身步入婚姻殿堂，之前甚至连一个吻都没有。自从她离开娘家以来，他家便一直是她的家。

我的丈夫既没有触动我的灵魂，也没有吸引我的身体。我为什么会让这种事发生？为什么？

她走到衣柜前，找到了自己的衣服。它们闻起来有些微微的咸味。她之前把裙子洗了，还设法找到点除臭剂喷在上面。现在它闻起来有玫瑰和咸水的味道。

她走向设置在房间中央的洗脸盆。难道建筑师们没有意识到，让一个女人站在屋子中间洗漱是多么愚蠢的事吗？但她还是洗了。当她感觉干净了些时，她摇摇晃晃地踮起脚，朝镜子看去。

不，这张脸没有可骄傲之处，没有端庄体面之处。

我现在的年龄比祖母去世的时候都大。我一直希望有位睿智的老妇人潜伏在我体内，耐心地等待外皮的脱落。先是她的身体，然后是她的脸。

玛丽安垂下眼睛。现在看着她的不是一个睿智的老妇，只有一个满脸皱纹的老太太，一个小老太婆，比她十四岁时高不了多少。还是和那时一样肥嘟嘟的。她苦涩地笑了笑。

祖母纳尼是名助产士，玛丽安非常崇拜她，她在 1961 年 1 月的一个寒冷的夜晚去世了。她从冯·哈格斯家回来的路上滑了一跤，掉进了沟里，当时她刚给那家人接生了一个孩子。她没有足够的力气自己爬出来，是玛丽安发现了祖母的尸体。纳尼的脸上凝固着对这件怪事的厌恶和惊讶的表情。玛丽安至今仍有种模糊的内疚感，因为那天晚上她没有像往常那样给祖母打下手接生婴儿。她在其他地方，脱不了身。

她端详着自己的五官。她看自己的时间越长，就越是呼吸困难。恐惧渗透到她的身体里，她全盘吸收了它，就像下起倾盆大雨的花园一样。

我该怎么办？

镜子里的女人没有回答。她白得像鬼一样。

5

早晨到来得很快。病人在六点后不久就被叫醒了，玛丽安穿好衣服，被带到医院一楼的一间办公室。这里看起来像是属于一个有两个孩子的医生：里面有孩子们的画、全家福照片和一幅插着大头针的法国地图。

玛丽安从椅子上站起身，用手指沿着海岸线寻找科德鲁克。她找不到叫这个名字的地方，但她的手指停在了一个缩写字上：Fin，它代表的是费尼斯坦（Finistère），法国西部的一个地区，向着大西洋一布列塔尼凸了出去。

她又坐下来，盯着鞋尖。一个小时后，心理学家出现了，他是个又高又瘦的法国人，留着卷曲的黑发，身上散发着剃须水的味道。玛丽安觉得他看上去非常紧张：他咬着下嘴唇，匆匆瞥了她一眼，避开了她凝视的目光。他快速翻阅着写字夹板上的几张纸，然后摘下眼镜，在桌旁坐下来，这才第一次专注地看着玛丽安。

“自杀不是病。”他用德语开口说。

“不是吗？”玛丽安回答。

“不是，它只是一种病态倾向的巅峰状态。这是绝望的表现——深深的绝望。”他的声音很柔和，灰色的眼睛看着她，仿佛他人生的唯一目标就是理解她。

玛丽安感到后脖颈上一阵刺痛。这很奇怪。她坐在这里，和一个男人坐在一起，他怀着一种不切实际的幻想，以为只要他看着她，像个救世主一样跟她说话，他就能理解她，帮助她。

“自杀也是可以得到认同的，它对那些一心求死的人是有意义的。想自杀并没有错。”

“这是科学证明了的吗？”她忍不住问。

心理学家定定地看着她。

“对不起。”

“你为什么要道歉？”他问。

“我……不知道。”

“你知道吗？严重抑郁的人很容易受到伤害，可他们却不断地道歉，把攻击的矛头指向自己，而不是指向挑衅者。”

玛丽安凝视着那人。他肯定有四十四五岁，她还发现了他手指上的结婚戒指。她多么愿意相信，她可以不管不顾地把一切都倾吐出来，让他安慰她，然后从他的面部表情中读出她的生活。他会给她勇气和药物，而她会治好她那愚蠢的欲望。

自杀不是病。好啊。

“你知道大多数教堂钟的钟槌都太大了吗？”她答道，“大多数敲钟人都摇得太用力，用不了几年，钟整个儿就像空的沙拉碗发出的声音。它们给磨坏了。”

“你觉得自己很像那些钟？”

“钟？”

我觉得好像从来没来过这里。

“你不想再像以前那样生活了。世上有那么多地方，你为什么要选择在巴黎自杀呢？”

看他说这话的样子。像是种谴责。没有人来巴黎是为了死亡。人人都想在这里生活和爱，我是唯一一个傻到以为可以在这里死去的人。

“它似乎很合时宜。”她最终答道。她做到了：她终于能正视自己想说出真相的迫切愿望了。

“很好。”他站了起来，“在你回家之前，我想给你做几个测试。跟我来。”他为她把门打开。

玛丽安盯着她那双灰色的鞋子，看着它们亦步亦趋地向前走着。走出房间，穿过走廊，经过一扇旋转门，进入下一个走廊，等等。

她的父亲曾是一名调钟人，直到他从一座教堂的顶梁上摔下来，几乎折断了身上的每一根骨头。玛丽安的母亲因为那次事故而怨恨了他一辈子。在那个年代，让一个女人陷入这样的困境是缺乏男子气概的。

她的父亲曾这样解释教堂钟的性质：“钟槌必须非常轻柔

地去轻吻钟，诱惑它响起，而不是强迫它。”他的性格就像这样的钟。如果有人试图强迫她的父亲做出反应，他会默默地咧嘴而笑，忍气吞声，直到他们不再管他。

她的祖母去世后，他搬出了他们共有的房子，睡在工棚里。在玛丽安嫁给洛塔尔之前，她一直是父母之间的牵线人——带着父亲的食物去车间，他在那里制作微型钟琴，以此消磨时光。玛丽安坐在他旁边的工作台上，常常能感觉到他对她的爱。当她低声坦承她梦想中的生活时，女儿的爱感动了他。前一刻她想当一名考古学家，后一刻她又想成为一名音乐教师。她还想制作儿童自行车，住在海边的房子里。父女俩都是梦想家。

“你太像你父亲了。”玛丽安的母亲曾说。

几十年来，玛丽安一想到父亲就痛苦难当。她想他，这也许是她的秘密之一。

“请等我一会儿。”心理医生说，并向另一位医生挥挥手——玛丽安认出他是头天晚上在医院里的人。他们用法语交谈着，不时地瞥一眼他们的病人。玛丽安走到窗前，转身背对着那两个人，好让她能从手提包里把那块小瓷板偷偷拿出来欣赏一番。

科德鲁克！摸着那画，她感到胸口一阵痉挛，几乎透不过气来。

自杀是有意义的。她又看了看地板。我真的不喜欢这双鞋子。

随后她想也没想地离开了。她推开最近的旋转门，发现有一段楼梯，便飞快地顺着它跑下去，在楼梯底部向右拐。她匆匆走过一条能让病人懒懒地躺在长椅上休息的走廊，在走廊的尽头，她看到一扇敞开的门，它通向外面。终于呼吸到了新鲜空气！雷雨把白日的灰尘都冲走了，空气温和而惬意。玛丽安忽略了膝盖因关节炎引起的疼痛，开始跑了起来。

她跑过鹅卵石铺成的街道，跑进一条小巷，俯冲着穿过一个门道，冲过一个院子，从另一边跑了出去，在此过程中，她的心都提到嗓子眼了。她不假思索地跑着，从街道的一边转向另一边。她不知道自己要这样跑多久，但当奔跑引起的肋部疼痛变得无法忍受时，她颓然地倒在了一个小喷泉旁。她听任泉水流过手腕，凝视着水池里自己的倒影。

人们不是说美是一种灵魂状态吗？如果灵魂得到了爱，一个女人就会变成一种奇妙的生物，不管她长得多么普通。爱情会改变女人的灵魂，于是她变得美丽，有时是短短几分钟，有时是永远。

我要是变漂亮就好了，玛丽安想。只要五分钟。我希望我爱的人也爱着我。她把一根手指浸在水里，画着圆圈。我多么想和另一个男人上床，而不是洛塔尔。我多想穿红色的衣服啊！我希望我为此而争取过。

她站起身。还不算太晚：她仍然可以做她想做的事，而她想在科德鲁克完成它。

6

玛丽安在蒙帕纳斯车站广场报亭旁的一条长椅上坐下来，盯着火车离站时刻显示板，上面显示，10 点 05 分有一趟大西洋线 8715 号高速列车开往昆佩尔（Quimper）。她因高兴和恐惧而浑身发抖。当字母开始在显示板上转动起来，宣布她的火车在第七站台时，她站起身。她的膝盖又疼起来了。

她把大部分现金都留在了售票处，仔细端详着瓷板上的画面。她的钱只能带她去奥雷（Auray）。她得想办法靠自己的力量去阿旺桥（Pont-Aven）和科德鲁克。

在沿着蜿蜒的高速列车向前走时，她环顾了一下四周。每走一步，她都有一种感觉，仿佛有什么东西在控制着她的身体，仿佛有一个外来生物决心要进入、充满她的身体，重新塑造她。一种恼怒的情结使她停住了脚步，那是什么？

她抓住门把手，试图把自己拉上陡直的台阶，进入车厢。她仍然可以爬下来，找个电话，给洛塔尔打电话，让他来接她，阻止她把计划付诸行动。但无论我去哪里，我都已经死了。

她颇为狼狈地攀上下一级台阶，找到自己靠窗的座位。她一屁股坐进去，闭上眼睛，等着火车最终驶出车站。她旁边的座位上没有人。

当她抬起眼时，看到一张微笑的脸庞。这个女人可以从失败中振作起来，至少这一点是显而易见的：她明亮的大眼睛闪闪发光。她们的目光相遇了，玛丽安连忙重新合上了眼睑。她不明白为什么那个女人要这样盯着她看。但她也想把它保存在自己的记忆中——她眼睛里微弱的光芒，淡紫色的脸颊，她头发里闪动的阳光。

三个小时后，玛丽安在奥雷下了火车，深深地、长长地吸了一口气。这里的空气比巴黎的更柔和、更清新，不那么沉闷。她决定买张地图和一瓶水，然后搭便车。不管怎样，她必须设法到达科德鲁克，哪怕是她不得不走完全程。

当她从候车楼的另一边出来时，她看到一个修女坐在阴凉处唯一的长椅上。那女人以一种奇怪的倾斜姿势坐在那里，头向后仰着。看起来就好像她已脱离凡世，前往了一个更美好的地方。玛丽安环顾四周，但没有一个人对那女人流露出哪怕是一点点的关怀。她慢慢地朝她走了过去。

“*Bonjour*？[①]”

修女一言不发，玛丽安轻轻拍了拍她的肩膀。修女发出

---

① 法语：你好。

一声响亮的鼾声，口水从她张开的嘴里流到了她的长袍上。玛丽安在她身边坐下来，拿出一张纸巾，轻轻地擦拭着修女的下巴。

“那么现在我们已经彼此认识了，接下来我们要做什么？”

修女发出轻轻的呻吟声。

“多么愉快的谈话啊！”玛丽安嘟囔着说。

修女的眼皮动了动，醒了过来。她的头机械地左右转动着，目光最终落在了玛丽安身上。

“你知道，”玛丽安撒谎说，“这种事偶尔也会发生在我身上。通常我在离开家的地方会睡得更好，你是不是会有时来车站打个盹儿？”

修女倒向一边，轻轻叹了口气，把头靠在玛丽安的肩上，又打起了瞌睡。玛丽安一动也不敢动，怕吵醒了修女，那修女每呼一口气，都会有热气进入玛丽安的耳朵里。随着太阳在天空的移动，影子也随之移动。玛丽安也闭上了眼睛。就那么坐着，让生命和阴影从她身边掠过，这样真好。

过了一阵子，一辆小面包车在车站外嘎吱嘎吱地停了下来，把玛丽安从麻木中惊醒。一个穿着法衣的男人下了车，后面跟着一、二、三、四……四个修女。他们都呆呆地望着玛丽安和那位修女，她还靠在玛丽安的肩膀上酣睡着。

“*Mon Dieu*！[①]”教士喊道。他们把玛丽安围了起来，帮

---

① 法语：上帝啊！

这两个女人站起身。

玛丽安注意到，那位修女现在看上去得到了很好的休息。那个穿白绿相间的法衣的男人向她转过身来，她礼貌地听他说话，一句话也听不懂。她屏住呼吸说："*Je suis allemande. Pardon. Au revoir.*①"

"德国人？"那位教士重复了一遍，然后咧嘴笑了起来，露出了牙齿。这些牙齿像废弃的森林墓地里的墓碑一样东倒西歪的。"啊！德国人！足球！巴拉克！*Tu connais Ballack*？②施魏因施泰格！"他举起双手，好似在扑球。

"巴拉克！"他又说了一遍，假装在踢什么东西。

"是的，巴拉克。"玛丽安有些愠怒地重复了一遍，但她还是像他那样举起了握紧的拳头，敷衍地笑了笑。教士报以满面笑容，而修女们则开始领着玛丽安和她们仍然有些晕头转向的姐妹走向面包车。

"不，不，不，"玛丽安急忙说，"我们要在这里分手了。你们与上帝同行，我去……哦，算了吧。*Au revoir*，*au revoir.*③"她最后一次挥手，打算离开。

一个年轻的修女拉了拉她的袖子。"他们叫我克拉拉。我的祖母是德国人。你明白我说的话吗？"

玛丽安点了点头。

---

① 法语：我是德国人。抱歉。再见。

② 法语：你知道巴拉克吗？

③ 法语：再见，再见。

“我们想向你致谢，”修女解释说，“请和我们一起去修道院吧。”

玛丽安注意到其他修女在偷偷地看她，还咯咯地笑着。

“但是……我必须继续赶路。我想今天赶到科德鲁克。”玛丽安说。她拿出地图，在位于阿旺河口的小村子上点了点。

“*Pas de problème*！[1]许多游客参观修道院，他们的大巴会带他们去许多其他地方，包括这里，”克拉拉指着科德鲁克北面的阿旺桥镇说，“保罗·高更曾住在那里。许多画家。”

其他修女已经坐进面包车里了。玛丽安犹豫了一会儿，但也许和修女们同行总比站在路边搭便车好。她坐了进去。

面包车里，一位老修女从一张破旧的皮革软垫座椅上探过身来。“*Merci.*[2]”她说，掐了掐玛丽安的胳膊。克拉拉在座位上转过身来，看着玛丽安，“多米尼克……生病了。她昨天从修道院里失踪了，她一个人是活不下去的。她不知道自己是谁，在哪里，或者怎么回家。*Vous avez compris*，*madame*？[3]感谢你的帮助，现在一切都好了，对吧？”

玛丽安猜想多米尼克可能患有老年痴呆症。

克拉拉又转过身来：“你叫什么名字？”

“我叫——”

---

① 法语：没问题。

② 法语：谢谢。

③ 法语：你明白吗，夫人？

"*Je m'appelle*……[①]" 修女温和地纠正她。

"*Je m'appelle Marianne.*[②]"

"玛丽安妮？！ *Nous sommes du couvent de Sainte-Anne-d'Auray*！[③] 哦，上帝的举动太神秘了！" 修女在胸前画了个十字。

"怎么了？" 玛丽安惊恐地问，但修女兴高采烈地宣布："你的名字和我们修道院的名字一样！玛丽和安妮。我们向圣母马利亚的母亲圣安妮祈祷。我们是圣安妮的女儿，对我们来说，安妮是所有女性圣洁的源泉。你是上天派来的，玛丽安妮！"

而我就要回去了，亲爱的，玛丽安想。哦，不，我要去的是另一个地方。

"*Voilà*！[④]" 教士从前面喊道，"圣安妮－德·奥雷！"

他没有必要再补充什么：眼前的景象说明了一切。他们前面是个宽阔的广场，两旁是高耸的树篱、灌木丛和盛开的绣球花。在蔚蓝的天空的映衬下，一座宏伟的大教堂轮廓分明地矗立在那里。树上的红叶摇曳着，玛丽安看到了喷泉，瞥见了一座有台阶的桥，这让她想起了邻居格蕾特·科斯特送给她的威尼斯里亚托桥的一些照片。格蕾特是少数几个从未

---

① 法语：我叫……

② 法语：我叫玛丽安。

③ 法语：我们是圣安妮－德·奥雷修道院！

④ 法语：瞧！

拜倒在洛塔尔魅力之下的女人之一。

“圣斯卡拉剧院，”克拉拉指指点点地说，“礼堂，纪念碑，教堂。”

面包车穿过一道门，驶向一幢三层高的普通建筑物。圣安妮修道院。克拉拉和教士巴拉克（这是玛丽安给那位教士起的绰号）带着她去客厅，为她送来了薄荷茶，然后急忙去做 *messe des pélerins*——朝圣者弥撒，克拉拉赶紧解释道。

玛丽安走进女修道院简朴的中央庭院，在此遇到了一位教士，他看起来比巴拉克更庄重些。他张开双臂：“*Ich bin Pater Andreas. Willkommen.*[①] 我在海德堡学了一个学期的神学。”他补充道，注意到玛丽安对他的德语水平的吃惊反应。“我谨以整个修道院的名义感谢你对我们社区的一名成员给予如此周到的照顾。据我所知，由于法国运输公司服务上的失误，你今后的旅行也许面临危险。”

“是的，你可以这么说。”她说，对他的正式语气有点吃惊。

“我可以询问一下你旅行的目的地和去那儿的目的吗？”

“科德鲁克。我想……我有……”

“你是去拜访朋友吗？或者你住在那里？”

玛丽安没想过要为这种问题找借口。她要去科德鲁克，因为她想在那里结束这一切。

“请你一定要原谅我——太不礼貌了。你的下一段旅程是

---

① 德语：我是安德鲁神父。欢迎。

你的事，不是我的事。如果你能留下来在这儿住一晚上，我将很高兴。修道院的饭菜美味可口，我们还为朝圣者和客人提供住宿。你很可能是救了多米尼克修女的命，但你赢得的不是我对你的感激，而是法国教会的感激。”

你是说教皇并不在乎？

“我想继续我的旅程。”玛丽安说。

那位教士想了想：“你可以在修道院的车道尽头找到公共停车场。代我向那里的一位长途汽车司机致意，并请他送你一程！再见，夫人。”他伸出手去祝福她，然后大步流星地走向圣安妮教堂。

“谢谢。”玛丽安咕哝着说。

当十一点的钟声敲响时，她想起了父亲。突然，她清楚地意识到，她想站在他身边的愿望阻止了她去反抗母亲的道德谴责。她不想用自己的抗议来破坏他的逆来顺受。

她缓步穿过修道院的院子，沉浸在对父亲的回忆中。他们有那么多的共同之处，他们是多么相似啊！他们都热爱大自然和音乐，还经常编故事给对方听。

她听见一只迷失在绣球花中的蜜蜂的嗡嗡声。她转过灰色建筑的拐角，经过砂岩教堂，又惊又喜地屏住了呼吸。花园真漂亮啊！巨大的松树、紫丁香、竹林、棕榈树，玫瑰。一处满目鲜花的秘密花园。她来到花园高高的围墙后的一条石凳前。这里是多么美丽，多么宁静。她呼出一口气，片刻间，她觉得自己可能会永远待在这里。

哦，洛塔尔。顿悟感像火车一样撞击了她：正是那种未得到满足的想要与人分享的渴望吞噬了她。她与丈夫没什么共同语言，既没有相同的愿望，也没有相同的梦想。重要的只有他的欲望。

她头顶的上方，在好几英里的高空，飘浮着一片纤美的、几近隐形的云朵，在湛蓝的天空的映衬下，仿佛只是一痕白色的泡沫。

“积云是天堂里的舞者，”玛丽安听见父亲说，“他们的兄弟层积云是天空的电梯。他俩都不喜欢雨层云，那又大又胖的破碎机。他几乎一动不动，只会乱发脾气。”她父亲停下来想了想，然后说，“就像你妈妈一样！”玛丽安笑了，但事后她感到非常内疚。临终安养院幼儿园的孩子们因那个比较而咯咯直笑，跟着玛丽安走出去，在天空中搜寻电梯和跳舞的云。

暖洋洋的天气使她的膝盖感觉好了一些，灼烧感现在正在消退。她脱下鞋子，赤脚走过那柔软湿润的草地。

一个小时过去了，她觉得也许自己真的可以永远待在这里，数着云朵和草茎，但取而代之的是，她叹了口气，穿上鞋子。她走进芳香四溢的花园深处，直至来到了一个白墙环绕的小墓地。小路和坟墓等一切都被白色的沙粒所覆盖，如同闪闪发光的床单，坟堆看起来好似鼓鼓囊囊的羽绒被。每一张白色的沙床上都盛开着一丛芬芳的红玫瑰。墓地布置得多漂亮啊！就好像修女们让她们的姐妹上床睡觉一样。她们只是睡着了。她们在做梦，而她们的梦就像玫瑰花瓣一样甜美。

玛丽安在一条饱受风霜侵蚀的石椅上坐下来。

我做梦的地方在哪里？哪一个缝隙有可能是我的，那只有我才能填补的缝隙？我一个孩子也未生过，因为我没在对的地方。所有失踪的爱意。所有缺席的欢笑。有太多的事情我还没有做，现在已经太迟了。

她抬起头，发现克拉拉站在墓地门口。那个年轻的修女慢慢地向她走来。

"我可以坐吗？"她问，等到玛丽安点头示意，这才挨着她在长椅上坐下来。克拉拉双手交叉着放在膝盖上，像玛丽安一样，凝视着那些白色的沙坟。

"你的旅程很艰难。"这不是一个问题，这是一个声明。玛丽安目不斜视地盯着自己的指甲。

"你认为死亡是一切的终结吗，玛丽-安妮？"

"我希望如此。"玛丽安小声说。

"在此处，布列塔尼海岸，我们有着不同的看法。死亡不是即将来临的东西，而是环绕在我们身边的东西。这里。"克拉拉指了指天空，"那里。"她指了指树。然后她弯下腰，捧起一小捧白色的沙粒。"死亡就像这东西。"她让沙子从左手流入右手，"一个生命走进去，在死亡中暂作休息。"现在她又让沙子从右手流到地上，"另一个生命诞生了。这构成了一段旅程，对吧？像流水一样。*moulin* 里的水。磨坊里的水。

死亡就是那短暂的休止。”

“我记得，有人在教堂里给我讲述了一个不同的故事。”玛丽安说。

“布列塔尼比教堂还要古老。这里是阿莫里凯(Armorica)!这里是陆地与海洋交汇的地方；这里是世界的尽头，像死亡本身一样古老。”

玛丽安抬眼看了看天空：“所以没有地狱，天上也没有天堂？”

“在这里，我们赋予了恐惧、生活、死亡以很多不同的名称。有时是同一个词。有时候，天和地是一回事。地狱和天堂也一样。我们阅读土地，从中我们看到，万物皆是平等的。死亡，生命。我们只是处于两者之间的旅途上。”

“土地告诉你这旅途的目的地了吗？如同一本旅行指南？”

克拉拉没有笑：“嘘。当土地对你说话时，你必须倾听。石头会说起经过其身边时哭泣的灵魂，小草悄声讲述着在它上面行走的人们的故事，风给你带来了你所爱的人的声音，大海知道每一个死者的名字。”

玛丽安想知道，有一天，她脚下的沙子会不会说：“玛丽安曾来过这儿，不久后她就死了。”

“我怕死。”她低声说。

“别害怕，”克拉拉说，她的声音充满了同情，“别害怕！*L'autre monde*——另一个世界，是的，就像这个世界。它就在我们的世界中间，看起来完全一样；只是我们看不见在里面行走的人。远处有仙女，还有巫师、神明、恶魔和考里根（*korrigans*）——侏儒怪。还有那些已经不在我们身边的死者。然而，他们确实……在这里，也许就在我们旁边的长椅上。我们所有的姐妹……”克拉拉指着坟墓说，“我们所有的姐妹都在这里，可以看到我们。但我们看不到她们。请别害怕。”

玛丽安抬起眼睛。没有鬼魂，只有玫瑰。

“我不得不继续旅行。我必须完成我的旅程。”她上气不接下气地说。她从克拉拉的手里轻轻抽出自己的手，然后走开了，每走一步，脚下的沙粒都发出嘎吱嘎吱的声音。她找到了一扇通向修道院花园外的小门，从那里挤了过去。

7

玛丽安看着一群游客在比萨店旁边的宗教纪念品店里闲逛时，闻到了新鲜出炉的比萨那令人垂涎欲滴的香味。当这群人从她身边经过时，导游转过身来对她说：“*Allez*，*allez*！[①]快点，别落太远了，夫人！*Salida*！[②]”玛丽安环顾四周，但那女人确实在跟她说话。“如果我们想在大白天参观阿旺桥，就得赶快走了！”

阿旺桥！玛丽安清了清嗓子。“当然！就来。”她说，在上车时把脸遮了起来。她的心都快跳出嗓子眼了：很快就会有人把她的面具揭下来。

当汽车驶上大路时，玛丽安连忙在一对穿着窸窣作响的红色情侣外套的夫妇身后坐下来。她在旁边的座位上发现了一本小册子，于是把它举起来，遮住了脸。*Dolmen et Degustation*，翻译过来的意思是“石头和烤饼”。这个项目包

---

① 法语：加把劲儿，加油。

② 西班牙语：走啦。

括参观位于阿旺桥的潘文饼干工厂；在此之前，他们要去参观卡纳克巨石群（Carnac stones），在贝隆（Belon）品尝牡蛎。

玛丽安打开地图。卡纳克至少在海岸上，因此方向并不完全错误。她试图让自己隐形。她觉得自己就像个逃票者——这正是她的身份。

这辆深红色的汽车开了半小时后，在一片遍地石头的田野前刹住了车。"卡纳克附近的梅内克石群（The M é nec alignments），"坐在前排座位上的女士大声读着自己的旅行指南，"迄今已有八千年的历史，也许还要古老。无论如何，当凯尔特人从黑暗之地（Dark Land）来到这里时，这些石头就已经立在这里了。传说这是一支敌军，阿莫里凯的仙女们把这些战士变成了石头。"

玛丽安盯着那些花岗岩石的奇怪鼻子，仿佛被催眠了似的。她想，有些人骨子里就是这样的。布列塔尼花岗岩造就了这里的人。

汽车驶离石头军队，向洛里昂（Lorient）开去。它上了高速公路，从朗布依埃（Quimperle）出口驶出，然后向贝隆河（Riec-sur-Belon）驶去。玛丽安再次打开地图。一块舌状陆地把贝隆河和阿旺河分隔开来。科德鲁克就位于逐渐变宽的阿旺河上，在那之后，两条河流在马奈克港（Port Manec'h）共同汇入了大西洋。

她把那块瓷板从上衣中掏出来。拜托，她想，拜托让它有这一半美吧。

汽车现在正沿着一条蜿蜒的道路行驶，道路上方是由从爬满常春藤的树上垂下来的深绿色枝叶构成的顶盖。它的路线越绕越深入，穿过成排的树木和成块的田野，随处可见花岗岩的房子，房子上有五颜六色的百叶窗，房子外还有粉色和蓝色的绣球花。汽车最后停在了一条两边植有树木的下坡路上。在这条小路的尽头，玛丽安看到的是一幢庄园住宅的正面，再过去则是河流和船只。

“这是贝隆城堡（Château de Belon），是自 1864 年以来在牡蛎界最著名的名字！”导游解释道。

玛丽安溜到人群的后部。在她的右侧，长木桌立在绿树成荫、绿草丰茂的台地上，从这里可以看到树木繁茂的河湾处的壮丽景色。在最后一个拐弯处，她看到了……大海！它闪闪发亮，波浪上有点点的星光在跳跃起舞。它真是光彩夺目。

两个戴着围裙的金发男子在等候客人们的到来，第三个人站在他们旁边。他戴着耳环和皮手镯，穿着机车靴。他把一个像巨大的开罐器的东西插进一只扁平的牡蛎里，手腕一扭，便把它分成了两半。他把它举到嘴边，转身对两边的人说：“*C’est bon.*①” 随后，他开始从一只灰色板条箱里挑出更

① 法语：真好。

多的牡蛎，把两只放在一起敲了敲，好像在听什么声音似的，然后把它们扔进一只用硬纸板编成的篮子里，篮子中衬以闪闪发光的湿海藻，看起来就像鲜嫩的菠菜叶。

导游大谈特谈牡蛎，但玛丽安只是心不在焉地听着。越过河流眺望大海和海上那轻轻摇动的船只简直太迷人了。她断断续续地听到了些关于小幼体和水下托儿所的解释。

“*Des plates ou des creuses*？[①]”她身后有个声音说。是那个穿机车靴的人。他一边说着，一边先打开了一只又圆又滑的牡蛎，然后又打开了一只长牡蛎，它的外壳粗糙，上面嵌着些藤壶。这番举动制造出了一种类似于树枝断裂的声音。他把那只较圆较扁的牡蛎递给玛丽安。“*Calibre numéro un*，*madame*！[②]”

她朝牡蛎壳中望去，手颤抖不已。她又抬头看了看那个年轻人。虽然他很有魅力，但他对此似乎不太肯定。深蓝色的眼睛闪烁着温柔和渴望的光芒。他的目光诉说着许多未得到满足的夜晚。

我不敢。她一辈子都没吃过牡蛎。她再次遇到了那个男人的目光，注意到他性感的嘴唇上挂着一丝微笑。继续，他点了点头，以示鼓励。

玛丽安模仿着她见他做过的动作，把牡蛎举到嘴边，将头往后一仰，咂着嘴吃起来。她觉察到了海水的微妙味道，

① 法语：圆的还是长的？

② 法语：这个口径最大，夫人！

她尝到一种坚果的味道，还有某种很像贝类的味道，她的鼻窦中充满了浓郁的香气，那是当她看到大海时，她想象中的味道，而与大海相关联的，是浪花、波涛、激浪、水母、海盐、珊瑚和大量的鱼、广阔的地平线和无边无际的感觉。

"海。"她若有所思地说。人可以靠海吃海！

"吖。*Ar Mor*——海。"他声音沙哑地笑着说。他用牡蛎刀刮下剩余的灰色肌肉，又把牡蛎壳递给她。

Ar Mor。每只牡蛎都像大海，年轻人想。同一个大海，宽广而自由，狂野或温柔，精致的蓝与黑，在我们每个人的内心激荡不已。牡蛎不仅仅是一种美味。它掌握着通向我们内心最深处的海洋梦想的钥匙。那些不愿投入大海怀抱的人，那些害怕它宽广的地平线、它的深度、它的热情和它的变幻莫测的人，绝不会喜欢牡蛎。他们只会感到厌恶，就像他们厌恶爱情、激情、生命、死亡，以及大海所代表的一切。

"*Merci.*[①]"玛丽安说。当他伸手去拿她手中的牡蛎壳时，他们的指尖碰触了一下。

你应该是我的儿子，玛丽安突然想。我希望有一个像你这样的儿子。我想和你一边听歌剧一边跳舞。我会给你爱，好让你也能够去爱。

玛丽安坐在俯瞰海湾的山毛榉树下，一个接一个地吃着牡蛎，喝着杯麝香白葡萄酒，不远处就是大海。这时，她的

---

① 法语：谢谢。

思绪转向了死亡。真的像克拉拉所说的那样，其实有关它的一切都不是绝对的？它是不是就像这一边的世界，只是有更多的精灵和恶魔？

一只麻雀落在她的桌子上，叼走了她的黄油。

8

汽车越接近阿旺桥，玛丽安便越希望它放慢速度。她担心自己会情不自禁地跑到最近的电话亭，恳求洛塔尔来接她。她对自己保持自由的信心不是那么有把握。

当汽车在饼干厂外停下时，她悄悄地溜走了。她走过阿旺桥，并未完全注意到它是多么迷人：一个由画廊、咸味煎饼（crêperies）和一定是在18世纪建造的房屋组成的村庄。在这里，过去是现在的基础。她顺着穿过村庄的蜿蜒河流走着，直到经过含羞草酒店（Hôtel Les Mimosas），来到一块林地，这里紧挨着据她所知的艺术家们的天堂——瓷板上描绘的世界。

一个小指示牌告诉她，从这里到科德鲁克有四英里。又是一个七千码，也许要走一万两千步。那不算什么。

玛丽安在她的家乡策勒经常走路。她觉得自己就像一只不停地飞翔的鸟儿，在这儿捡点麦穗，在那里吃点东西。洛塔尔从来不让她开车。“没有足够的驾驶练习，”他简单地说，

“而且，反正你也找不到停车位。”

他从不去购物，现在他可能会在超市过道里迷路，她想——一个军士长在罐头盒、卫生棉条和茶袋之间茫然而行。她本能地用手捂住了嘴，这已经不是第一次了。她的想法可真够坏的。

空气中弥漫着淤泥和温暖的林地植被的味道。她的鼻子闻到了蘑菇的清香。也许她能在日落前赶到海边，然后与太阳一起沉入海床？她能听到的只有昆虫的嗡嗡声、雀鸟的啾啾声、一种隐隐约约的噼啪声和树叶的沙沙声。什么也没有。在沿阿旺河曲折延伸的林间小路上，她的脚步声是唯一的人声，那条小路现在已经缩窄到只有一个人的肩膀那么宽了，就像通往一个陌生房间的不断延伸的走廊。随处可见盛开的“狐狸手套”，也就是洋地黄——一种可以让你心跳停止的植物。

玛丽安想，也许她应该简单点，嚼点那东西就行，但随即突然想到，当地的孩子可能会来这里玩。无论哪一个孩子都不应该在灌木丛中发现尸体。她经过了一些高大的老树，它们只让一点带有绿色光斑的、朦朦胧胧的日光透进了小路。在一段缓坡之后，她来到一条狭窄的路上，这条路通向一座笔直的石桥，石桥横跨在干涸的河床上，桥的中间立着幢没有窗户的房子。一座 *moulin à marée*——潮汐磨坊。

开始下雨了，尽管太阳依旧光芒四射，河水令空气闪闪发亮。她想象着这金色的微光是把此处与彼地隔离开来的纱幕。在桥的中央，她举起手，把它推过那道纱幕。雨很轻柔，很暖和。她想象着仙女和巨人正在这座桥上从她身边走过，嘲笑她竟然把手伸入了阴间。

她以前不知道世界会如此令人沉醉，又如此狂野不羁。没有高楼大厦。没有现代建筑。没有高速公路。只有鸟儿在棕榈树上筑巢，紫藤、牡丹和含羞草在岩石上蔓生。在金灿灿的大雨之外，还有天空、石头和其他的世界。

玛丽安想，这样的土地会塑造人，而不是相反。它必定使他们自骄自傲且固执倔强，热情洋溢却内敛克制。它会把他们塑造成石头和树干的样子。

她跑了起来，那荒寂的土地拉拽着她的肢体。她似乎听到了从树林深处传来的低语；她想起了克拉拉，想到她曾说过，这片土地只会向那些愿意倾听的人讲述它的故事。她竖起耳朵，但是她不明白风、草、树和花岗岩说了些什么。

当她从树林里出来时，雨停了，小路尽头是一个脏兮兮的玻璃回收容器，它位于一个铺着碎石的小停车场里。她环顾四周。一条没有中心线的路。金色的田野。在她的左边出现了一个村庄。

新鲜的空气和长途跋涉使她感觉麻木。一阵上行的微风吹来，带着雷暴即将来临时的带有磁力的尘土的气味。玛丽安的膝盖在抽搐。她走过五颜六色的绣球花。她不理会它们，就像她不理会 *chaumières*，即装有色彩明艳的百叶窗的布列塔尼砂岩别墅，以及它们种植着正处于开花时节的无花果树、夹竹桃和在风中飒飒作响的莎草的花园。

她的全部注意力都集中在那条狭窄的乡村小路上。

在一座小山顶上，她向左拐，绕过一栋三层的白色屋子。突然，在6月的一个平静的星期天，她抵达了科德鲁克港。

9

科德鲁克港有座呈直角伸入阿旺河的栈桥，一直延伸至沿着河岸逆流而建的埠头。在埠头边，划艇像餐具抽屉里的明晃晃的勺子似的互相依偎着。茅草盖顶的农舍坐落在通往河边的斜坡上，如同位于绿油油的松树和草甸之间的白色花朵。数十艘摩托艇和游艇停泊着，系在位于红色浮标间的锚索之上，好似一条手工打造的项链上的白色月光石，在阿旺河的河口摇摆个不停，在与河流中的淡水初相混合的咸潮上轻歌曼舞。在水与天、蓝色与金色、平静的树林与崎岖的峭壁相遇的地方，大海出现了。

位于那幢三层白屋的底层的餐馆名为“阿尔莫尔”(Ar Mor)，它引以为傲的是一个木质露台、一顶红白相间的遮阳棚和一扇蓝色的木门。隔壁的阿尔莫尔客栈（Auberge d’Ar Mor）是座风格浪漫、饱经风霜的花岗岩建筑，入口处长满了纷披的攀缘植物，周遭是褪了色的绣球花。

在阿旺河的对岸，即左岸，是另一个微型港口，它有个很短的埠头，一些渔船停靠在那里，还有一个带绿色遮阳棚的酒吧。

举目四望，不见一个人。只有潮汐和洋流相吻时发出的汩汩声、桅杆钢缆发出的参差的拍击声和一个女人的细微的哭泣声。那个女人就是玛丽安。她哭泣着，却无法转移自己的视线，因为在她面前展开的科德鲁克的景色实在是美得令人难以忍受。与这里相比，她在过去六十年里去过的每一个地方都突然变得苍白起来。

归家的感觉越来越强烈。她闻到了带着咸味的、清新的水的味道，空气像玻璃般清澈，河面上仿佛铺着以金色和蓝色丝绸织就的闪闪发亮的地毯。这美丽景色的光辉残酷地照亮了每一丝过往的恐惧、每一次隐忍的侮辱、每一句无言的反驳、每一种拒绝的姿态。玛丽安悲恸欲绝，她那无边无际的悲伤使她为生命中的每一个怯懦时刻倍感悔恨。

一只猫从树上跳下来，坐在她身后。那令她浑身颤抖的抽泣依旧没有止住，猫儿站起身，围着她踱来踱去，然后在她的对面坐下来，凝视着她。

“干吗？”玛丽安擦去脸上的泪水，大声地叫道。

猫儿朝她走了三步，用头去碰她的手。它使劲地在她的手掌上蹭来蹭去，发出深长而响亮的咕噜声；玛丽安在猫的下巴底下搔了搔。

树影和房屋的影子变长了，当科德鲁克沉入黑暗时，那柔滑的河水反而变得前所未有地明亮。

玛丽安在心里快速地盘算了一下她还剩下多少钱。它也许够她打车去海边，或是买顿饭和一杯饮料，但不够她住一间房。她深深地吐了口气：这是漫长的一天。

一声炸雷突地响彻天际。那只猫受到了惊吓，从她手中挣脱开去，跳着跑开了。不久，第一波针脚般的雨点开始使黑色沥青路面的颜色变得更深了。钢缆的拍击声越来越响，雨水散乱地溅入浮沫荡漾的波涛，使得河水变成了灰色，也不再平静。埠头边的船只像瑟瑟发抖的羊群般挤在一起。一个船舱的门被风吹得嘎嘎作响，发出猛烈的开合声。

玛丽安跑向港口管理人的办公室，使劲儿去拉门，门是锁着的。她冲向餐馆，也是锁着的。她使劲儿地敲打着它。现在，雨还会从下往上下：雨点打在地面上的力量是如此之大，以致又从地面反弹了起来。雨水顺着玛丽安的脖子向下流，流到了她的袖子里，浸透了她的鞋子。她拿外衣罩在头上，沿着埠头往回跑。

那只猫朝着埠头飞奔。它好似要往河里跳，玛丽安瞬时追了上去。“别跳！”她惊恐地叫道。这时，猫攒身一跃，落在了停靠在埠头边的最后一条船上。玛丽安设法跟着它爬过摇晃的船舷。她滑倒在潮湿的地板上，抓住门，挤进船舱，走下台阶，“砰”的一声关上了门。

雨声随即减小成为细流的涓涓声，从船身下面传来了一阵呻吟声和呢喃声。

那只猫正坐在一个铺位上。玛丽安着手脱去湿透了的衣服。她在船舱中兼做淋浴房和厕所的小浴室里洗净了衣服。然后，她用猫旁边的毯子裹住自己，拉上窗帘。她蜷起身子取暖，猫则爬进了她两臂之间的空隙，冲着她的喉咙发出咕噜咕噜的声音。船的颠簸摇摆、雨的噼啪作响和黑沉沉的铺位使她的神经平静下来。我要休息一会儿，玛丽安想，只一会儿。

她梦见了布列塔尼的卡纳克巨石群。每块石头上都有洛塔尔惊讶的面容。只有玛丽安能把他解救出来，她费了好大劲儿寻找着最漂亮的洛塔尔石，随后决定，她宁愿坐着牡蛎壳飞走。牡蛎热乎乎的，她在云上航行。下面的海是绿色的，波浪上闪烁着微光。

光线让玛丽安醒了过来，过了好一会儿，她才弄明白自己在什么地方。通过舷窗照射进来的明亮日光告诉她，她睡觉的时间超出了预期。她用毯子紧紧地裹住赤裸的身体，小心翼翼地打开船舱的门——然后进入了一个梦境。

她独自一人在一条白色的小船上，周围只有水。

10

突然的一声喊叫吓了她一跳。在离船大约六十英尺的地方，有个人正在海浪中游泳——一个满头白发的男人，留着八字胡，眼睛又大又黑。

有那么几秒钟的时间，玛丽安挥动着胳膊，拼命地想保持平衡，但最后还是气喘吁吁地跌出了船外。她像岩石一样沉到了水下。当第一口水顺着她的喉咙往下流时，她睁大了眼睛。

不！不！

她的两脚连蹬带踢，那条打结的毯子从她身上松了下来，漂走了。她做出最后一搏，让自己冲出水面，深吸了一口气。

“救命！”她悲号一声，而一个咸咸的浪头扼住了她的喉咙。

“夫人！”那个男人喊道。她惊慌失措地向他猛扑过去，抓住了他的一个敏感之处。他大叫一声，向下沉去。

“对不起。”玛丽安大声嚷道，一边摸索着船梯。那个男人又出现在她身边。玛丽安爬上梯子，羞惭地用双手护住自己的裸身，然后跑进船舱，把自己锁在了里面。

西蒙蒙住了。他的船上有个女人？一个裸体女人？他继续踩着水。

“你好，”他说，“你还在那儿吗？我会数到十再上来。如果到那时你还没穿好衣服……好吧，我快七十岁了，我需要眼镜，所以你不用害怕。”

他认定自己一定还宿醉未醒。他今天早上没检查船舱就把船开出去了。他想喝杯里面加了点卡尔瓦酒的浓咖啡。克服宿醉的最好方法是第二天早上喝下头天晚上的残酒。他想着那个神秘的女人。她的眼睛能使男人目瞪口呆——那双明亮的眼睛有着春天苹果树上嫩绿的新芽的色彩。那女孩实际并不年轻了，但不知怎的，她仍是个女孩。看她脸上那震惊的表情！

这位上了年纪的渔夫顺着涌动的海浪前游，而不是试图逆流而上。水很冷——有十四五摄氏度——但他摊开四肢，让冰冷的水流过全身。

好了些。好多了。

他毅然决然地爬上梯子，迅速穿上裤子，将褪色的蓝衬衫套在晒黑的身体上，老练地拔锚起航。

玛丽安透过舷窗观察着他。那个白发老人在水里喊了些什么，她一句也没听懂。他说的语言中充满了喉音，她以前从未听过这种语言。一定是布列塔尼语。

她感觉到了脚下轮船引擎的嗡嗡声。接下来他会干什么？她浑身颤抖地穿上衣服。她一手拿起自己的包，一手拿着把面包刀，打开了舱门。

“*Bonjour, monsieur.*①”她尽量让自己的声音显得有尊严。

西蒙没有理睬她，直到他们驶出了油轮来来往往的海上通道。当他的船到达了他常去的地点［从那里可以看到整个格雷南群岛（Glénan archipelago）的景色］，他这才将引擎的速度减慢下来，仔细打量起这个奇怪的女人。看到那把滑稽的小刀，他忍不住呵呵地笑了起来。他拧开保温瓶，把咖啡和卡尔瓦酒倒进杯子，递给她。

“谢谢。”玛丽安说，大大地喝了一口，变得有些兴奋。她没有意识到酒精的作用，开始语无伦次起来。

“*Petra zo ganeoc'h*？”西蒙又试了一次，“你需要什么吗？”

“我是德国人，”玛丽安结结巴巴地说，还打了个小嗝，“还有……我叫玛丽安。”

他快速地握了握她的手：“我是布列塔尼人。名叫西蒙。”他又发动了引擎。

幸亏他们把事情搞清楚了，他一面想，一面宽慰地叹

---

① 法语：你好，先生。

了口气。他来自布列塔尼，她来自德国——*un point*，*c'est tout*。[①]

玛丽安凝视着小船周围波涛起伏的水面。黑色和蓝绿色，浅绿色和海军蓝。克拉拉是对的：如果你把眼睛眯起来，一切都浑然一体。对克拉拉来说，它就是天堂和人间；对玛丽安来说，它是天空与地平线上的海水相遇的地方，也是他们正以越来越快的速度驶向那里的地方。

在那下面，她想。那是我想去的地方。我为什么没那么做？我是懦弱吗，还是不够勇敢？

她被自己弄糊涂了。她瞥了西蒙一眼，脸上流露出焦虑和怀疑的神情。

渔夫想知道这个女人在害怕什么。她一直保持着警惕，仿佛在等着被人打上一拳，但与此同时，她又如饥似渴地凝望着自己周围的辽阔环境。没事的，女孩儿。不必怕我。西蒙喜欢和他一样热爱大海的人。他过去经常乘坐孔卡诺（Concarneau）的拖网渔船出海，在冰岛和纽芬兰附近的北大西洋上捕捞鳐鱼和鳕鱼。这需要一些代价——不是别的，只是连续数周的海水和天空。

他想到了柯莱特。她是陆地上少有的几个有吸引力的人之一。他已为了这个阿旺桥画廊老板的生日而偷了一些花，稍后会前往阿尔莫尔把它们送给她——也就是说，在他的这

---

① 法语：就这样。

股劲儿减弱下去之后。谁知道呢，这个出现在他的“格温二世号”船上的女人可能是一个前往亚瑟王死后的尸体移放地阿瓦隆（Avalon）的游荡的灵魂。女人真的太复杂了，像大海一样变幻莫测。

西蒙还记得，当他抱怨狂野不羁的大海时，父亲曾说过：“学着去爱它，儿子。学着去爱你所做的事，无论它是什么，你就不会有任何问题。你会痛苦，但随后你会产生感觉，当你在感觉的时候，你就还活着。你需要麻烦才能活下来——否则你就死了！”

他面前这个穿裙子的“麻烦”正凝望着海水。西蒙从玛丽安热切的目光中看出了她的渴望，她的目光中充满了漫游的欲望。他向她招招手。她犹豫不决地站起身。他引领着她来到船舵前，站在她身后，温柔地帮她掌舵。他们把阿旺河河口抛在了身后，科德鲁克港的景色映入了眼帘。

11

保罗开着车驶进了科德鲁克。从醉酒中醒来，让风和太阳将暗夜从体内拧干净，这感觉一向是再好不过的了。那天早上，他的老朋友西蒙在餐桌上留下了咖啡、牛奶和煎饼，还有一瓶马格洛尔·卡瓦度白兰地（Père Magloire Calvados）。一只鸡跳上了桌子，正在观察它的蛋。尽管在西蒙的沙发上小睡了一会儿，保罗还是觉得自己像是被从一丛树篱中间拖了回来似的。也许他能说服西蒙让他去农场商店帮忙。西蒙在停止出海工作后，把自己位于科布安（Kerbuan）的渔民小屋改造成了一个迷你市场，现在和他的鸡一起住在厨房里。

他把各种各样的东西卖给不知情的游客。例如，冰蜂蜜：由抗冻蜜蜂从生长于比利牛斯山脉的冰川山谷中的花朵上采集而来。噢，是的。游客们不需要知道，这只是一种味道浓烈的荞麦蜂蜜。然后是西蒙关于巨石种子的骗局——一个纸制香袋，上面印有卡纳克地区的巨石田野的图画，香袋里是一些从他房屋外墙的裂缝中掉落下来的花岗岩碎屑。“在最初的几百年里，巨石的成长非常缓慢。”西蒙会向他尊敬的顾客解释说。如果他们使用一些来自布列塔尼的古老的凯尔特土壤作为肥料，将会大有裨益——这意味着他可以卖给他们一捧从他的花园里挖出的土，用来与那些石头碎片相配。

但是西蒙的小店最棒的地方是，那里在夏天会有很多女人，她们觉得每样东西都又“好”又“甜”。她们穿着短裙，梦想着能钓到一位布列塔尼渔夫，拥有属于自己的“查泰莱夫人的情人”（*Lady Chatterley's Lover*）时刻。西蒙其实不太喜欢同这些游客交谈，尤其是那些老于世故的巴黎女人，他也不喜欢装成一个乡下猛男。但对保罗来说，在一个地方聚集这么多不同的女人是件令人愉快的事情。

他把车停在西蒙那辆破旧的雪铁龙汽车旁，雪铁龙的引擎盖指向阿尔莫尔的露台。“*Bonjour, Monsieur Paul.*[①]”当这位前军团士兵从车中出来时，阿尔莫尔的年轻女招待劳伦叫道。

保罗走过去站在她旁边。“你好，劳伦。”他凝视着阿旺河口，看到“格温二世号”在向埠头驶来。

“喂！”劳伦叫道。她的过度兴奋使保罗感到有点头晕。西蒙像往常一样站在“格温二世号”上。而在他旁边……

“喂！”劳伦重复道，“哟——呼！”

“一个女人？”保罗气喘吁吁地说。西蒙到底是怎么能在还不到吃午饭的时候就白捡个女人，并带着她乘船出行？叛

① 法语：你好，保罗先生。

徒！他们昨天晚上不是还发过誓说，女人不会在他们的生活中扮演任何进一步的角色吗？无论如何，不是主要角色。

西蒙宁愿自己弄完最后几码。他很喜欢玛丽安的头发上浸透着海水的味道。他想，应该有人发明海水洗发精，并将其推向市场。他稍后会跟保罗聊聊，他们怎样才能把海水放进那些塑料瓶里。他突然看见了埠头边的劳伦，她身后是保罗，带着一脸酸溜溜的神情。

在西蒙忙着靠岸时，玛丽安斜靠在栏杆上。她又一次沉醉于科德鲁克港的美景之中。那美景令她的心怦怦直跳，仿佛她在一次漫长的海上航行之后回到了家。

无稽之谈。无稽之谈，别再想这些无稽之谈了！

"早上好，西蒙先生！"劳伦叫道。西蒙认为劳伦可以去当个模特。他曾经建议她搬到巴黎或米兰去发家致富。

她惊奇地看着他说："致富？为了什么？"她是认真的。这个二十三岁的姑娘有着女人的身体，但她的思想常常是孩子的——太不世故又不会撒谎，太天真无邪而不会怀疑。

西蒙笨手笨脚地把玛丽安扶下船。"我一口酒也不喝了。"他对保罗说，一边走下"格温二世号"，熟练地把绳索绕在一个缆桩上。

"我也不喝了。"保罗撒谎道，带着诧异而迷人的微笑瞥了一眼玛丽安。

"保罗，这位是玛丽安。她是德国人。"

"*Allemande*[1]，是吗？"保罗说，他握住她的手，假装在上面种下一个吻。"*Zwei brezzelle*，*beete.*[2]"她惊骇地缩回了手。

西蒙用胳膊肘碰了他一下。"别逗她，她很害羞。"

保罗改回布列塔尼语。"我以为我们会就女人问题达成一致。你是我的老伙计，我刚一转身，你就——"

"哦，别提了。我正要去游泳，她就光着身子从船舱里出来了。"

"光着身子？！"

"和猫一起。"

"然后呢？你有没有——"

"几乎淹死我。"

"那只猫？"

"试图去救那女孩。她掉进了水里！"

"我不明白。"

"那就别问了。"

"你吃过早饭了吗？"保罗问。

"我们来玩双陆棋吧，再喝杯咖啡，"西蒙回答，"输的人今天必须看店。"

玛丽安一直站在两个男人的旁边，茫然失措，双脚并在一起，手提包紧紧地攥在胸前。她感到十分无助。她能感觉

① 法语：德国人。

② 不标准的德语。

到他们在谈论她，所以装出最无忧无虑的笑容。那只猫在她的腿上蹭来蹭去，她发现猫的出现使她平静了下来。她清了清嗓子，“对不起，我……”她的脑子突然一片空白。白色噪声，但不成语句。

劳伦倾过身来，在她脸颊上亲了三下。左，右，左。“您好，夫人。我叫劳伦。”她笑着说。

“玛丽安·兰茨。”玛丽安下意识地回答。她仍然觉得自己像只脏兮兮的猫，大概闻起来也是如此。

“玛丽安？多漂亮的名字！很高兴在这里见到你。你的旅行顺利吗？”

玛丽安一个字也听不懂。劳伦拉着她的手，此时西蒙和保罗开始在露台上的木椅上放垫子，动作像老绅士一般缓慢。

“*Kenavo.*”西蒙在玛丽安身后喊道。这是布列塔尼语的“回头见”。

劳伦激动坏了，正如每当她激动时那样，她压低了声音说：“我带你去见厨师。他叫让－雷米。他见到你会很高兴的！”

当劳伦领着玛丽安走进阿尔莫尔的厨房时，玛丽安忧心忡忡地在门口徘徊着。“我……对不起，但是……”没有人听她说话，没有人。

那位厨师看着她，将他头上的红色印花大手帕向后推了推，露出了微笑，只有到了这时，玛丽安的尴尬才让位于解脱。这是他！那个拿着牡蛎的人！

“你以为你是什么——一个初露头角的地狱天使？”两个夏天前，艾柯里埃夫人曾这样问让－雷米，当时他正从摩托车上下来，到厨房去参加一节试听课。黑色牛仔裤，红色衬衫，镶满饰钉的靴子。他戴着耳环，脖子后面的黑色卷发下面有处文身。一只装着他最喜欢的刀的盒子挂在他的腰带上，就像放在枪套里的左轮手枪一样。他的每只皮手镯都代表着一个厨房，是他自十六岁开始当厨师以来的十三年里工作过的厨房。

尽管如此，艾柯里埃夫人还是喜欢他的服装：“我倒更愿意你像彼得·塞勒斯（Peter Sellers）[①]而不是约翰尼·德普（Johnny Depp）[②]，但没关系。光做饭就行，把你的目光从我们的女客人身上移开——把你的手从我的工作人员身上拿开。远离酒水，除非你把它倒进平底锅里。继续憋着，佩瑞格先生[③]。”

玛丽安觉得他很讨人喜欢。“*Bonjour.*”她用几乎听不清的声音说。

“*Bonjour*，夫人。”那个给了她生命中的第一个牡蛎的男人说，此时他正从不锈钢厨房岛台后面现出身来，“很高兴再次见到你。我希望你喜欢牡蛎。”

---

① 彼得·塞勒斯（Peter Sellers，1925—1980）：英国电影演员、喜剧演员和歌手。

② 约翰尼·德普（Johnny Depp，1963— ）：美国演员、制片人和音乐家。他曾三次获得奥斯卡提名，并获得金球奖和美国演员工会最佳男演员奖。

③ 佩瑞格（Perrig Quemeneur，1984— ）：一名来自布列塔尼的法国公路自行车赛车手。

“这是我们的新厨师，”劳伦上气不接下气地低声说，“玛丽安·兰茨！”

“你确定吗？”

“是的，”劳伦喘着粗气说，“西蒙先生把她从海里捞了出来。我们不知道她从哪里来。”

玛丽安看上去很困惑，让－雷米直视着她的眼睛。从海里来的？他还记得前一天她在牡蛎养殖场给他的印象：茫然若失，但仍决心寻找某种十分特别的东西。那一印象仍然逗留在她的眼中，尽管她努力将之隐藏在一丝脆弱的微笑后面。

现在让－雷米看着劳伦。劳伦，我的小猫，他想，你对我做了什么？他不得不强行把目光从她身上移开。

玛丽安忐忑不安地希望有人能解释她为什么会等在这儿。她偷偷地瞥了一眼劳伦和让－雷米，他们正互相凝视着对方，似乎都在期待对方先开口说话。终于，劳伦转身走了出去。

让－雷米直愣愣地望着前方，然后出于对自己的极大愤怒，将手狠狠地拍在桌子上。玛丽安看到那位厨师握住自己流血的手时，吓了一大跳。他把手“砰”的一声拍在了桌上的一把刀的锋刃上。她的手提包掉到了地上。

在临终安养院的厨房里，急救箱挂在门后一个隐蔽处，没人能看到它，因为门总是开着的。这里也一样。她取出纱布绷带、敷布和橡皮膏，轻轻地把让－雷米的手放在自己手中，检查伤口——切口很深，边缘齐整，就在他大拇指的上方。让－雷米闭上了眼睛。她把从他额头上滑落下来的红色印花大手帕往后推了推。

她把左手放在让－雷米的手掌上。她从自己的手和胳膊上能感觉到他的疼痛。

“没什么大不了的。”她喃喃地说。

让－雷米放松下来，在她熟练地为他包扎伤口时开始更深地呼吸。她的手指轻轻地抚过他的头，就如在安抚一个小男孩，虽然这个特殊的男孩比她高出了足足一英尺。

“*Merci beaucoup*，[①] 夫人。”厨师低声说。

玛丽安把最大的空汤锅翻过来，示意他坐在上面。她则在对面的一只较小的锅子上坐下。她试图开口说些什么。

“我不知道我为什么在这里，”她开口说道，斜靠在贴着瓷砖的冰冷的墙上，“我叫玛丽安·兰茨。*Bonjour. Je suis allemande.*[②]”她想了一会儿，但想不起来更多的法语单词了。“嗯……*au revoir.*[③]”她又站了起来。

突然间，炖在煤气炉上的宫廷肉汤的锅子的锅盖开始跳动起来，高汤沸溢了出来，引得火焰爆出了火花，发出嗞嗞声。玛丽安不假思索地走到锅边，关上煤气，揭开锅盖。

“蔬菜高汤？”她拿起一只勺子，舀出点液体，让它在

---

① 法语：多谢。

② 法语：你好。我是德国人。

③ 法语：再见。

自己的味蕾周围打了个转儿。“它……我不想惹你生气，可是……”她发现了一罐葛宏德盐（Guérande salt），摇了摇它，说，“太多了。我可爱的小宝贝。”

“我可爱的小宝贝，是的。劳伦。我可爱的小宝贝。”让-雷米呻吟道。他觉得头晕。

“劳伦？”

他摇了摇头，同时拍了拍自己的胸口。

“哦，盐是因为劳伦……”一个郁郁寡欢的厨师能在短时间内让一家餐馆关门大吉。

玛丽安朝四周瞥了一眼。她在冷藏室里找到了她要找的东西——生土豆。她迅速着手给十来个土豆削皮，切丁，然后把它们扔进宫廷肉汤里。让-雷米坐在座位上作壁上观，等着看结果。五分钟后，她舀了一些高汤到品尝盘里。他尝了尝，惊讶地抬头看了她一眼。

“淀粉。只是土豆里的淀粉罢了。”她有些不好意思地咕哝着说，“我们十分钟后再把它们拿出来，如果还是太咸，我们还要再加五个煮熟的鸡蛋。别再想着亲爱的小宝贝了。亲爱的小宝贝走了。现在我也要走了。”

“干得漂亮，兰茨夫人。”一个想法开始在他的脑海里形成。

“这是怎么回事？”玛丽安听到一个女人的洪亮声音，可谓未见其人，先闻其声。那像尊雕像般笔直挺立的姿态表明她是老板。饱经风霜的面容上皱纹纵横，那是六十五年的生活的印迹。

“*Bonjour*，夫人。”玛丽安急忙说。她简直想行屈膝礼。

热娜维芙·艾柯里埃没有理会她，而是盯着让－雷米。他看起来就像一头在车灯照射下的鹿。“让－雷米！”她的声音好似一声枪响。他手里的品尝盘开始颤抖，洒出了一点宫廷肉汤。“哦，看在上帝的分儿上，这次你又干了什么好事？”

她命令他再往盘子里舀些汤汁。有些食客在上个周末提出过投诉，即使热娜维芙并没把这些巴黎人太当回事，可当他们的不满是合理的时，她也不会听之任之。在清理完桌子后，她尝了尝那道名为 *thon à la Concarnoise* 的金枪鱼菜肴，没错，酱汁太咸了，咸得她麻木的四肢都打起战来了。

由胡萝卜、青葱、韭菜、大蒜、芹菜、香草、水和麝香白葡萄酒制成的宫廷肉汤是布列塔尼烹饪的核心和灵魂。海螯虾在里面像鲜花般绽放，螃蟹幸福地溺亡于其中，去皮鸭子或蔬菜在里面煮得恰到好处。这高汤每使用一次，味道就会变得更加浓烈，可以保存三天。它构成了酱汁的基础，一小杯经过过滤的宫廷汤汁可以把一锅差强人意的炖鱼变成一道常规大餐。这就意味着，你得始终假定，你没有在这基础菜肴中搁太多的盐，而这正是让－雷米最近几周养成的一个不幸的习惯。八升宫廷肉汤，什么用处都没有，只能倒进港口，把鱼毒死！

热娜维芙尝了尝高汤。我的上帝，所有的仙女都应该得到赞美！这一次他的手很稳。

让－雷米设法抓住了热娜维芙夫人扔回他手中的尝菜盘。然后他向她解释说，兰茨夫人是怎样把他们从困境中解救了出来，若不是她，那天他们就只能给客人上牛排加薯条了。

“你是我们打算要面试的厨师吗？”热娜维芙转向玛丽安说，态度比之前友善多了。老天爷，求求你，让她是吧，她想，求你了。

当让－雷米意识到玛丽安一个字也听不懂时，他替她作了回答：“不，她不是。”

“她不是吗？那么她是谁？”

让－雷米对玛丽安笑了笑。她的一部分表情在恳求他让她离开，但另一部分——其中的一部分她甚至可能都没有意识到——则想留下来。“她来自海上。”

艾柯里埃夫人端详着玛丽安：她的手看上去好像已经习惯了工作。她似乎既不卖弄风情，也不特别想把自己打扮得漂漂亮亮。当你看她的时候，她也没有移开目光，热娜维芙·艾柯里埃对此颇为反感。

玛丽安在餐馆老板的目光下有些局促不安，希望自己能消失得无影无踪。

“那好吧。”热娜维芙用较平静的语气说，“你好像弄伤了自己，让－雷米，无论如何，你有个帮手总要好些，不管这个人来自大海、天空还是其他地方。给她一份季节性合同。

劳伦可以带她去看看客栈的贝壳房。我们就拭目以待吧。”然后，她冲玛丽安稍稍点了点头，说，“*Bienvenue.*[①]”

“*Au revoir.*[②]”玛丽安礼貌地回答。

热娜维芙夫人对让－雷米大吼道：“教她一些法语！”

他满意地咧嘴一笑，转向玛丽安：“你吃过饭了吗？”

① 法语：欢迎。

② 法语：再见。

12

“我把女人分成三种类型。”保罗一面说着，一面把头发从眼前撩开，然后喝干酒杯里的烈酒，把酒杯“咚”的一声放在桌上。他把那酒杯推到他和西蒙间的双陆棋棋盘上的其他玻璃杯旁。

“我知道，你总是这么说。”西蒙做了个鬼脸，因为苹果白兰地烧灼到了他的喉咙，“我也许只是个普通的渔夫，但那绝不是你没完没了地教训我的理由。”当劳伦在餐馆门口举起四根手指询问他时，他只是微微点点头，示意再来点酒。

保罗继续说：“那你听听这个。第一类是蛇蝎美人。她令人兴奋，但她把你、我和其他人都当成一回事。她是危险的。你永远都不该爱上那种人，因为她会让你心碎的。明白了吗？”

“嗯哼。你知道我要打你了吗？”

“第二种是你可以娶进家门的贤惠女人。你会感到无聊，但你永远不会有任何危险。她们把心思全都放在你身上，绝不会去找别的男人。有一天，她们会变得忧郁，不再富有生机，因为她们眼中只有你，而你其实已不再留意她们。”

“啊哈。那个从海上来的女人是什么类型的？那个玛丽安？”

劳伦又给他们送来了四杯白兰地。

“沉住气啊。然后是你为之而活着的女人，”保罗低声说，“对于她们这种类型的人来说，你做过或没有做过的每件事都有意义。你爱她，她成了你生命中唯一重要的东西。你醒来是为了爱她，你上床是为了爱她，你吃饭是为了爱她，你活着是为了爱她，你死了是为了爱她。你忘记了你想去的地方，忘记了你许下的诺言，甚至忘记了你已结婚的事实。”他想起了萝森，他深爱着她，所以一切都蕴含着意义。他想起了萝森为其而抛弃他的那个男人——莫不如说男孩。比保罗小十七岁，十七岁！

“你知道的，保罗，萝森已经不是你的妻子了。”

“这不是我的决定。”

不，这是萝森的决定。在成为一对双胞胎的祖母的几周后，她放弃了一切，爱上了一个几乎还乳臭未干的毛头小子。

西蒙想到了大海。出海是他的决定，这总是使他感到回到了家。他可以让自己随着波涛起伏，就像回应女人的热情时那样；他可以潜入海水中，就如同进入情人的身体一样。

“你俩对着它已经琢磨了一会儿了，*n'est—ce pas*？[①]”一个低沉沙哑的声音传来，接着袭来的是香烟和香奈儿五号的

① 法语：是不是？

味道，然后是高跟鞋的咔嗒声，一双穿着真丝长袜的腿，再顺着腿向上看去，是优雅的黑色西装、黄色手套和黑色帽子。

柯莱特·洛翰。

她将精致的脸颊送过去，与西蒙行传统的亲吻三次的吻面礼，在西蒙闭起眼睛时，她对着西蒙脸颊旁的空气啄了啄，并轻轻地与他碰了碰脸。像往常一样，结束得太快了，西蒙想。保罗站起身，把这位有着异国风韵的画廊老板拉近，给了她三个声音响亮的亲吻，然后又坐下来掷骰子，把他的空杯子绕着棋盘推动着。

西蒙一言不发地看着柯莱特。他觉得自己的嘴巴发干，听到了脑子里大海的咆哮声。

“夫人？”劳伦问，一边将自己的刘海儿吹到一边。

“老样子，*ma petite belle.*[①]”柯莱特说着，在保罗和西蒙之间坐下，优雅地交叉着双腿，等着劳伦给她拿来一杯水和贝利尼鸡尾酒。

“今天是什么日子，劳伦？”保罗问。

“星期一，保罗先生。你星期一早上和晚上来，其他日子你只在午饭时间来，我就是这样知道今天是星期一的。”

“今天是柯莱特夫人的生日。”保罗补充说。

“噢！”劳伦深吸了一口气。

柯莱特又喝了一口贝利尼，然后向西蒙借了个火。她

---

① 法语：我的小美女。

只能在喝酒后抽烟。过去一直是这样的——在十六岁时，在三十六岁时，现在是六十六岁。

六十六岁，柯莱特想，不由得哼了一声。

西蒙干咳了几声，颇难为情地从他的旧背包里把一个包得很丑的包裹翻出来，推给桌子另一边的柯莱特。

“给我的？西蒙，*mon primitif*！[①]一份礼物！”

她兴奋地撕扯着包装纸。“哎哟！”她大叫了一声，好像有什么东西刺痛了她。保罗哄然大笑。“蒺藜。”柯莱特用沙哑的声音做了注释，然后在烟嘴上长长地吸了一口。

“它们让我想起了你。”西蒙结结巴巴地说。

“你总是处处有惊喜。就在两周前，是一个高度原创的烟灰缸，材质是……是什么来着？”

“半只螃蟹。”

“然后，一周前，是一只死掉的蓝蜻蜓……”

“我以为像你这样的女人能够物尽其用。也许可以做枚胸针。”

“……而现在是这些热情的蒺藜。”

“蓝刺头。”

“男人们送给我一束束的鲜花，它们使戴安娜王妃葬礼上的花环都相形见绌。我收到过钻石胸针，甚至有个男人打算送我的礼物是圣日耳曼的一套顶层公寓，但我拒绝了。我真

---

① 法语：我的原始人。

傻，骄傲真是太让人闹心了。可是说实话，西蒙，从来没有哪个男人像你这样送礼的。”

“不客气，”他说，“希望你年年有今日，岁岁有今朝。”

听到保罗的笑声，西蒙觉得柯莱特的喜悦中有哪里不对劲，尽管他用来放置蒺藜的黄色花瓶同她的手套很相配。他注重细节。柯莱特喜欢黄色，这是布列塔尼的代表色彩。

“我的小原始人，那个……我不知道该怎么说才好。”柯莱特说道，摘下了太阳镜。前一天晚上，她在为那些她已记不清是谁的男人们的情书而哭泣。但是这里的人可以看到她的泪痕，因为朋友们的目光是种慰藉，可以拭去一个女人一生中的所有眼泪——激情、渴望、幸福、动情、愤怒、爱或痛苦的眼泪。

“你知道，蓝刺头……很罕见，”西蒙结结巴巴地说，“就像你，柯莱特。像你这样的人不多。”

柯莱特把西蒙的脸捧在手中。她端详着他眼睛周围深深的鱼尾纹，然后轻轻地吻了吻他的嘴角，感觉到他的胡子像金属丝般坚硬。他身上有阳光和大海的味道。

“对了，顺便说一句，”保罗开口说，“那个罗马尼亚女人来了。”

“哪个罗马尼亚女人，亲爱的？”柯莱特轻声细语地问道。

“新厨师。西蒙昨天像钓鱼一样把她从海里捞了上来，但她实际上是德国人。”

“哦，这样啊。”柯莱特说，她完全困惑了。

“西多妮和玛丽 - 克劳德正在路上。”西蒙说。

“来得正是时候。我想开始认真地投身于我的第六十六次大醉。”柯莱特叹息道。

六十六——一个人衰老得多快啊！西多妮是她最早结识的朋友。打从……呃，打从什么时候开始的？打从柯莱特从巴黎上学回来后，她们就认识了，她遇见了西多妮，还有一群来自科德鲁克、内韦兹（Névez）、马奈克港和周围农场的年轻人。柯莱特饶有兴趣地观察着这位十八岁的姑娘，她穿着布列塔尼民族服装，头戴高高的头饰。二十五岁的她在她旁边觉得自己已经老了。

西多妮是个雕刻家，在她的丈夫埃尔韦英年早逝后，没有再嫁人，她凭借一己之力，重新翻修了他们位于科德鲁克郊外的克拉拜尔（Kerambail）的旧石屋。柯莱特喜欢她朋友的微笑。她在工作时微笑，在沉默时微笑，在雕刻花岗岩、玄武岩和砂岩时微笑。欢笑时的她是那样容光焕发。

已同西蒙、保罗和柯莱特一起在桌边坐下来的西多妮，现在正被玛丽 - 克劳德讲的一个故事逗得哈哈大笑，后者是来自阿旺桥的一位发型师。

“说真的，说真的，森林里那些疯子给他们的猫和狗吃上好的肉——并且，还是放在瓷盘上！”玛丽 - 克劳德模仿着布维太太，后者是埃米尔和帕斯卡尔·虢钦（科德鲁克的两个十分有趣的人）的管家，玛丽 - 克劳德学得惟妙惟肖，逗得柯莱特一面喝着贝利尼酒，一面咯咯笑个不停。

“布维那个女人是典型的天主教吝啬鬼。”玛丽 - 克劳德一面说着，一面给她的哈巴狗卢平搔着痒。

“你是说‘吝啬鬼’吗？”柯莱特问。

“不，她说的是‘胆小鬼’。”保罗坚持说。

“或者可能是‘活见鬼’。”西蒙说。

“我们到底在说什么？”柯莱特说。

“问保罗，”西蒙说，“他对那种事了如指掌。”

“雅恩在哪儿？我敢打赌，在他那个时代，他画过不少屁股。”保罗笑得露出了一嘴的牙齿。

“别那样说我最喜欢的艺术家，”柯莱特命令他。她正计划在巴黎为雅恩·戈梅举办一场大型展览。唯一的问题是他对此一无所知。他不会想听这事的，而宁愿继续画他的瓷板——光这事就足以让你发疯了！那家伙非得画几幅大油画不可，但他害怕画大画。或者他只是没有找到自己的主题？他需要灵感吗？大海、女人、宗教，有些人只需要一块蛋糕，一个很好的例子是普鲁斯特和他的玛德琳蛋糕[①]。

“你们听起来就像半大的毛孩子！”玛丽 - 克劳德抱怨道。

“你的口气就像我死去的奶奶，”柯莱特插嘴说，“你的女儿怎么样？她把你的孙子给挤出来了吗？”她撕下高卢烟上的滤嘴，然后把烟装进了她的象牙烟嘴里。

---

① 马塞尔·普鲁斯特（Marcel Proust，1871—1922）：法国小说家、评论家和散文家。他在其名著《追忆似水年华》中，曾以玛德琳蛋糕来对比无意识记忆与有意识记忆。

“我的上帝！昨天我还觉得自己和我女儿克劳丁一样大；今天我就要当奶奶了。那个，两个月后。”

“她告诉过你她肚子里是谁的孩子了吗？”柯莱特吹着烟圈说。

“我试着从她的日记中找线索，但我找不到。”玛丽－克劳德闷闷不乐地说。

西蒙观察着柯莱特。她的嘴让人觉得她很睿智，她的前额则布满疑云，同时又表明，她决不会让来之不易的胜利毁于一旦。她的五官中的每一个都在她的贵族风范中发挥了作用。她是多么美丽啊！

“不管怎么说，我的原始人，你不会碰巧知道有个小宝贝能帮埃米尔和帕斯卡尔一把吧？对吗？他的帕金森症没有好转，而她的……那病叫什么来着？痴呆？那种让你忘记所有事情的病？他俩在树林里变得越来越孤立了。”柯莱特说。

“怎么可能？他们有那么多只流浪的三条腿的狗和一只耳朵的猫。他们不可能孤独。我敢肯定，他们会与一群跳蚤同来，而且是免费的。”玛丽－克劳德一面叽叽喳喳地说，一面检查着她精心卷起的红色发卷的状态。

“还有虱子。”保罗补充道。

“也许帕斯卡尔和埃米尔·虢钦被诅咒了。”西多妮低声说。

“被另一个吝啬鬼？”西蒙问。

“哦，你别又来了。”玛丽－克劳德抱怨道。

“我们有资格——我们老了！”柯莱特俏皮地说。

“我不老，”美发师严厉地纠正她说，同时调整着她的卷发，“我只是比一些人多活了一点时间。”

“你知道长寿的悲剧吗？”保罗问，突然变得严肃起来。大家都很期待地看着他，“你有更多的时间感受不幸。”

13

“劳伦！”热娜维芙·艾柯里埃的下巴像船头一样突了出去。当那位女招待心急火燎地来厨房流理台报到时，让－雷米递过来的杯子在玛丽安手中颤抖着。

“别把你的胸脯挺那么高，孩子。今天这里会有很多昂首阔步的公鸡。有一天你会让其中的一个带你上他的船，而下一年他将睬都不睬你。”

劳伦双手交叉地放在胸前，脸颊上浮现出两朵若隐若现的红云。一个巴黎的游艇老板一直在邀请她去他的船上喝香槟。在他发出第三次邀请之后，她不知该如何说“不”，因为那个男人抗议说，她的拒绝让他感到绝望，很不幸，他不得不离开，去罗兹布拉斯（Rozbras）用餐，这样才能从悲痛中恢复过来。这对热娜维芙夫人来说是件坏事，因为在阿旺河的另一边是她的最大竞争对手，他们争夺着那些把船停靠在科德鲁克和罗兹布拉斯这两个小港口之间的游艇主人的胃口和钱包，这些人甚至连锚都不用起。

劳伦不知道该如何纾困。如果她和客人们一起外出，她的名声很快就会遭到败坏；如果她不这样做，热娜维芙夫人和阿尔莫尔很快就不会有客人了，因为他们都坐在阿兰·波蒂埃的餐馆里，或者在塔巴克酒吧吃奶油汁贻贝。

“劳伦！别再做白日梦了！今天的特色菜是海鲜浓汤，布列塔尼炖鱼，贝隆牡蛎，白葡萄酒青口，圣雅克·阿尔莫尔天然坚果，烤扇贝或干邑汁扇贝。简而言之，尽管我们厨师的睾丸激素失调，但他已恢复了最佳状态。把它写下来，姑娘，否则你又会忘记的。”

玛丽安喜欢艾柯里埃夫人的声音。它就像让－雷米为搭配她的小型早餐——美味的奶酪煎蛋卷——做的咖啡一样又饱满又浓黑。

劳伦乖乖地把老板的话记在她女招待的便笺簿上。“什么是睾……睾丸……激素失衡？”她问道。

“嗜盐成癖。”热娜维芙夫人一语作结，同时将她那箭一般的目光射向让－雷米，“如果你最终能把那位女士从你的脑海中赶走，那就太好了！”

“哪位女士？”让－雷米小心翼翼地询问。

“就是你为了她把整包盐都倒进汤里去的那个人！”

“让－雷米因为一个女人而放了太多盐？”劳伦问道。

“他恋爱了，当厨师们恋爱时，就会用盐过度。”

“不开心的厨师会怎样？”

“他们会加太多白兰地。”

“那么，让－雷米爱上了谁？”劳伦问道。

“好啦，别再说些有的没的啦！*Allez*，*allez*，[1] 开始工作，劳伦！请带玛丽安去客栈的贝壳房。”

热娜维芙·艾柯里埃冲着玛丽安笑了笑。是的，也许这个被冲到位于世界尽头的此处的女人就是她最近几个月来一直在祈祷的一切。有时巧合不正是命运的恩赐吗？

让－雷米把一捆白色的包裹和一张纸推给玛丽安，玛丽安凝神看着它。他指着纸页中间的一个数字——892 欧元；旁边的数字似乎是她的工作时间，每天六个小时，周二和周三除外，住宿包括在内。他用简单的法语解释说，她受雇在阿尔莫尔工作。她要学法语，而他会教她。玛丽安点了点头。

她看了看那捆东西。厨师的白衣服，同她在家政学校里穿的衣服很像。让－雷米的表情是在恳求。

穿着旧衣服的玛丽安觉得自己又脏又邋遢。制服上有肥皂的味道，她真想把过去的几天从自己的皮肤上擦除掉，换上干净的白衣服。这是她在虚线上签名的唯一原因。

“太好了。”让－雷米如释重负地说，然后递给她一顶贝雷帽状的厨师帽。

玛丽安把包裹夹在腋下，跟着劳伦穿过小院子来到客栈。她没有注意到，那只橘猫也跟着她跑出了门。

---

① 法语：加把劲儿，加油。

让－雷米完成了他在孔卡诺鱼市的采买工作，把鳐鱼、小比目鱼和金枪鱼装进满是碎冰的聚苯乙烯板条箱。螃蟹伸着小爪子胡乱抓挠个不停。热娜维芙夫人检查了账单。

“如果我重新开放客栈，你觉得怎样，大厨？”她故作若无其事地问道。

“好主意。”他回答，“但你为什么要现在问呢？”

热娜维芙·艾柯里埃大声叹了口气，然后平静地答道：“那个从海上来的女人，玛丽安，你知道她让我想起谁了吗？我自己，害怕的时候的自己。”

让－雷米点点头。有时他会在陌生人的脸上看到自己的梦想和疑虑。他把一只盘子放在热娜维芙面前。他在煎蛋卷上装饰了一叶心形的红色罗勒。

“天啊，让－雷米。你想告诉我什么吗？”

“我确实有。祝你胃口好！”

她默默地吃着，然后拿着盘子进了厨房：“随便你说什么。就是别再毁了我的高汤，听到了吗？”

高汤，还有生活：毁掉一切真是轻而易举。

这位年轻的厨师尽力不去想劳伦，但这就像他决心不再呼吸一样困难。吸气：劳伦。呼气：劳伦。每当她在附近时，他就分不清刀子和勺子，完全失去了心智。他永远也无法像对其他女人那样迷惑她，用让人上瘾的开胃小菜慢慢地把她们引诱到他的床上：在此处是一口蟹肉，配上奶油芦笋汁，在彼处是世界上最好的鹅肝脆多士。对让－雷米来说，盛放在扇贝壳里的扇贝加上一茶匙绵软丝滑的干邑白兰地和一些细腻的打发鲜奶油，比世界上所有的玫瑰都要来得更加浪漫。他知道，与他遇到的其他所有女人相比，与劳伦在一起有什么不同：他坠入了爱河，他的感情真挚、深沉、纯洁。唔，并不绝对纯洁：他当然想和劳伦上床，但他主要是想和她在一起，每天，每夜。

让-雷米很不解的是，他怎么会与劳伦肩并肩地生活了两年，竟从未吻过她？

14

劳伦护送玛丽安穿过客栈。楼梯上铺着红地毯，墙壁上贴着精致、清爽的壁纸，每扇窗户都能看到海景。

玛丽安观察着劳伦优美大方的一举一动，心知为什么有些男人会神奇地被一个痛苦的女人所吸引，尤其是当她为另一个男人而悲伤时。是的，对某些男人来说，没有什么比试图治愈一个情敌的女人更具情色性的了。这是一种自私、自虐、施虐的行为，完全不知道爱情的真实感受是什么。

从来没有男人想这样来安慰我，她想。一方面，这是种耻辱；另一方面，在发现玛丽安乳房有肿块时，洛塔尔甚至都没有安慰一下她。她花了一些时间才确定肿块是良性的还是恶性的。她的恐惧吓坏了洛塔尔，为了不让他担心，她不愿提起这件事。“我想好好活着，你明白吗？”他对她大喊，“但这只是在拖我的后腿！”

不久之后，洛塔尔的情人西比尔把她从奇妙的幻想中唤醒：她以为婚姻、道路拐弯处的房子和室内喷泉就是一个女人的全部所需。

洛塔尔在同西比尔有染后，决定尽快恢复正常的日常生活。“我给你道过歉了，你还要我怎样？”事情就这样结束了。

几年后，她的痛苦减轻了。时间给玛丽安带来了安慰，也给洛塔尔带来了其他秘密的婚外情，至少是直到他难以继续撒谎为止。他开始留下蛛丝马迹，希望玛丽安能大吵大闹，从而让他从中脱开身去，但她拒绝帮他那个忙。

三楼走廊尽头的三步台阶通向一个小楼梯平台，在那里，右边的一扇门通向一个贴着蓝白瓷砖的大浴室，浴室里有个装着狮爪脚的浴缸和一面装在金框里的镜子。

随后，劳伦打开最后一扇装饰着扇贝壳的门。门一开，玛丽安便惊奇地眨起了眼睛：6月的阳光直射在她的眼睛里。

玛丽安大张着嘴走进房间时，劳伦笑了。每当她看到屋檐下的贝壳屋时，感觉都与玛丽安的如出一辙。这是客栈里最小的房间，但也是最漂亮的房间。擦得锃亮的轮船地板，柔软明艳的地毯，双人床脚有只染色木箱，一面墙上有面大圆镜子，油漆过的天花板下的角落里有只粗木衣橱。一块精致的屏风遮住了镜面梳妆台，梳妆台边放着一张包着天鹅绒的凳子。那只猫从两个女人身边溜过，跳上了床。

然而，这个房间最吸引人的地方是从高高的平开窗向大海望出去的景色。玛丽安不得不在床上坐上片刻。整个房间，都属于我一个人？

劳伦把窗户完全打开，让阳光照射进来，然后转身下楼去了。

玛丽安扑倒在床上。它既不太软也不太硬，白色床单在她的皮肤下凉浸浸的。她躺在那里，从手提包里拿出那块瓷板。她把它放在涂了白漆的床头柜上，这样她就可以在瓷板上那着了色的科德鲁克和外面那未着色的现实版之间来来回回地打量一番。艺术家一定就曾站在这里。她无法判定哪一个科德鲁克更迷人、更令人沉醉。

她觉得自己好像收到了一份礼物，尽管她不知道为什么，也不知道是否应该接受它。猫依偎在她的臂弯里。客栈里静悄悄的，但并不是她在家里常常感到害怕的那种病态的静寂。这种静寂是充满生机的。

她回忆起到目前为止她遇到的各种各样的女人，以及她们是如何向她解释生活的。她们在不说话的时候最能说明一切：使玛丽安感动的正是她们话语间的沉默。

我对爱情一无所知，她想。我不知道一个人应该为此付出的最高代价。或者男人对此的真实想法——关于爱情或交流。洛塔尔断然拒绝进行真正的交流。

她发现镜面梳妆台上方有张蜘蛛网。她想起了邻居格蕾特·科斯特，以及格蕾特对当地理发师的单相思。在十二年前的 8 月的一个炎热日子，在格蕾特的酒窖里，格蕾特和玛丽安放任自己喝了杯雪利酒，然后格蕾特评论说：“生活是多么虚伪！当我们年轻的时候，我们不得不把腿并得紧紧的，好让人们不会认为我们是‘那种女孩’。如果我们太过开心，我们的丈夫就会疑窦丛生，然后，突然之间，在我们将近四十岁的时候，我们又太老了。女性是否有干那事的合适年龄？我可不想让身体里结上蜘蛛网！”

玛丽安不知该如何回答。她从来没有看过自己的两腿之间，因此不能说太多关于蜘蛛网的事。洛塔尔也不是特别感兴趣。那是一个未知的领域，就像她的心一样缺乏锻炼。

玛丽安站起身，走进浴室洗了个热水澡。随后，她用柔软的浴袍裹住自己的身体，离开屋檐下的房间，赤脚大步走过客栈布满灰尘的地毯。

她数了数，三层楼有二十五个房间，每一间的家具上都盖着被单。许多床都是带有浪漫华盖的四柱床。每个房间都有一扇门通向环绕着建筑外部的木制阳台。这是个华丽的旅馆，似乎是为情侣设计的。

厕所门上挂着一个用几种语言写就的牌子：“我们恳请客人不要把香烟扔进厕所。”

一条宽阔的走廊尽头是一扇大门，通向一个废弃的餐馆。玛丽安打开门，突然发现自己站在一幅画的对面。画上画的是沙滩上的男男女女：一些人身体前倾，逆风而行，另一些人则让风推着他们前进。她在原地旋转着，仔细观察着那无穷无尽的画面。海边有一座坚固的教堂，几个妇女正在收割海草。她回到了玛丽安·兰茨诞生之前的时代，那时，她的祖母还只是个孩子，还不知道有一天她会遇到一个男人，他会把他的斑点虹膜遗传给玛丽安，一个她祖母从未透露过姓名的男人。玛丽安只知道，她父亲的父亲身上有着和她一样的胎记——三股火苗相互连接，在心脏上方形成一道轮转式焰火。

再次爬上楼梯时，她注意到中间楼层有扇隐蔽的门。她打开门，朝一个黑洞洞的房间望去。暗色的轮廓渐次出现。连衣裙、夏装、晚礼服、女人要去同男人约会时穿的裙子。每件衣服都是对它被穿着的那些夜晚的回忆——爱情，不和，欢愉。现在它们挂在一只乌木大橱里。玛丽安闻了闻一件华丽的红色裙装的袖子，吃了一惊。它刚被洗过。

她继续上楼，不安地坐在床上，环顾四周。她希望自己是个能独自生活的女人，当她生命中的肿瘤——以及她的乳房——战胜了她时，她能自我安慰。但她不是这样的女人。科德鲁克振奋了她的精神，但她知道这只是暂时的。明天她将继续她的计划。那种冲动在她内心深处依然存在。

一个人拥有整个房间。但就一个晚上，就一个。在这一个晚上，她会体验看看一个女人独自住一个房间会是什么感觉。

她穿上厨师服，犹犹豫豫地把白帽子戴在头上。对于在阿尔莫尔当厨师，她只是略有担心。她大致与它的厨房同龄：他们会相得益彰的。

15

让－雷米站在阿尔莫尔厨房的炉子旁，受伤的手搭在牛仔裤的腰带上。他递给玛丽安一碗牛奶咖啡和一只羊角面包，玛丽安学着他的样子，弯下腰去，将那油酥点心在碗里蘸了蘸，对掉进咖啡里的碎屑不闻不问。收音机里播放着她在70年代路过的汽车里听到过的歌曲——《天生狂野》(*Born to Be Wild*)、《这双靴子是用来走路的》(*These Boots Are Made for Walking*)——让－雷米一边扭动着臀部，一边快速地洗着菜，尽管他的手受伤了。

玛丽安以前从未见过男人这样跳舞。她希望他不要邀请她加入。

"我想到了一个教你词汇的方法，玛丽安夫人。"让－雷米一面来回地扭动着身体，一面宣布道，"你必须学习法语和布列塔尼语，关于所有的……*trucs*。"

"*Troocks*？"

“*Oui*，*les trucs*，[1] 这是一个 *truc*，那个也是，”他指着桌子、菜刀、一棵莴苣说，“每样东西都是一个 *Troock*。”

“一个东西？”

让-雷米点点头。“是的。”他指着一本没用过的订货单，做了个潦草的手势。玛丽安抓起一支笔，跟着他在厨房里转来转去，开始撕下有孔的纸张。

让-雷米大声地对她说着单词，她就完全照着她听到的那样写了下来：畅行（*freego*）、芬内特尔（*fennetrr*）、桌子。走完一圈后，她把纸条贴在所有的 *Troocks* 上，直到整个厨房都贴满了橙色的字条。然后他们要面对的是食品柜和鱼。

让-雷米切换回到布列塔尼语。他喜欢这种喉音语言，听起来很像盖尔语。*Kig*——肉，*Piz bihan*——豆子，*Brezel*——鲭鱼，*Konikl*——兔子，*Triñschin*——酸叶草，*Tomm-tomm*——小心，烫！玛丽安写了又写；让-雷米笑了。由于他和玛丽安在一起忙得不可开交，这使他不再那么常常想起劳伦了。

她内心有种渴望，他想。什么东西落在她的身上，都仿佛掉进了一个深渊。她想摸和闻所有的东西。她摸食品柜里食物的样子！她没有粗手粗脚地摆弄它们；为了闻它们的香味，她把它们拿起来，就像拿起娇嫩的花朵一样；她的手指仿佛在钻研它们的灵魂。当让-雷米望着玛丽安那张有双大眼

① 法语：是的，trucs。

睛的心形脸时，他眼前一片明媚，驱散了他在想起自己对那位年轻女招待的无限钦慕之情时会将他淹没的那种夹杂着沮丧的空虚感。一种乐观的情绪在他心中涌起，他渴望开始制订计划。

他给玛丽安滔滔不绝地宣讲食物的重要性及其对灵魂的影响，尽管他知道她几乎一句也听不懂。他说起他多么喜欢购物，真正的美食是如何从寻找最新鲜、最上等的农产品开始的。他花自己的休息日在淡季参观酿酒厂和贻贝养殖场，或者在阿旺河和贝隆河边漫步，或是在莫尔比昂湾（Bay of Morbihan）周围游走，寻找已然退休的耐心十足的垂钓者。这些垂钓野生鱼的人仍然了解布列塔尼海岸线的韵律。他们知道，他们必须在正确的时间到达那里，依照月亮和潮汐的指示行事。涨潮和退潮每天都会出现得早一点——早两到四分钟——所以他们需要像狐狸一样迅速和隐蔽，以便抓住鱼咬钩的最佳时机。

当第一批牛排订单开始进来时，让-雷米示意玛丽安来到他身边。“我的厨房里没有烧焦的痕迹！那就好似受折磨的家庭主妇，好似正在烧烤的丈夫在加害于牛排。那太野蛮！看着我。一口椭圆形平底锅。来点 *amann*——黄油。中火，不要太 *tomm-tomm*。这样的话，黄油就会保持在牛排附近，而不是分散开来，炸得大葱乱蹦，然后焦掉。你明白吗？”

玛丽安入迷地看着他。他没有把肉烧老掉；他安抚它。很快，他把牛排从锅里倒在一只滚烫的盘子里，然后把它推入一个三层的烧烤架下，将温度调到八十摄氏度。他把它放在那儿多烤了一会儿，继而又把它放在热盘子里一分钟，然后在它周围放上配料。“注意！如果用其他方法烹饪，牛排就会卷起来，然后挂掉。所以，如果你到现在为止只会把肉扔到烤架上，那就忘了它吧。哪怕试上一次，我都会杀了你。”他将手像刀刃一样划过喉咙。玛丽安脸红了。

他拿来一块上面放有鱿鱼须的砧板，把它放在门口附近的阴影中。几秒钟后，那只橙白两色的猫从香草附近的藏身之处现出身来。它在阳光下摇着尾巴，啃食着这个小小的美味。

接着，让-雷米把玛丽安洗过的八公斤蘑菇投入一锅沸水里。他打算把它们煮到只剩下半升浓汤。在酱汁里放上一茶匙这种蘑菇汤，是让他的食物比其他厨师做出的味道更浓郁的小秘密之一。

到目前为止，热娜维芙夫人和劳伦不停地冲进厨房，将订单拍在台子上。年轻的厨师厉声发出简明扼要的指示——“不”“是”“小心！”——然后指着一个里面有龙虾和螃蟹的鱼缸。

“选只螃蟹，玛丽安。”他指着龙虾和螃蟹说，它们向外长长地伸出的眼睛在回望着他们。他指着众多炊具中的一种以及时钟。“把它放到鱼汤里，煮十五分钟。”

“把这可怜的东西放进沸水里？可是——”

“*Allez*，快动起来！”

“我可不想。”

让－雷米不耐烦地从鱼缸中抓出一只螃蟹。当他正要把它扔进沸腾的水中时，一股热气烫得他的手臂猛地向后一甩。

玛丽安说："让－雷米，请不要。不要这样。"她的语气中满是哀求。他们大眼瞪小眼地望着彼此，结果他先退缩了。

她深吸了一口气，小心翼翼地把螃蟹捡起来，放在锃亮的钢制桌子上。螃蟹向四周爬了一小会儿，而她则在餐具柜的瓶子里搜寻着，然后伸手拿起苹果醋，往那个动物的嘴里倒了几滴。它的钳子在钢制表面发出的刮擦声越来越微弱，后来突地完全停止了。

"这听起来可能有点古怪，但你也可以人道地杀死动物。"玛丽安向让－雷米解释说，他仍站在厨房中央，举着双手，一脸难以置信的表情。"你知道，醋会让它们入睡。"她双手托着腮帮子，歪着脑袋，闭上眼睛，然后把螃蟹放进沸水里，"这是沐浴时间。看，没那么痛。"

让－雷米注意到，这只螃蟹并没有像其他走完这最后阶段的螃蟹那样畏缩于滚烫的蒸汽。

在让－雷米的指导下，玛丽安把螃蟹切碎，做了一份用洋葱、大蒜、黄油、酸奶油和香草制成的酱汁，然后他往上面浇了一点卡瓦度白兰地，再抹上一点麝香葡萄酒。他尝了点爪子肉：味道有些不同。一种微小的区别。它尝起来有海的味道。玛丽安的加醋小策略使螃蟹重新具有了大海的滋味。

"好把戏，海洋生物的救星！"让－雷米说，"好吧，现在让我们继续做所有其他的事情，否则外面会发生骚乱的。"

一个小时后，玛丽安觉得自己好像已花了一辈子时间在一个布列塔尼的厨房里走来走去，周围是嗞嗞作响的煤气火焰和闪闪发亮的锅碗瓢盆。高峰期过后，让－雷米往两只水杯里倒了一些麝香葡萄酒，切了一只龙虾，招呼玛丽安来与他一起在后院沐浴着阳光的门阶上休息用餐。阳光在树叶上翩翩起舞，空气中弥漫着迷迭香和薰衣草的芳香。

“你是个好厨师。”让－雷米说道，然后举起酒杯，“*Yar—mat.*①”

玛丽安白天几乎从不喝酒，更不用说吃龙虾了。她用眼角的余光观察着让－雷米，当他一点也不难为情地直接上手时，她也效法了他。在那美妙的时刻，生活感觉比以往任何时候都要美好。

让－雷米在轮班结束时给了她一笔预支的工资。餐馆第二天将休息。玛丽安上楼到贝壳屋去洗了个澡，享受着遍布全身的疲倦感。那只猫坐在浴缸边，把自己舔得干干净净。现在，玛丽安正躺在床上，凝视着她放在瓷板上的钞票——她自己的钱。

她翻了个身，仰面躺下，发现自己紧贴在床的左沿，仿佛洛塔尔的身体仍然占据着大部分的空间。她一点一点地挪到中间，慢慢地摊开双臂。

那只猫大胆一跃，在她小腿之间坐了下来。它需要一个

① 布列塔尼语：干杯。

名字，玛丽安心想，一面轻轻地抚摩着它。但是……如果她今天给它取了一个名字，明天以后就不会有人再叫它了。因为明天她打算说再见。

她又起了身。她想看一眼黄昏时的科德鲁克。她关上灯，打开一扇窗户。她能听到的只有潺潺的流水声，钢缆轻轻拍打船桅的声音，还有蟋蟀的啁啾声。起初，天色似乎变得更浓烈了，仿佛它们正在微微发蓝的暮色中重新绽放，但随后，它们开始褪色，消失在无数的阴影中。

一个人影向防波堤走去，玛丽安从窗口后退了几步，仿佛被逮了个正着。她看见艾柯里埃夫人在埠头边停了下来，举起一杯香槟。她全身散发出反抗——反抗和愤怒——的光芒。这就像盯着一本活生生的日记。

艾柯里埃夫人正冲着河对岸的罗兹布拉斯敬酒。位于远岸的罗兹布拉斯显得更整洁、更优雅、更富丽，像一个模范村落，玛丽安想，她的目光追随的是餐馆老板的目光。相比之下，科德鲁克是个杂乱无章、饱经风霜的遗物。

玛丽安突然产生了一种强烈的感觉，即艾柯里埃夫人之所以把那些裙子藏起来，是因为她讨厌交织在那些衣料中的回忆，可她又不能没有它们。她看着另一个女人快速地喝了三大口香槟酒，然后把杯子远远地扔进了港口。

玛丽安有些困惑地回到床上，带着几乎难以察觉的微笑蠕动到中间，几秒钟之内就进入了如糖浆般甜蜜的梦乡。她最后的念头转瞬即逝，几乎未留下痕迹：*这真是美好的一天。*

16

玛丽安在日出前醒了过来。在她的记忆里，从未有过如此酣畅的睡眠。她觉得无忧无虑，心安理得。她望着窗外，能闻到大海的味道。

当她轻快地走过空无一人的接待处时，冲动地从一个架子上拿起一张客栈的发黄的明信片。它们都付过了邮资。

她把她在策勒的朋友兼邻居格蕾特的地址写在细线上，然后停顿了片刻。她想感谢格蕾特一直陪在她身边，感谢她的欢笑，感谢她的柔软如羽毛的拖鞋，感谢她从世界各地寄来的明信片，那是她为了忘记对理发师的爱而外出旅行的结果。玛丽安喜欢她让自己参与其冒险活动中的举动。

理发师是位有妇之夫，二十年来，在他与格蕾特上过床后，每天晚上都会回到妻子身边。在他妻子去世的两周后，他也跟着她离开了人世，让格蕾特伤透了心。“他良心有愧，竟跟着她溜进了坟墓！”

“谢谢你所做的一切。谢谢你做了真实的自己。”玛丽安写道，然后把卡片塞进上衣口袋。

她在村子主要街道左边一百码的地方发现了一条沿海小路的标志。标牌旁有个邮筒，她把明信片投了进去。她确信，这将是她给予家乡的最后的生命迹象。

马奈克港是贝隆河和阿旺河共同汇入大西洋的地方，在离它四英里之遥的地方，只要一万两千步，一切都将结束了。

玛丽安经过一栋古老的茅草盖顶的花岗岩小屋，它有着下弯的屋檐，苍老得如同人的希望。随后，这条窄狭的小径脱离了科德鲁克，尽头消失在幽暗的树木中。蔓生着杂草和常春藤的树木如同大教堂的扶垛和墙壁一样森然地环拱于小路之上。树木的芬芳气味与海藻、盐和水雾的特殊香气交织盘桓，不绝如缕。

一片闻起来有海的味道的林地。

小路变窄了，急弯处青苔遍地，坑坑洼洼。在一处洞穴的远端，玛丽安邂逅了阿旺河的第一条支流。一条涓涓细流把肥沃的河床一分为二，小径蜿蜒上升，穿过高耸如塔、覆满青苔的岩石。这就如同置身于雨林之中，与她相伴的只有天空、树木、河水、土地和在她头顶上冉冉升起的太阳的光辉。

她吸气、呼气，她尖叫，她似乎无法控制自己尖叫的持续时间。她尖叫着呼气、吸气。那叫喊声把她的整个生命都化为了齑粉。她尖叫着，把它们全都吐了出去。她的灵魂将痛苦全都吐了出去。

走着走着，她觉得好像有什么东西从她的背上跳了下去，那东西曾将锋利的爪子扎进她的皮肤。那是恐惧。恐惧跳了下去，一只丑陋的红睛兽正在灌木丛中疾跑，去寻找别人的后背。她听到绿墙之后的深处传来了沙沙声和噼啪声。

我从来没有注意到我是个活人，她想。

涨潮把新的咸水冲进河道，树林的气味也在变化。

她的动作隔绝了她与过去，在这个地方，玛丽安已不再觉得自己是个陌生人：仿佛她已经融入了此地，消弥了人与物之间那难以捉摸的边界。湿气在她的腰背部聚集起来。她比以往任何时候都能感觉到自己的身体，感觉到自己的肌肉因为不熟悉的运力而抽搐，她想要更多，想要移动，想要走路，想要工作。然后，她忽地闻到了一缕芳香——一缕独特的香味！

在远处，在原始的白色悬崖下，海水冲刷着海岸。玛丽安闻到了它，听到了它。她以双唇尝了尝盐味，她无可救药地爱上了大海的景色，连同那在它的表面上翩翩起舞的阳光。

她沿着那古老的观光路线一直向北，它一直通往悬崖的顶端。她抱着一线希望，希望它能很快把她带到水边，好让她终于可以把手伸进这无边无际、芳香四溢的大海里去。

玛丽安随着海浪拍打身后海岸的节奏唱起了歌——那是一道位于峭壁之下的狭窄的、阶梯状的白色海滩，峭壁上长满了莎草、越橘、野花和金雀花。她走向大海，边走边唱着

《月亮之子》(*Hijo de la Luna*)这首歌，这是她所知道的最优美的歌曲之一，充满了渴望和痛苦。在歌中，一个年轻的吉卜赛女人乞求月亮给她一个丈夫，但月亮要求她以长子作为回报。女人找到了自己心爱的人，生下了孩子。孩子的肤色浅白，眼睛是灰色的。那个吉卜赛男人认为孩子不是自己亲生的，于是刺死了妻子，然后把孩子扔在了一处山顶上。当孩子呱呱啼哭时，月亮由盈渐亏，变成纤纤的月牙儿，以充当孩子的摇篮。人们批评母亲和月亮：一个为了得到丈夫而放弃未出生的孩子的女人不值得孩子的爱，月亮也没有权利做母亲，因为它能对一个有血有肉的生物做什么呢？你想把孩子怎么样，月亮？然而，没有人批评那个因虚荣、恐惧和愚蠢的骄傲而杀死妻子的男人。

情况总是如此，玛丽安想，一面把裙边提高了一点。没有人指责男人的丝毫过错；如果男人不爱女人，如果女人太软弱而无法离开男人，或者她有了孩子却没有结婚戒指，遭受指责的总是女人。我们是自怨自艾的性别。洛塔尔毁灭了爱情和生活，而我却从未指责过他一丝一毫！你想拿我的爱情怎么着？告诉我！你想拿它怎么着？

情绪和思想一涌再涌，将她淹没，但它们到了她的嘴边，又被硬生生地抑制住了。她为什么从来没有胆量对丈夫开诚布公，要求他：“了解我的身体！尊重我的心灵！”

她责怪自己的懦弱，然后陷入了沉默。除了大海的怒吼声，她什么也听不见。她又冒险朝水中走了两步，现在水已经没到了她的大腿处。她向水的深处走去，走进那冰冷刺骨的海浪里，直到海浪冲刷着她的肚子，把飞溅的盐水泼到她的脸上。大海是活生生的有机体，它的波涛就像沸腾的牛奶。水汪汪的爪子抓住了她。

“对我来说，一切都结束了。”她低声说。

她又向前走了一步。那爪子抓得更紧了。她感到自己的血液在血管里乱窜，她在呼吸，一阵风吹进她的头发，阳光温暖着她的皮肤。她想到了贝壳屋，想到了她小腿之间的那只猫；她想到了让-雷米。

因此，今天是她能看到和感觉到大海的最后一天，单是看着那一望无际的地平线，就可以在她心中激起一种陌生的无涯之感。这是她最后一次听到自己的声音，但这是必须要做的。

谁说的？咸咸的水花溅在她的脸上。是的，谁说的？难道她不能依照心愿自由地做或不做一件事？她现在就能做到！她有权决定在任何时候结束一切。

她转过身来，欣赏着海岸线崎岖峥嵘之美。

明天。

她转身向岸边走去。

明天。

17

雅恩·戈梅喜欢观察帕斯卡尔·虢钦，可能是因为他们都是艺术家，都不把自己的工作当成工作，而只将之视为一种激情。帕斯卡尔的手天生会塑造黏土，如果非要说有什么的话，只有她的园艺或烹饪技艺才会更胜一筹。那是当她可以记起一个食谱时。

帕斯卡尔是一个生活充实的女人，有时画家几乎无法忍受看着他的老朋友失去记忆。她的丈夫埃米尔与雅恩相识于大约五十年前埃米尔和帕斯卡尔坠入爱河的那个夜晚。

雅恩爱抚着梅林——一只雪白的猎犬。梅林是帕斯卡尔带回家的第一只狗，之后是越来越多的流浪狗和猫，它们现在都生活在这块土地上。他坐在阳台上，看着蓬帕杜夫人在追赶一只大黄蜂。帕斯卡尔用皇室情妇的名字给狗取名，哪怕它们是公的。给猫取名的灵感都来源于水果和蔬菜，李子和小卷心菜在他的脚边舒舒服服地晒着太阳。

“我的缪斯？你是问我埃米尔是不是我的缪斯？”帕斯卡

尔重复道。她刘海儿下的雀斑——以前是姜黄色的，现在成了乳白色——似乎在嘲笑雅恩。“我凭情感行事。”

她的雕塑经常表现的是将手伸向彼此的情侣，但他们的激情很少在拥抱中得到满足。他们互相索吻时，往往会相距不到一英寸的距离，永远凝固在渴望之中。

“埃米尔和他的腿都还好吗？”雅恩问道。那是种疯狂：埃米尔，男人中的一头熊，他的大脑正在逐渐脱离他的身体。他先是脚开始抽动，然后是腿。如果他忘记吃药，他的整个左半身都会颤抖不已，不听使唤。

“你的瓷板都还好吗？”帕斯卡尔反问道。

“是的，一切都井井有条。”雅恩撒谎道。一切都井井有条，一切都一如既往。他给能力较差的艺术家们上绘画课，每周去拜访帕斯卡尔和埃米尔家两次，周一在阿尔莫尔餐厅吃饭，在一周的其余时间里画瓷板画，构思马赛克。然后就是等待漫漫长夏逐渐变为秋天。

“秋天将意味着我们的死亡，”帕斯卡尔评论道，“那么，出了什么事？”

他应该知道他不会那么轻易地脱身。他摘下眼镜，这样他就不必非得看着帕斯卡尔了。他很难承认那是使他一天比一天更加绝望的东西。

“艺术一向是我的一切，帕斯卡尔。现在我六十岁了，我意识到这还不够。我的生活是空虚的，犹如一幅空洞无物的画布。”

“啊，从你的十字架上下来吧，我们需要木材。你说的艺术是什么意思，雅恩·戈梅？艺术是需要锻炼的肌肉。它不在乎画的是不是瓷板，组成的是不是有趣的小人物，”——帕斯卡尔指着她面前的泥塑说——“或者是不是一串串的文字。艺术就是艺术。”

她做了一个手势，同时转动着眼珠，耸了耸肩，指着乡村和世界，所有的动作都浑然一体。“是的，就是这样。问题是你的感觉如何。你感到孤独吗？我要告诉你一件事，雅恩·戈梅：你生命中缺少的是爱情。你还记得爱情吗？那种让人做傻事或成为英雄的感觉？全世界的艺术都不会回馈你的爱情。你把一切都投入艺术中，可它不会给你半点回报。丝毫也没有。”

雅恩喜欢帕斯卡尔那三十秒的演讲。帕斯卡尔可能随时会退出谈话，问雅恩他到底是谁。然后她会拖着脚步走进厨房，什么也认不出来——桌子不是桌子，糖不是糖，甚至她的丈夫也不是她的丈夫。

艺术、爱情，雅恩并不认为自己是艺术家。他是个手艺人，一个工匠。“手艺人”中的一点点“艺”对他来说就足够了。但是爱情呢？爱情就像一块巨大的画布——他不知道如何填满它；他内心没有这种感觉构成的画面。它是个缺失的元素。

他想到柯莱特·洛翰总是试图劝说他画大画。或者仅仅是绘画，而不仅仅是瓷板画。那位画廊老板拿他与高更、塞鲁瑟[1]和皮埃尔·德·贝莱[2]作比，最终说服他画女人——裸体女人。

阿旺桥的裸体女人？天哪，这是在外省，不是巴黎！

“柯莱特·洛翰想要的是纵欲狂欢，”他叹了口气说，“上面有巨大的裸体女人的大幅画作。”

帕斯卡尔哼了一声：“如果柯莱特在你身上看到了更大的东西，那是她的事。但谁知道呢，也许你的小小瓷板会大大地改变某个人的生活。”

“你真的相信吗？”

“想象总是好的，”她说，带着梦幻般的微笑看着他，“你能答应我一件事吗，雅恩？”

“不，”画家说，“我不喜欢承诺。请告诉我，我能为你做些什么，一个‘行’字就足够了。

“你还会恋爱吗？”

原本一直静静地躺在雅恩脚边的梅林大叫一声，跳了起来。雅恩掐了狗的耳朵。

“会还是不会？”

“我不能保证我会爱上谁！”

“为什么不呢，你这个目光短浅的布列塔尼蠢货！坠入爱河是你可能遇到的最好的事情。食物会变得更加美味，世界将变得更加美丽，你的画作会完成得更快。别那么胆小。去

---

① 保罗·塞鲁瑟（Paul Sérusier，1864—1927）：法国画家，抽象艺术的先驱。

② 皮埃尔·德·贝莱（Pierre de Belay，1890—1947）：法国画家。

爱吧！睁开你的眼睛，打开你的心扉，别再那么该死地害羞和遁世，开始像个白痴那样行事！”

“我为什么要没头没脑地变成一个白痴？”

“你越愿意表现得像个白痴，你就会越早坠入爱河。去做吧！否则你将孤苦伶仃地老去，比你愿意的更早死去。”

是的，帕斯卡尔，激情女王。雅恩完全清楚，在她年轻的时候，她曾让数十个男人为之疯狂。作为一名空姐，她遇到过来自世界各地的男人。相较于自己的朋友埃米尔，雅恩更为那些人感到高兴。毫无疑问，他们结识了其生活中最令人兴奋的女人之一，但帕斯卡尔只爱埃米尔。爱的方式有时很奇怪。

爱情——一种面对死亡时涌起的感情。当爱情结束时，你就彻底完蛋了，成了脑袋和心脏被切除了的人。

一直到他三十岁生日时，雅恩才从初恋的阴影中走出来。想到蕾妮时，他的痛苦一年比一年小，他花了很长时间才终于对她的出轨行为感到了愤怒，而出轨对她来说就像呼吸一样自然和必要。然后，他开始原谅自己爱上了她。

但那另一种爱真的存在吗——永恒的、金色的、日常的爱？一直以来，*Toujours l'amour* 是用来形容那些你不怎么期待的红酒的。该死的，画家想，我想念爱，想被人爱；想有一张注视着我的面容，她在微笑，只因为我在那里；我想有一只在睡梦中寻找我的手。一个与她在一起时我是纯粹的我的人。一个在我长眠之前我最想看到的是她的脸的人。一个成为我的心灵归宿的人。

“那好吧。”他过了一会儿说。他戴上眼镜。雅恩·戈梅觉得自己像是在画一幅他还没见过的画——一个爱他的女人的脸。他无法想象这个愚蠢到爱上一个目光短浅的画家的女人会是个什么样子。

当他抬起头时，帕斯卡尔正焦灼地打量着他，显然很困惑。“你到底是谁？”她问道。

“我在画你。”他回答，想找一些令人愉悦的话语来掩饰她的困惑给他带来的痛苦。

“没错，*mon coeur*，[①] 戈梅先生正在为你画肖像呢。”埃米尔说。他刚买完东西回来，这任务使他筋疲力尽，因为现在帕金森先生也搬了进来，他们三人同痴呆夫人生活在同一个屋檐下。

帕斯卡尔哭了起来：“管家布维太太不停地对我大喊大叫，因为我把一切都搞混了。”

埃米尔将几缕头发撩到妻子的耳朵后面。她已经七十多岁了，但看起来一天比一天年轻。她的脸是年轻姑娘的脸，她的眼睛清澈如水。人们不知道，那双眼睛有时对世界的看法与现实中不同。现在，那双眼睛正看着他们的第六位女管家，这位管家完全被帕斯卡尔的症状和情绪波动压垮了。明天，罗奇太太会来：第七号。埃米尔希望她不会那么脆弱。

---

① 法语：我的心肝儿。

“你喜欢我吗？”帕斯卡尔问她的丈夫。

埃米尔在她身边坐下来，拉着她的手，点了点头：“我爱你。”

帕斯卡尔带着瞬时的惊奇看着他：“哦！爸爸知道吗？”

埃米尔又点了点头。

“我不太喜欢大喊大叫的女人。”帕斯卡尔宣称，并把她的手撑在埃米尔的膝盖上，让自己站起身来。当她走进厨房，看到购物篮里的东西时，她的手像只受惊的小鸟一样掠上了前额。

“我必须收拾房间！”她对两个男人说。她伸手去拿挂在冰箱旁边的草帽，然后走到水龙头前，把草帽放在流水下面，开始用它去擦窗玻璃上的污渍。埃米尔蹒跚地走向她，把手放在她裸露的胳膊上。

“*Mon Coeur*.”他低声道，再没有力气说出别的话来。

帕斯卡尔转身面对着他。“哦，是的，”她笑嘻嘻地说，“我真傻。”然后把帽子戴在头上。水从她的太阳穴和脸颊流下来，与此同时，她拿起海绵，用它擦着窗户，一面哼唱着《欢乐颂》。

雅恩瞥了一眼埃米尔，他耸了耸肩，跟着帕斯卡尔哼唱起来。这对夫妇开始在厨房里慢慢地跳起舞来。

是的，它确实存在，这种日常的爱情，永恒的爱情，它把疼痛中的刺挑了出来。

18

玛丽安的末日并没有在第二天或第三天到来。在过去的十一天里，她总是在日出前不久醒来，穿过薄雾笼罩的树林，去海边寻死。但她一天比一天坚强，摆脱了厌世的情绪。太阳开始晒黑她的皮肤，大海使她的眼睛变得更加明亮。她的膝盖现在很少疼了。

每天早晨，她赤脚走进泛着白沫的海浪，但是，一种她解释不清的对抗力量总是会冲走她想屈服于海浪的冲动。一次是在晚上让-雷米给她上法语课的时候，她不管不顾地给他烤的黑面包。还有一次，她答应和他一起去特伦格伦（Trégunc）的有机市场。然后有一场每周三举行的音乐会，劳伦想在晚上下班后带她去。即使她已经到了那里，她也许同样会看看那个位于塔希提沙滩北端的与拉古涅兹（Raguenez）不相连的岛屿，人们可以在落潮时步行前往那里。

那里正是贝努娃特·葛胡[①]的小说《我们皮肤上的盐》(*Salt on our Skin*)中的那对情侣初次与对方相拥而眠的地方。

"我要跟你说句话。"玛丽安在第十二天对让-雷米说，他正把面团裹进麻布袋里，然后把它扔进文火慢炖的 *kig ha farz* 砂锅菜里，这是一道传统菜肴，配料有煎饼、牛尾、牛腰肉、腌猪肉、皱叶甘蓝和西芹根。

玛丽安把切成小块的菜花推到一边，这些白菜花是从海岸附近的一块田地里直接送来的。她开始读她用作练习本的小订单簿。

"这很愚蠢。连你和劳伦。停下。每天给她送花。做个男人，而不是一个……*triñschin*……一个，嗯，卷心菜头！"

"不是酸叶草？！"让-雷米心烦气躁地说，然后把玛丽安的任务写出来。"首先，把猪血和面粉、糖、葡萄干、盐、胡椒粉和一点巧克力混合。保罗的双胞胎明天要过生日，他们点了 *silzig* ——血肠。"

玛丽安让自己镇定下来："让-雷米，我在说劳伦的事！"

"其次，清洗 *morgazen*——鱿鱼。去掉鱼皮、尖刺、喙和吸盘。"

在让-雷米的示意下，玛丽安递给他一只装满软木瓶塞的碗，他把瓶塞倒入盛有清洗过的鱿鱼须的锅里。软木塞的目的是中和蛋白质，使鱿鱼更耐嚼，使白色的肉细滑软嫩。

---

① 贝努娃特·葛胡（Benoite Groult，1920—2016）：法国记者、作家、女权主义者。

“送花怎么样？”玛丽安继续恳求他。

“土豆也需要削皮！”

“给她写封情书，好吗？”

让 - 雷米逃进了冷藏室：“夫人，明天是暑假的第一天，再过一天，一半的巴黎人都要搬到布列塔尼来了。沉睡的村庄会突然变成疯狂的蜂房，川流不息的游客们会在这里进进出出，迫不及待地想吃贻贝和龙虾。我们要到 8 月底才能休息一天。你要我什么时候写信？”

“晚上？”玛丽安说，然后更加温和地加了句，“你个小卷心菜头。”

听到玛丽安的话，热娜维芙夫人在吧台后面暗自微笑。她正在盘点瓶子、擦拭过的餐具、玻璃杯和调味瓶。对于玛丽安的到来，她要感谢布列塔尼的每一位神明。玛丽安打扫了客栈，把堆积如山的床单、枕套、桌布和窗帘清洗干净，又熨烫妥帖。这个德国女人正在使客栈起死回生。

热娜维芙检查了一下她黑衣裙的扣子，把头发往后拉，直到紧得太阳穴都被扯疼了。命运曾让她骄傲：这个玛丽安的心脏大得连一艘超级油轮都能在里面掉头。客栈主人真希望她自己的内心也会有那么大的空间。

是的，曾经有过这样的时刻。曾经有那样一个男人，那样一份爱，暴露无遗地揭示出它的存在，使其他一切都变得苍白无力，使她的心膨胀到极点，使它大到足以容纳整个世界。但后来，她成了命运的出气筒。

热娜维芙叹了口气，走出餐馆，沿着埠头一路向前。园丁们正在把秧苗移栽到露台上的花盆里，把客栈前门周围缠结的杂草清除掉。

劳伦正在用扫帚清扫着阿尔莫尔的露台。“*Mon amour*，[①] 哦，*mon amour*，”她对扫帚低声说，“*je t'aime*，[②] 和我一起睡觉，现在，马上。”她闭上眼睛，跳起了华尔兹。

“劳伦！”那个年轻女子吓了一跳，扫帚掉在了擦得锃亮的木板上。她刘海儿下的脸庞变得殷红。“你这是怎么了？在做白日梦吗？”

“是的，夫人。我梦见这是我的情人，我们光着身子，他——”

“别说了！”热娜维芙发出雷吼。

劳伦捡起扫帚，把它压在胸前。

“回家去做梦吧！”

“可是家里一个人也没有。”

“这里也一个人也没有。”

女孩目瞪口呆地看着热娜维芙。自然造就了她，使许多男人不快乐，而她做了什么？她使自己不快乐。

就在热娜维芙夫人从劳伦手中抓过扫帚时，一辆老雷诺滑下山坡，向着港口开过来。热娜维芙变得脸色苍白，抓紧

---

① 法语：我的爱。

② 法语：我爱你。

了扫帚。

一个男人从雷诺车上下来。他又高又瘦，穿着牛仔裤，白衬衫的袖子卷了起来。他年轻时一定很英俊，现在那种潇洒已成熟为富有表现力的、刚健有力的风度。

“那不是……”劳伦脱口而出，眼睛睁得大大的。

“是的。到厨房去。马上！”热娜维芙夫人命令道，劳伦领命而去。

“你想要什么？”热娜维芙·艾柯里埃问那个男人，他正像只野兽般跃跃欲试地走近她。

“看看我的客人们不久会去哪里，”他说，声音像 D 大调和弦一样浑厚低沉，“看来你很快就要重新开放客栈了。”

“好吧，现在你已经看到了。*Kenavo.*[①]”

“热娜维芙……求你了。”他恳求的目光并没有改变她冷漠的面孔。

热娜维芙夫人把扫帚压在胸前，走回阿尔莫尔，挺直了背，高昂着头。

“热娜维芙。”那男人向她背后喊道，声音里充满了温柔和哀求。

玛丽安从后门的拐角处退了回去。她无意偷听，连忙从菜地把一束百里香给让－雷米拿过去。

---

① 布列塔尼语：再见。

“你今天对劳伦说了什么好听的话吗？”她漫不经心地问道。让－雷米递给她一桶贻贝，示意她摘掉它们的须子。

“我告诉她她很漂亮。”

“不，你没有，*triñschin*。”

让－雷米一边咕哝着什么听不懂的话，一边翻搅着另一锅清洗过的贻贝，它们正在白酒、黄油和红葱头的混合物中咕嘟咕嘟地冒着泡。

“外面有个男人。你认识他吗？”

“嗯，”让－雷米愤愤不平地低吼道，“阿兰·波蒂埃。来自对岸——罗兹布拉斯。他是我们的竞争对手。”他把贻贝倒进一只大盘子里，挑出那些还没开口的，将汤汁通过一只筛子倒进一口小锅，在酱汁上撒上面粉。玛丽安把番红花、奶油和酸奶油递给他，他把它们加到贻贝汤里，然后把它煮沸。

她回想着刚才看到的情景。没有什么比曾经燃烧过的心更冷的了。

阿兰·波蒂埃不仅仅是个竞争者，她想。他还以某种方式塑造了热娜维芙的经历，使她的脸庞只会在夜间流露出感情，而当着别人的面，那张脸永远都好似波澜不惊。

玛丽安想知道，如果她自己成功地让丈夫爱她、尊重她，或者给她一朵花，就一朵，只一次，那她会有什么样的表情，她的肢体语言会发生怎样的变化。

19

几个星期后，玛丽安早上沿着海滨散步时，默诵着迄今为止她学过的所有涉及“灰色”的单词。悲伤、千疮百孔的笑声、哀悼、根状的：布列塔尼人可以列出数百个名称来称呼天空和水的灰色阴影。他们的国家让你想要一直走下去，直到你忘记了时间，忘记了你的车停在哪里，最终忘记了过去的生活，再也回不到过去。

玛丽安不知疲倦地探索着费尼斯坦的小径，徒步穿越茂密的树林，沿着海滩前行，穿过位于粉色悬崖边缘的野花遍布的草地。道路又窄又弯，花岗岩房屋破旧不堪，饱经风霜，窗户一般都朝向内陆。当她经过离科德鲁克不远的克拉拜尔村的时候，她看到一块巨石昂然挺立在一片成熟的金色麦田里，麦秆像狂暴的西风中的波浪般在它周围起伏不定。她想起了保罗对她讲过的关于这些被施了魔法的真人大小的立石的故事：在平安夜午夜的第一次钟声敲响的时候，巨石们会溜到海边去喝海水。在那些被它们遗留在身后的坑洼里埋藏着财宝，人们必须迅速地把财宝移走，以免在大钟敲过十二下时被埋在石头下面。

玛丽安在穿过树林向科德鲁克走去时，听到一声枪响。这声音在她的耳朵里短暂地响了一下后，四周便又是死一般的寂静。

当帕斯卡尔的丈夫埃米尔·虢钦听到厨房里传来的刺耳的爆裂声时，他知道自己又失去了一位管家。他从火柴盒里取出最后一根火柴，把它擦过粗糙的表面，用颤抖的手把它举到布列塔尼白兰地旁。书房的门“砰”的一声撞上了上面放着孟德斯鸠的全部作品的书架。火柴嗞嗞地熄灭了。

“太可怕了！那个女人想冲我开枪！”新管家喊道。

“那是我的最后一根火柴。”

“而我所做的，先生，就是做葡萄干布丁，并且对她说：‘麻烦你把肉桂递给我，帕斯卡尔夫人，好吗？’而她做了什么？她想要像射杀一只流浪狗一样把我打死！”

“我该怎么喝这白兰地呢？”

“先生，你怎么能容忍这些皮毛乱七八糟、浑身长满虱子的动物呢，这些三条腿的杂种狗和独眼猫？它们用你最好的瓷盘吃饭。这真让人恶心！”

“你有火柴吗，罗奇太太？”他盯着这些大声喊叫的来源问道。年轻女子的美貌可弥补其智力的不足；老妇人的聪明才智可弥补其美貌的不足。但在罗奇夫人身上，什么也弥补不了什么。

“这所房子是罪孽的窝点。我说，这是罪孽的窝点。”

“虔诚是一种迹象，表明一个人为了成为世上的重要人物，愿意做任何事情。”埃米尔评论道，罗奇太太对此言的反应是牙关紧咬，像只老鼠夹子一般。她那双锐利的棕色眼睛里没有一丝温暖。

“我不干了！”她冲口说出。

“*Bon courage, Madame*！[1]愿上帝与你同在。请代我们向他问好，告诉他，他可以随意来访。”

埃米尔一直等着，直到他听到沉重的橡木大门咔嗒一声关上，石子路上刺耳、急促的脚步声渐渐消失。然后，他从破旧的皮扶手椅上支起身来，一瘸一拐地沿着长长的走廊走到客厅的壁炉前。他发现餐具柜上有只摔碎了的奶油碟，旁边是个糖罐，罐子上露着截手枪把。他在面包箱里找到了电话机，在洗衣房的橱柜里找到了面包，在冰箱里找到了一摞叠得整整齐齐的毛巾，但就是找不到火柴。

帕斯卡尔坐在储藏室里，两腿缩到胸前，前后摇晃着。埃米尔笨手笨脚地在冰冷的石头地板上挨着她坐下来。他与帕斯卡尔共度了一生。他曾见过她风华绝代的时候，在她精力充沛、美丽夺目的黄金时代，他也曾欣然地享受过那每一个阶段。他认识过去的每一个阶段的她。

---

① 法语：祝您好运，夫人。

他想起厨房里那把锋利的刀。他不会切断输往炉子的煤气，也不会锁上前门。他不会用保护帕斯卡尔免于生与死的举动来羞辱她。

死亡是一件奇怪的事情。埃米尔一直希望有一天他会对生活感到厌倦，以至于一想到安口（Ankou）——所有道路的终点——就会有如释重负的感觉。但是没有，他比以前更想活下去！他对自己的衰老迹象感到恼火：林中小屋的刺骨寒风，他日渐衰弱的体力，帕金森症。造化就是如此弄人！心灵刚一成熟，肉体就开始萎缩。

他吻了吻妻子的耳后，那是她喜欢的方式。她咯咯地笑了。他挣扎着站起来，去找玛丽亚·卡拉斯[①]的唱片。当帕斯卡尔深陷于内心世界之中时，玛丽亚·卡拉斯的歌声是为数不多的能传到她耳朵里的声音之一。

震惊使玛丽安浑身僵硬地停住了脚步。一个怒不可遏的女人沿着小路大步朝她走来，并且闷闷不乐、愤愤不平地自言自语着。她根本不屑于看玛丽安一眼。

现在她听到从树林里传来的歌剧旋律，于是犹犹豫豫地朝着它的方向走去。穿过一片空地后，她来到一栋美丽的住宅，它周围环绕着高大的落叶乔木，有着爬满藤蔓的露台和圆形的窗户。然而，当她朝着长得过了头的菜地看去时，满

① 玛丽亚·卡拉斯（Maria Callas，1923—1977）：出生于美国的希腊女高音。她是20世纪最著名和最有影响力的歌剧演唱家之一。

眼都是结了籽的生菜和被杂草围得密不透风的玫瑰丛。

随后，她注意到有成群的猫爬上树或懒洋洋地躺在阴凉的树荫下，狗儿们摊开四肢躺在碎石车道的一个拐角处。她绕着房子外围转了一圈，这时，玛丽亚·卡拉斯的声音缭绕着愈拔愈高。

“喂？有人吗？”她的叫声盖过了那支咏叹调。

一个女人朝她走来。她拿着一个托盘，上面放着些小碟子。

“*Guten Tag*，[①]我是汉莎航空公司从罗马飞往法兰克福航班上的乘务员。”陌生人微笑着对玛丽安说，“请系好安全带，并在今天的飞行中一直不要解开。”她把盘子里的龙虾塔塔放到懒散的猫儿们的面前，仿佛是在三万英尺的高空分发饮料。

那女人说的是德语！玛丽安最后一次听到别人说她的语言已经是多久以前的事了？

“多……我们要飞多长时间？”她问，用的也是德语。

帕斯卡尔·虢钦对她笑了笑，只是那笑容转瞬即逝。

“我不知道，”她不高兴地说，“我得告诉你，我已经有点健忘了。”片刻间，喜悦和悲伤在她脸上相互撕扯着，哪一个都没有取得决定性的胜利。她转过身去，开始滔滔不绝地叫着猫的名字，一面在它们的鼻子前面放下小碟子、小泡芙、覆盆子。她向玛丽安倾过身去，仿佛要向她吐露心事。“它们是死者和女巫的灵魂。或者是感到孤独的活人的灵魂，它们

① 德语：您好。

把自己的猫魂送出去，以便寻找一个家。”

玛丽安跟着那个女人走进厨房，在那里，她拿起了另一个托盘。玛丽安猜测，这是给她见过的那些狗的早餐。她从女人手中接过沉重的托盘，跟着她走到外面。

帕斯卡尔抚摩着一只灰狗：“蓬帕杜夫人。她创建了一家剧院和一家瓷器工厂，这就是为什么她的饭是盛在塞夫勒瓷器（Sèvres porcelain）中的。你明白吗？”

“当然。”

“官员的情妇们，”帕斯卡尔一边喂狗，一边说道，“是国王的统治者。她们凭着自己的阴道决定的国家大事要远远多于历史学家羞于承认的。”

“哦。”玛丽安说，觉得自己的脸唰地红了。

一只有着菜花耳、金色皮毛呈现出草莓红色的狮子狗趾高气扬地朝她走来。

“布列塔尼的安妮，我们的女王，她嫁给了法国国王，为的是不让他把自己的土地夺走。她创建了公主屋（House of Princesses），里面住着九位王公显贵的情妇和四十位贵族少女。一个国家妓院。”

帕斯卡尔得意地搔了一下狮子狗的肚子，然后把其他情妇介绍给玛丽安：“杜·巴里夫人；朱莉娅和范诺扎，教皇亚历山大六世的情妇；简·斯图尔特夫人。”最后，她指向一只支棱着耳朵、摇晃着尾巴的腊肠犬，“朱丽·雷卡米尔，雷卡米尔躺椅就因她而得名。这是她的朋友，德施塔尔－荷尔斯泰因男爵夫人，她把德国称为‘诗人和短毛猎犬的国度’。”

“诗人和思想家。”玛丽安纠正她。

“哦，一回事，”帕斯卡尔回答，“那你是谁呢？”

“我是玛丽安·兰茨。”

“啊哈，兰茨夫人。我叫帕斯卡尔。”

“你的花园里怎么啦，帕斯卡尔？”

“你什么意思？”

“我从来没有过这样的花园。”

“你有什么？”

“草坪。”

“草坪？那是种什么花？”

玛丽安意识到，这种交谈方式不会让她加深多少了解。“有什么人……和你住在一起吗？”

帕斯卡尔想了一会儿。“我不知道，”她伤心地说，“我只知道我再也不能正确地打钩了。但你知道，玛丽安……最糟糕的事情是知道这一点，却对它无能为力。事情就这样发生了：有一刻我在这里，然后一切都消失了。”她伸手去拉玛丽安的手，“在美国，人们会没收他们犯糊涂的祖母的护照，把她衣服上的标签剪掉，开车送她去能想得到的另一个州，然后把她留在那里。这是扔掉奶奶。不是很好，是吗？”

玛丽安摇了摇头。虽然她知道帕斯卡尔在夸大其词，但那种念头令她不寒而栗。

埃米尔叉着双手，在阳台上看着两个女人在花园里走来走去。他有一种感觉，认为那个他认出是阿尔莫尔的新厨师的女人不会被他疯狂的妻子吓跑。谁知道呢，也许她也疯了。在布列塔尼，疯狂的人都过得自由自在：觉得生活艰难的是普通人。不过，她不是来自布列塔尼；她甚至都不是法国人！和大多数上了年纪的法国人一样，他也不太喜欢德国人。

埃米尔一瘸一拐地走进屋里，返回时拿着一罐 *chouchen*——这一种蜂蜜酒，还有几只玻璃杯，以及一条长棍面包、火腿和奶酪。帕斯卡尔经常忘记饥饿和口渴，埃米尔不得不提醒她吃和喝——然后又停下来。

吃完面包后，帕斯卡尔在阳台的躺椅上睡着了，一只猫趴在她的肚子上，让她觉得暖烘烘的。埃米尔给妻子盖上一条毯子，又在她的头部放上一顶草帽，以确保太阳不会晒伤她的脸。

他没有给玛丽安一杯水或任何吃的东西。他对她未发一言，即使是在玛丽安匆匆说了声“*Kenavo*！”离开时。

20

欧赛娜和莉莎特的生日聚会起初看起来像是一场灾难。十几个五岁的小女孩像暴风雨一样席卷了阿尔莫尔，嘴里塞满了小香肠，还不断地要求保罗和她们一起玩。一个像他这样的老爷爷怎么会同这样的小精灵玩到一起呢？这种情况一直持续到玛丽安想方设法把那些尖叫不已的小公主引到埠头去玩捉迷藏的游戏，然后又开始了汤匙盛蛋赛跑和跳袋比赛才结束。当保罗回想起让 - 雷米的厨房仙女一手拿着一捆面粉袋、一手拿着一大把勺子出现时的样子，不由得大笑起来。姑娘们都被迷住了，使保罗得以安安静静地享用他的那盘配以苹果酒的扇贝肉。

现在，双胞胎回到了她们的妈妈家，她们的生日派对即将结束，剩下的就是哄她们去睡觉了。

“*Kement—man oa d'ann amzer*，”保罗开口道，“在母鸡还有牙齿的年代，有一个勇敢的小男孩叫莫尔万。他住得离这里很近，他最大的愿望就是成为一名骑士。当他十岁的时候——”

“我不想听那个关于莫尔万的故事。它太傻了。”莉莎特说。

欧赛娜点点头：“我也不想听。”

“你总是姐姐想干什么你也想干什么吗？”保罗问。

欧赛娜的声音听起来就好像嘴里含着一整袋的弹珠，她说：“当然啦，诺诺！”

他们三个人都舒舒服服地坐在带有破旧的蓝色遮阳棚的秋千椅上。莉莎特跪在保罗的左边，聚精会神地端详着从保罗耳朵里伸出来的汗毛，而欧赛娜则蜷缩在他的右边，将梳着松松的浅棕色辫子的小脑袋倚在他的上臂上，将弯曲的食指（而不是拇指）含在嘴里。

“你们不想听莫尔万·雷兹-布雷兹的故事吗？他可是让我们深爱的布列塔尼获得独立的人啊！”

“不，诺诺。”莉莎特和欧赛娜异口同声地说。

“那好吧。那普鲁瓦内的快乐强盗比尔兹的恶作剧呢？”

“好傻！”欧赛娜大叫道。

“就是！”莉莎特说。

“金发公主、卡多王子和魔戒？”

“无聊。”

“我真不敢相信你们不想再听我们所有这些精彩的布列塔尼的故事了。”

“我们听够了，诺诺。”莉莎特扯着保罗的耳毛说。当这个五岁的孩子戳着他的脑袋时，这位退伍军人一点脾气也没有。

“那你们想听什么？”他问。

“伊斯城的故事。”欧赛娜果断地说。

“关于海公主达胡特的故事。”

“还有金钥匙。”

“还有水下城市是怎么消失的。”

达胡特——这对双胞胎爱上了她。保罗以前曾多次向她们讲述过沉没在杜阿内涅斯湾（Douarnenez Bay）的伊斯城（Kêr Is）的故事，但他总是力图省掉有关仙女达胡特的情色细节——尤其是她每晚都换个新情人的习惯。

他又从头开始讲起：“时间要回到在罗马人开始修建通往阿莫里凯的道路的时候。这些罗马大道中的一条仍然可以从卡雷（Carhaix）到达杜阿内涅斯湾。但在那里，它消失在了大海里。它曾经通向世界上最伟大、最美丽的城市，它被称为‘伊斯城’，一些人称之为‘亚特兰蒂斯’。”

“但也许罗马人只是想直接从海滩上钓鱼？”欧赛娜低声说。

“如果他们没有呢？”保罗用更低的声音回应说。欧赛娜屏住呼吸，点了点头。

“英明而强大的国王格雷特伦为他心爱的女儿达胡特建造了伊斯城。达胡特公主是一位国王曾经深爱过的仙女的女儿。她掌管着水和火。达胡特没有受洗，因为那样她就可能会失去神力。”

“就像我们！我们也没有受洗！”莉莎特叫道。

哦，天哪，天哪，保罗想。

“这座城市被一道由堤坝和铁门组成的系统保护起来，免受大海和潮汐的侵袭。只有格雷特伦国王一个人掌握着可以打开水闸的金钥匙，他一直把它挂在脖子上，这样就没有人能在夜里打开水闸，让潮水进来了。从遥远的内陆可以看到这座城市的大教堂和金色房屋、闪闪发光的银塔和镶着钻石的屋顶。所有的居民都过着国王般的生活，孩子们从来不用上学。”

保罗自由地演绎着余下的关于伊斯城的故事，但有一部分是他不能忽略的。一天晚上，达胡特偷走了挂在父亲脖子上的金钥匙，好让她的情人能进城，正是这个负责洪水的大笨蛋在一个不幸的时刻打开了城门。

“格雷特伦国王骑着马跃过波涛，正打算把达胡特举到他身后的马鞍上，这时，大海把她拉下了海，奉上了其吊唁之礼。”

“啊，那太卑鄙了。”莉莎特说。

“是啊！”欧赛娜补了一句。

“你现在是不是要给我们做布列塔尼奶油薄饼，诺诺？配上能多益巧克力酱？”

“说出它的名字，你就可以得到它，我的小精灵们。”这两个是他唯一愿意为之付出一切的女人。任何东西，哪怕是煎饼，直到它们快要把她们的肚皮撑破为止。

“我讨厌你这样给孩子们讲故事。你知道，你不该跟她们说布列塔尼语！”屋里传来一个声音说。

保罗闭上了眼睛。

诺尔文向那对双胞胎做了个手势，叫她们上床准备睡觉。她把车钥匙扔给保罗：“让我开心点：把车开到沟里去！”

莉莎特想到诺诺可能会死，便哭了起来，欧赛娜本着姐妹同心的原则，也抹起了眼泪。

“看看你都干了些什么！”诺尔文鄙夷地说。

保罗的继女不喜欢他。不，实际上，她讨厌他：一个相对重要的细微差别。他也不喜欢她，但用“厌恶”这个词来形容他的感情未免太过强烈了些。毕竟，她生下了双胞胎，这是她唯一的优点。她的母亲萝森是个妙人儿——一个美丽优雅的女人，一只母狼。然而，在诺尔文的眼里，保罗有两个不可原谅的缺点：他作为外籍军团士兵的过去，以及他不是她亲生父亲的事实。他对这两件事都无能为力，因此他们的关系从未改变。

出于对诺尔文的考虑，保罗和萝森从未同居过，尽管他和萝森已经在一起生活了十四年，其中有十年是在婚姻状态下。一直如此。然后那个男孩粉墨登场。

他们离婚后，萝森的行为——保罗并没有试图加以阻止——为她赢得了极大的赞许：她确保他可以定期去看望这对双胞胎。诺尔文很快就发现了这种安排的实际好处：保罗是个廉价的保姆。她制定了明确的规则，不得有布列塔尼的故事、歌曲、格言或有关天气的谚语。姑娘们是法国人，仅此而已。

她倒是挺想挂上那几代人以来一直在为学校教室增光添彩的标语之一：禁止随地吐痰，禁止说布列塔尼语。所有被抓到做这两件事情中的任何一件的人，脖子上都会挂上一只木屐。

一旦他与姑娘们拥抱告别，将门在身后关上，他便发出愤怒的嘶喊：“*Hep brezhoneg Breizh ebet*！”——禁止布列塔尼语，就没有布列塔尼！而没有布列塔尼，就没了祖国。

上帝啊，他真渴！

他在松开手刹时遇到了困难——在咸湿的空气中，手刹又生锈了——但最终他成功了。

在驱车回科德鲁克的路上，他发现玛丽安正沿着马路的另一边走着。她人很不错，他想，一边摇下了车窗：“在试着用脚丈量布列塔尼的土地，是吗？”

她没有立即作答，因为他们突然被一场自行车比赛隔开了。身穿霓虹莱卡服装的老绅士们奋力地骑上山岗后，在靠惯性滑行下坡时发出了欢快的招呼声。

有那么一刹那，保罗注意到玛丽安脸上有种沮丧的表情，但她随即对他露出了迷人的微笑。她就像布列塔尼本身：深深地隐藏在美丽的外表背后。他想知道她有什么心思。她看起来不想被打扰，所以他挥了挥手，踩下了油门。从后视镜里，他看到那种奇怪的疏离神情重又回到了她姑娘般的脸上，仿佛她丢了一样东西，却不知道它是什么。

保罗需要一些消遣。他嘎吱嘎吱地穿过科布安农家小院，经过西蒙的被支起来的划艇，停下车，然后步履沉重地穿过菜园子，走向后门。西蒙正坐在两级台阶中的一级上抽烟，这两级台阶是防止考里根——侏儒怪——爬进屋子的传统方法。

“嘿。我说，你这只老山羊，你不想喝点什么吗？”保罗说。

“小的还是老的？”

“比我老的东西。”

“这是个很难满足的要求。”

他们喝下了第一瓶，是罗纳河流域红葡萄酒（Côtes du Rhône）。两人都默不作声，只有当西蒙把一条面包、一些咸黄油和一块胡椒馅饼从桌子对面推给保罗时，他才咕哝着道了声谢。同往常一样，西蒙用刀在一条面包的底部画了个十字（出于迷信）。

第二瓶是克罗泽埃尔米塔格葡萄酒（Crozes Hermitage），喝着这瓶酒时，保罗才重新开口说话：“*Evit reizhañ ar bleizi, Ez eo ret o dimeziñ.*（我娶了那头狼，以此来驯服它）”他说，“我究竟为什么要选择萝森？如果我没有接纳她，我就不会失去她。我真是个白痴！”

“唔，*da heul ar bleiz ned a ket an oan.*（羊不会追着狼跑）”西蒙说，“特别是如果狼已经找到了新的猎物时。”

这并没有真正消除保罗对萝森的爱，但是没有什么可以补充的。

西蒙把羊奶干酪、无花果和黄油灌入几只布列塔尼荞麦咸薄饼中，点燃煤气，把它们推进烤箱。五分钟后，两个男人用手指抓起滚烫可口的煎饼吃了起来。

“我太老了吗？”保罗在他们喝到第三瓶酒时问道，他的辅音在其用作酒杯的芥末瓶里的红色波浪上越漂越远。

“什么？对喝酒而言吗？你永远不会老得喝不了酒，只会太年轻。*Yar—mat.*[①]”西蒙说，于是他们碰了碰杯。

“对于女人而言，对女人来说太老了。”保罗用手摸了摸他稀疏的头发。

“*N'eo ket blev melen ha koantiri, A laka ar pod da virviñ.*”过了一会儿，西蒙回答说。金发和美貌烧不开一锅水。他轻声地打了个嗝。

“没错，是个性……或什么的。我喜欢所有的女人——棕发的、小个子的、胖的、丑的——但她们都不想要我！为什么？我是不是太有个性了？”

“你只是太漂亮了，我的孩子。”西蒙说。保罗终于咯咯地笑了起来。这笑声把萝森和诺尔文给他带来的所有痛苦都带走了。西蒙则摇摇晃晃地站了起来，他回来时拿着香槟。

“太年轻了，不到年龄。”他一面口齿不清地说，一面在保罗面前放下那瓶宝禄爵香槟（Pol Roger）。他们把香槟倒进干净的水杯里。

“禁止随地吐痰，禁止说布列塔尼语。”保罗用命令的语

---

① 布列塔尼语：干杯。

气吼道。

“好的，先生。”西蒙叫道。他们回过头去，朝铺着瓷砖的地板啐了口唾沫。

保罗酣畅淋漓地喝了三大口，喝干了杯子里的酒。“那个玛丽安……”他开口道。

“嗯。”西蒙咕哝着。

“她身上有种东西会让你觉得自己又变年轻了，好像你的所有想法和感觉都很好。知道我的意思吗？”

“哦。”

“有一次，她在露台上，在太阳底下熨餐巾，我站在她旁边，把关于萝森的事都一股脑儿地告诉了她。”保罗说。

“你跟她说了什么？”

“关于萝森离开的事。”

“然后呢？”

“然后她这样。”保罗站起身，将手搁在西蒙的小臂上。

“真是疯了。”

“我没有她做得好。有东西从我身上离开了。一个影子，我不知道。然后……它不再那么让人伤心了。她的触摸中有某种东西。”

西蒙慢慢点了点头：“我告诉她关于大海的事情。我不知道为什么。她用心听着。我把我的船靠过来，她从窗口向我招手。从来没有人向我招手。自从她来到这儿，我就不再觉得我在陆地上错过了什么。知道我的意思吗？玛丽安就像大海，却是在陆地上。”

保罗又在桌旁挨着西蒙坐下。“我们老了，你这古怪的老山羊。”他一边摸索着去拿香槟，一边低声说。

21

两周后，玛丽安再次见到帕斯卡尔·虢钦时，那个老妇人手里抱着一只死乌鸦。

“这是件礼物，”她低声说，用下巴指向天空，“她仍然爱我。”

玛丽安很好奇，也很担心，这正是驱使她回到虢钦家的原因。让－雷米称帕斯卡尔为“疯山羊”，这差点惹得热娜维芙夫人给他一巴掌。“她不是林子里的疯女人！她是个 *dagosoitis*！白女巫。”

玛丽安问起帕斯卡尔为什么会讲德语时，热娜维芙解释说，帕斯卡尔曾在德国和法国之间的航班上当过空中小姐，后来则全世界到处飞。当她头脑清醒时，她能说六种语言，包括俄语和日语。

“乌鸦是另一个世界的使者，”帕斯卡尔做梦似的说，“它正好落在我脚边。”她又抬头看了一眼明亮的蓝天，轻声唱道，“月亮，母亲，睿智的老妇人，天空与大地，我们向你致意。

你的光芒照射着所有狂野而自由的人。”然后，她一边唱着歌，一边向花园的后部走去。

在那间存放着许多没用过的园艺工具的旧石屋旁边，立着几丛盛开的玫瑰。玛丽安注意到，在一丛玫瑰旁有只盖着螺旋盖的罐子。起初她以为里面有条小蛇，但后来她意识到那是一条苍白的脐带。

帕斯卡尔把乌鸦塞到玛丽安手里；它的羽毛像丝绸一样柔软。随后，她笨手笨脚地跪下身，拿起一把铲子。她挖了个小坑，把脐带放进去，然后把土铲回去盖在上面。接下来，她做了一件使玛丽安震惊不已的事：她用一根手指在泥土上画了三道缠绕在一起的火焰。它几乎和她的胎记一模一样！

等到帕斯卡尔重新站起身时，她眼睛里那种略带梦幻的神情已经消失了——它们现在充满了智慧和警觉。

“你一定认为我是个奇怪的女人。”她说。

“我认为你是个特别的女人。”

“‘特别’不是‘奇怪’的另一种叫法吗？”

“你的德语不错，但没那么好。”玛丽安反驳道。

帕斯卡尔笑了：“我认为你也是个特别的女人，玛丽安。来吧，把那只鸟儿递给我。”

“你刚才做了什么？”

帕斯卡尔低头看了看那一小堆土：“哦，那个，一个古老的传统。村里的一个女人给我带来了她刚出生的孙女的脐带。让女巫把孩子的脐带埋在玫瑰丛下，就能确保孩子的声音将会很好听。”

“这是真的吗？”玛丽安想起了帮着祖母助人在家分娩的时候，她们会把脐带放进炉子里烧掉，以免猫抓到它们。

帕斯卡尔向她顽皮地一笑：“这要看情况了。没有什么比你最狂热的梦想更真实的了。我说得对吗？”

透过爬满常春藤的气窗，玛丽安看到埃米尔·虢钦正坐在他那张巨大的书桌边看书。他抬起头来，但看到她在那儿，他那无动于衷的脸上并没有显示出什么特别的喜悦神情。他重新埋首书中。

“我不知道，”她略带伤感地说，“我从来没有抱太多希望。”

“可怜的女人！好吧，你终于在这里有了希望，这真是太好了。我们总是对一切都充满希望，我们天生如此。”

帕斯卡尔把那只乌鸦放在破旧的花园圆桌上，用餐巾盖起来：“这片土地……你看，布列塔尼人以他们的迷信为荣，这就是他们有时觉得自己比别人优越的原因。在这里，我们处于世界的最外层，*penn–ar–bed*。这就是太阳落山的地方，到处都能感受到死亡，也就是安口（Ankou）的气息。它是我们所有人内心中每天都会出现的半阴影。我们喜欢神秘，喜欢不寻常的东西。我们渴望在每块石头和每棵树后面发现奇迹。”

帕斯卡尔领着玛丽安走进厨房，它看上去就像20世纪30年代某个时段的最时髦的地方。

“咖啡？”她问道。

“我来做。”玛丽安说。她把一把珐琅壶烧开，倒了一些咖啡在带有活动金属过滤网的咖啡壶里。帕斯卡尔在橱柜和抽屉里翻找着。“它们去哪儿了？”她不耐烦地问，递给玛丽安一包面粉，“这就是你用来喝咖啡的东西吗？”

“不是。”

“这个怎么样？”这次她举起了一罐果酱。

“恐怕不行。”

“一个人会变得多么奇怪啊！我什么也找不到。我都不知道那是什么！”她指着嗡嗡作响的冰箱说。

玛丽安回想起她第一天上班时贴在让－雷米的厨房设备和电器上的便利贴。她在放冷食的食品柜里发现了一张果酱贴纸。在帕斯卡尔喝咖啡时，玛丽安在贴纸上写上字，并把它们贴在橱柜和架子上，然后开始往食品柜上贴。帕斯卡尔观察她，然后研究着玛丽安所写的东西。她指着一些罐子。“蜂蜜！对吗？”

“完美。”

“那边那个是糖吗？”

“完全正确。”

当帕斯卡尔冲动地拥抱玛丽安时，玛丽安有些猝不及防。在那个老妇人放开她后，她看到埃米尔正闷闷不乐地站在厨房里，查看着橱柜、锅和机器上的字条。他的黑眼睛直勾勾地盯着玛丽安。

“你来这儿干什么？”他用带着喉音的布列塔尼语问。

玛丽安无可奈何地看看他，又看看帕斯卡尔，后者替她充当了翻译："他很高兴。"

玛丽安一点也不相信："我……我只是想帮忙。"

帕斯卡尔也做了翻译。玛丽安没有把目光移开。她的感觉是，如果她这样做了，她在这个嘴唇紧闭的男人的评估之下就会步步退缩。时间似乎膨胀到了一个临界点。埃米尔的脸上没有任何动静——他就像史前悬崖上的岩石一样神秘莫测。

"你是德国人。"他粗声粗气地说。帕斯卡尔做了翻译。

"你不大友好。"玛丽安用法语回答。

是他的嘴角决定先抽动一下，然后埃米尔眨了眨眼，最后，一丝若隐若现的微笑在他脸上蔓延开来，有那么两秒钟的工夫，给他的脸上增添了神奇的光彩。

"我是布列塔尼人。"他用稍稍温和的语气纠正她，然后转过身去。

"我想他喜欢你，"帕斯卡尔说，紧接着又叹了口气，"别跟他作对。对我们这一代来说，德国人不仅仅是北方的邻居，他们是侵略者——他们榨干了我们的土地。"

玛丽安并未与他计较。他使她想起了她的父亲，然而她的心却像落在陷阱里的兔子的心一样怦怦直跳。她对自己的勇气感到惊讶。

帕斯卡尔拍了拍手："那我们现在该做什么呢？"

"我……我得回阿尔莫尔了。要轮到我的班次了。现在是暑假，每个人都在疯狂地吃东西。"

帕斯卡尔的脸皱了起来："哦。我想我们也许……"她的声音越来越低。

“我可以明天再来吗？”玛丽安温和地问道。

“哦，是的！噢，请一定来！”帕斯卡尔依偎在玛丽安的怀里，“明天见，玛丽安。”她高兴地咕哝着。

22

玛丽安头顶上方的一个新安装的小铃铛似乎响了起来，那是一种勇气十足而又颇不耐烦的铃声。

这已经是她在阿尔莫尔上晚班之前与帕斯卡尔在一起的第三个下午了——埃米尔仅用三言两语就给予了她尊严感——她正打算把这个杂草丛生的花园整出一副井然有序的样子。玛丽安和帕斯卡尔穿着让人联想起飞机机械师穿的工作服的脏兮兮的红色罩衣，将杂草拔出，扔进独轮小推车中，与此同时，帕斯卡尔用轻快的德语对玛丽安说起更多的有关这些生活在世界尽头的人的事情。前一天晚上，在几个村庄以外的地方，举行了一个名为 *lughnasad* 的凯尔特人丰收节，连同一次德鲁伊（druids）大会。

“德鲁伊？这里仍然有德鲁伊？”

“他们遍布布列塔尼！一定有三万个，所有的都很像酒神，召集会议的目的是组织属阴节（*samhain*）——从 10 月 31 日至 11 月 1 日的夜晚，此时，活着的人将与死者相见。它需要规划。”帕斯卡尔用手指抹了抹下巴，几小团泥土粘在了她的皮肤上。

“一个人怎么能见到死人呢？”

帕斯卡尔若有所思地抚摩着一朵绣球花上的蓝色花朵，然后似乎鼓起了勇气。她的声音很柔和，仿佛她是第一次说出一个秘密。

“在属阴节之夜，当天与地、生与死相互对齐时，两个世界之间的大门便会敞开。新旧神明会带着死者迈出另一个世界，而我们则被允许访问他们的王国。”

她冲着花园做了个含糊的手势：“从海上，从井里，从石头圈中。仙女们在那里等着我们，还有山精和巨人们。两个世界之间的纱幕像蜘蛛网一样薄。不过，我们中的一些人可以在一年中的任何一天把那层纱幕推开。”

“为什么死人要在属阴节的时候来找我们？他们有……什么建议要给我们吗？”玛丽安想起了她的祖母和父亲。她多么想再见到他们，向他们倾诉衷肠啊！

帕斯卡尔一脸肃穆：“与另一个世界的灵魂接触并不像打电话那么容易！我们中的一些人可以用心去聆听；其他人则需要靠德鲁伊或女巫才能做到。”

埃米尔拖着脚步走出屋子，手里拿着个托盘，上面放着三杯蜂蜜酒。他吃力地走着，把它拿到苹果树下的放着粉红色果实的锻铁桌上，然后向玛丽安点了点头。

帕斯卡尔站起身，投身于她丈夫的怀抱，闭上了眼睛。

玛丽安感觉到了他们彼此是多么相爱！她内心涌起一股柔情蜜意。

帕斯卡尔抚摩着她丈夫毫无表情的面庞，继续说道：“每当有人对这个世界或那个世界产生问题时，他们就会召唤德鲁伊。有人可能对自己的妻子产生了疑问，有人则是对恶魔，还有人是对自己的健康。德鲁伊是所有知识、宗教、道德和实践的守护者。甚至部落首领也会征求他们的意见，德鲁伊可以回答一切问题。”

“也有女德鲁伊吗？”

“当然。女性也可以成为祭司。按照习俗，姑娘们会被送到女祭司那里两季，这样她们就可以被训练成占卜师、治疗师或德鲁伊。然而，她们只能在一个条件下这么做：她们必须在一个高级女祭司的职位和一个男人身边的生活之间做出选择。爱情和智慧是相互排斥的。”她又给了埃米尔一个吻，他一言不发地退到了蔓藤架的阴凉处。

帕斯卡尔捻弄着一枝毛茛。“每个女人都是女祭司，”她突然说，“每一个女人。”她转向玛丽安，眼睛清澈如水，“主要的宗教和他们的牧羊人都给妇女分配了一个不属于我们的职位，使我们成为二等公民。女神变成了上帝，女祭司变成了妓女，任何反抗的女人都被贴上女巫的标签。每个女人的特殊品质——她的智慧，她的占卜能力、治愈能力和感官能力——过去和现在都遭到了贬低。”她撣掉裤子上正在变硬的泥土，“每个女人都是女祭司，只要她热爱生活，能对自己和那些对她而言是神圣的人施加魔法。是时候让女人想起自身的内在力量了。女神不愿意看到能力被白白浪费，而女人却太过经常地浪费自己的能力。”

她们一起走进了凉爽的厨房。玛丽安沉思着，开始为猫狗准备盛放在精致的瓷盘上的美味肉片和鱼片。当她们准备好了后，她走到外面，拍着手叫道:“女士们，情妇们，尊敬的水果和蔬菜们！晚餐准备好了！”

她刚把盘子放到地上，成群的狗和猫就像一群食人鲳般落在了瓷盘上面。玛丽安看到她那只特别的橙白相间的猫，脸上露出了笑容，那只猫的皮毛像抛光的大理石一样闪闪发光。

“那只小老虎没有名字，是吗?”帕斯卡尔把头靠在玛丽安的肩上。“没有，它是个旅行者。可是这个漂泊不定的人会给它取个名字的，”她低声说，用深不可测的眼睛望着玛丽安，“她不会吗？”

玛丽安感到浑身一阵战栗。“会的，”她说，“当她弄清楚旅程的终点时。”

“谢谢你没有觉得我惹人讨厌。”帕斯卡尔嘟囔着说。突然，她的脸上变得喜气洋洋起来。“雅恩！”她叫道，所有的忧郁都像水一样从她身上流走了，她前去迎接那位张开双臂的画家。雅恩给了她一个大大的拥抱。

玛丽安感到自己莫名其妙地脸红了。她把脏手藏在背后，有那么一瞬间，她真希望自己不是穿着宽松的工装裤，头戴松软的帽子，脸上还沾着草渍。

“雅恩，这是玛丽安，我的新朋友。玛丽安，这是雅恩，我的老朋友。”

“*Bonjour.*[①]”玛丽安设法挤出这句话。突然间她这是怎么了？

“很高兴认识你，玛丽安。”雅恩喃喃道。

两人都陷入了沉默，站在那里凝视着对方。玛丽安的脑子僵住了：她根本无法思考。

“你俩这是怎么了？变成石头了吗？”

他比她高，透过他的眼睛，她看到了他眼中的大海。他的嘴由两道卷曲的波浪构成，一道叠在另一道的上面。一个带酒窝的下巴。无数道深深的皱纹如同灿烂的光芒般从他明亮的眼睛向脸颊各处放射而出。那双眼睛正笑盈盈地对着她，把她吸引住了。

“我想我该走了。”玛丽安不得不克制自己，以免惊慌失措，跑进屋里。她感到一丝愚蠢的、猝不及防的微笑正试图控制住她的脸，于是她迅速用手捂住脸，低着头走进屋里。

等她换完衣服后，她禁不住想溜出门去，连声“*kenavo*[②]”都不用说。然后她想起自己的手提包还在阳台上，于是僵硬地走出去说再见。

她紧张地拿起手提包，看都不敢看雅恩一眼。不过，她

① 法语：你好。

② 布列塔尼语：再见。

太性急了，只抓住了手提包的一个把手。提包猛地张开，她心爱的科德鲁克瓷板画滑了出去。雅恩敏捷地抓住了它，把它转过来，让它呈现在光亮下。

“等等，这是……”他困惑地看着上面的铭文。

“这是你画的第一批科德鲁克瓷板画中的一块，雅恩！”帕斯卡尔叫道。

雅恩把瓷板递给玛丽安，当她伸手去接时，他们的手指碰到了一起。如同经历了小小的电击一般，她看着他的眼睛，知道他也有同感。

23

第二天，玛丽安不敢像她答应的那样去帕斯卡尔和埃米尔家。上完午班后，她在贝壳屋里不停地踱来踱去。那只橙白相间的猫坐在窗边，观察着她。玛丽安往五斗橱上方的曲面镜里迅速地瞄了一眼自己。她不漂亮，也不时髦；她只不过是陌生人中的一个老女人。她到底是怎么回事……对那个雅恩。他的名字叫雅恩。

当她想到他的面容和好看的、暖意十足的手时，她的胃里有什么东西在颤抖。她从未有过这种感觉——一种甜蜜的、难以摆脱的悸动，就像有泡泡在她的胸膛里爆裂。

“我在这里干什么？”她自言自语道，让这个温柔的问题悬停在房间里。

她原本想死的愿望变成了另一种东西，一种较为陈腐平庸的东西：她逃走了，失踪了。是不是该给洛塔尔打电话了？*真希望洛塔尔以为我死了。*

她该对他说些什么？我不回来了？我想离婚？然后呢？

她是不是打算一辈子都在餐馆当助理厨师，直到她老得连锅都端不动了？同一个女巫朋友在一起，时不时地忘了玛丽安是谁？然而，能听到并说她自己的语言，这感觉真是太好了。

玛丽安渴望有一个像格蕾特·科斯特那样的朋友。她非常后悔，因为她从来没有像格蕾特信任她那样信任过格蕾特。可谁知道呢：也许友谊是爱的最具耐心的形式。格蕾特从来没有打探过玛丽安的秘密，她接受了这样一件事：玛丽安从不表达她的真实感受。她很欣赏玛丽安的善于倾听，从来没有试图说服她放弃婚姻。“如果有人饱受痛苦而不愿改变，那么他们就需要受苦”，这是她对此事的唯一评论。这话伤害了玛丽安，她告诉格蕾特，事情没那么简单。她想要解释，为什么她总是一年又一年地拖延着，不想打破她自作自受的痛苦。不久，她自己也开始觉得她的解释有些空洞。

她用手指理了理头发，它摸起来又干又硬。她走到衣柜前，细细打量着里面寥寥无几的东西：几件从当地超市买来的T恤和廉价衬衫，两条普普通通的裤子和几件简单朴实的内衣，一双亚麻布鞋和两件高领睡衣。

她端详着自己的脸和岁月留下的痕迹：鼻根上方的垂直线；眼角的鱼尾纹和嘴角的褶皱；数不清的雀斑，她希望其中很少是老年斑。还有她的脖子。我的天，她的脖子。

她对此无能为力：她是个老女人。但这是否阻止了她对变美一些的渴望？！

在不到一小时的时间里，就像个兴奋的女中学生一样，玛丽安坐在玛丽－克劳德的位于阿旺桥的发廊里。她一秒钟也没去想的是，把她带到这儿来的，可能是那种奇怪的感觉和甜蜜的悸动。

玛丽－克劳德用手指摸索着穿过玛丽安灰白的棕色长发。

“你能不能让它有点儿型？”玛丽安怯生生地问。

“嗯，这更像是你需要的轮回转世。我的天啊，你来得正是时候。”理发师咕哝着，一面向她的助手尤马招手示意，给了她一些玛丽安听不懂的简短指示。玛丽安暗自希望，自己最后不会像玛丽－克劳德那样一头红发。她的美发师的样子跟她的小狗卢平如出一辙，卢平正正襟危坐在一只安放在一个类似于讲台的台子上的优雅的篮子里，旁边是收银台。

玛丽安闭上了眼睛。

一个小时后，当她重新睁开眼睛时，尤马正在吹干她的新发型。在她们旁边，玛丽－克劳德正忙着给当地农场的一个小伙子的头发捉虱子。她在同柯莱特聊天，后者正在旁边的椅子上让人修剪她雪白的童花头。那位温文尔雅的画廊老板穿着一套橙红色的西装，戴着白色蟒皮手套，穿着白色露跟鞋。

柯莱特向玛丽安举起一杯贝利尼酒。“你看起来很迷人啊！你为什么把它藏得这么好？”然后，她转身对玛丽－克劳德喊道，“她需要喝一杯。”

玛丽安仔细端详着自己，心怦怦直跳。她那蓬松的灰白色头发不见了；在原来的位置上，是个炫目的轻软如羽的波波头，它蜷曲在她的下巴周围，呈现出新酿的干邑白兰地的颜色。尤马为了突出她那张心形的脸，特意做了这个造型。莉桑恩还拔了她的眉毛，尽管拔眉毛时那意外的疼痛使她流泪，睫毛的染色过程也刺痛了她的眼睛。

玛丽－克劳德此时正站在尤马身边，皱起眉毛，用挑剔的目光打量着玛丽安。

“少了什么东西。”她总结道，并示意玛丽安跟着莉桑恩在化妆台边坐下。玛丽安觉得这既荒唐又奇妙。她喝了一大口尤马给她拿来的贝利尼酒：香槟直冲她的脑袋，她周围的一切都开始发光。

当莉桑恩做完她的工作，递给玛丽安一面镜子时，玛丽安意识到她喜欢自己的眼睛，还有她的嘴。至于其他的……好吧，她看起来和她内心的感觉不一样。就在几周前，她还觉得自己半死不活。现在她觉得自己好像只有四十岁，或三十岁，像别人一样，还带着些醉意。

她向莉桑恩询问有关皱纹的可能疗法。

“白天一支口红，傍晚一支口红，晚上一个情人。”莉桑恩卖弄风情地嘟囔道，“或者反过来：两个情人，一支口红。”

玛丽安付钱时，玛丽－克劳德说：“你的爱慕者会为你倾倒的。”

“我的什么？”

“或者你的丈夫。”理发师朝玛丽安的无名指瞥了一眼，但玛丽安的手因每天外出而晒黑了，那个白圈已褪了色。

“*Je ne comprends pas.*[①]” 玛丽安连忙说。

“你没有丈夫吗？那个，从你现在的样子看，你可以有一个丈夫和几个情人。也许不是最年轻的人，但这里有足够多年龄相仿的绅士。有谁特别吸引你的目光吗？”

“我不明白。”玛丽安又说了一遍，但她能感觉到血涌上了她的面颊。玛丽－克劳德也注意到了。谢天谢地，她读不懂我的心思，玛丽安想，她依旧能看到雅恩·戈梅就在她的面前，依旧能感觉到在帕斯卡尔的花园里她手指上的那一触。

“柯莱特，我们今天可以推荐的是哪个情人？”玛丽－克劳德问画廊老板，她的在场让玛丽安立刻觉得自己又落伍了。

柯莱特用猫一样的眼睛打量着玛丽安。玛丽安的脸上布满了皱纹，但她苗条的身材和完美的芭蕾舞身姿仍给人留下了深刻的印象。

“我们应该问问夫人她有什么想法，”柯莱特回答，“有些人可做终身伴侣，但不适合做恋人。有些人擅长性事，但对任何困难或感觉都充耳不闻。”

“是的，还有一些人什么都做不到。”玛丽－克劳德总结道。“我的那位就一直都是这样。”她叹了口气，补充说。

玛丽安和柯莱特一起离开了美发厅，肩并肩走下陡直的小路。玛丽安在经过时装店时停了下来。

---

① 法语：我不明白。

“拜托，”她开口说道，“你能帮帮我吗？我需要……”她指着自己的衣服，“我需要格调。”她简单地说。

“时尚与格调无关，”柯莱特用沙哑的声音说，“这完全取决于你是想遮掩自己，还是想呈现自己。”

她把胳膊伸给玛丽安：“来吧，让我们看看你内心藏着个什么样的女人。当我们见到她的时候，是不会因为她一直躲在我们的视线之外而责备她的，是吗？”

在时装店的一楼，柯莱特拿着另一杯贝利尼酒和一支香烟坐在扶手椅上，向女售货员卡特尔发号施令。当卡特尔出去找寻第一件衣服时，柯莱特突然讲述了她在巴黎的前邻居的一件逸事。

“洛斯夫人是个竭力隐藏自己的女人，”她开口说道，一面自信满满地把卡特尔带来的那堆衣服分门别类，分作两摞，“她一生都很成功——隐藏在她的婚姻、孩子和工作中。她总是在正确的时间出现在正确的地点。一向待人友善，彬彬有礼，穿着低调。然后，一天晚上……”柯莱特向前倾过身，盯着玛丽安，后者正从各个角度不确定地打量着一条漂亮的连衣裙，它具有成熟的蜜拉贝尔李子的颜色。“一天晚上发生了一件事。”

玛丽安穿上了一件柔软的香槟色翻领毛衣，使她的腰部和胸部都曲线毕露：她这辈子从来没有穿过这么紧的毛衣。这进一步增强了她新发色的光泽。然后她穿上了柯莱特为她挑选出的一条很酷的黑色牛仔裤。

“洛斯夫人砰砰地敲着我的门，好像疯了似的。她需要我的车，她说：她在第戎的妹妹快要死了。当然，我把钥匙给了她。她马上便把车开走了，但她在协和广场撞上了另一辆车，在极其亢奋的情况下，她打了一个警察一耳光，跟着一个从雷恩（Rennes）来的男人逃离了现场，对他讲述自己的生活故事，同他做爱，借了他的汽车。结果她到得太晚：她的妹妹已经死了。顺便说一下，你穿那件很好看，配上这双休闲女鞋试试。”

柯莱特站起身，越过玛丽安的肩膀，盯着镜子，接着说：“洛斯夫人把车还了回去，和那个男人共度了第二个晚上，然后坐公共汽车回到巴黎，成了一个截然不同的女人。”

她递给玛丽安一件细薄针织开衫，它轻柔地披在她的身上。当玛丽安扭动身子向镜子里瞥去时，她看到了一个女人，她也许不再是最年轻的人，但很时髦，很有女人味。唯一不符合这种新形象的是她那怯生生的、雌鹿般的眼神。

“洛斯太太设法从藏身之处走了出来，摆脱了她的丈夫和他的情妇，建立了自己的茶室。”柯莱特轻柔地把一条琥珀项链戴在玛丽安的脖子上。

“雷恩的那个男人怎么样了？”

“那完全是偶然事件。”她摘下太阳镜，姿态优雅地将它架在玛丽安的鼻子上，“一个人要想重新掌握自己的生活，可能就得有点无情，你不觉得吗？”

玛丽安不安地耸了耸肩。她认为无情是最易为社会所接受的无端暴力形式。但她来到此地，不是也表现得很无情吗？她对洛塔尔的负罪感与时俱增。难道他不应该得到一些答案，以便知道她的处境吗？

“来点红色的怎么样？红色是你的颜色。”柯莱特建议，又叫来了卡特尔。

24

当玛丽安和柯莱特走出时装店时，世界呈现出一种更为强烈的色调。抑或，这是她们疯狂购物结束后，她喝了两杯干邑白兰地的结果？她想到了牛仔裤——她的第一条牛仔裤——使她的腿看起来比实际的要长；深绿色的皮夹克与她的新发色形成了美丽的对比，抹去了她脸颊上的黯沉色；红色连衣裙，米色毛衣，她必须首先学会穿着高跟鞋走路，因为跟儿的高度几乎让她喘不过气来。她猜想，在那些闪闪发亮的大袋子的深处还有其他一些衣服，它们是在柯莱特的信用卡的帮助下像疯了似的买下的。

衣服能改变女人吗？不，但是它们也许会帮助她重新发现自己。玛丽安在自己身上发现了一种她认为自己从未拥有过的东西：女性气质。现在她特别饿，特别想吃面包和奶酪，于是两个女人走进了位于阿旺桥市场广场上的烘焙店。

“哦，面包，我祝福你，好让所有眼睛和嘴巴造成的巫术、枷锁和诽谤都能被摧毁和驱散。”面包师一边在黑麦面包的底部画上十字，一边用拉丁语念念有词地吟诵道。在那之后，他才允许玛丽安把它放进购物篮里。

柯莱特漫不经心地哼了一声。“我从来都不习惯关于面包的这种把戏，”她对玛丽安说，“在圣特（Saintes）的棕枝主日（Palm Sunday）游行中，妇女们用棍子挑着一条空心面包；它看起来像阴茎。牧师赐福于面包，好使它免于受到女巫的注视，而那些妇女会将它保存整整一年。她们当然不会吃它，所以上帝知道她们用它做了什么！”

玛丽安咯咯地笑着，如梦似幻地抚摩着她仍穿在身上的那件紫红色裹身裙的丝质面料。它遮住了她的胎记，但露出了她从不知道自己拥有的乳沟。不可否认，卡特尔把必不可少的胸罩卖给了她。

“没必要为我的面包祝福。”柯莱特大声说，打断了玛丽安的思绪。

“如果那是你想要的，没有问题，夫人，”面包师咕哝着说，“不管怎样，面包都是受保护的。你一定认识帕斯卡尔·虢钦，那位树林里的白女巫。她可使火变得神圣，把鬼魂从船上和房间里赶出来！她也祝福了这只烤炉。”他指着身后说。

听到帕斯卡尔的名字，玛丽安的耳朵竖起来了。

“幸好她不是黑女巫！你听说过四年前在圣康纳克（Saint-Connec）发生的事了吗？”他在围裙上擦了擦沾满面粉的手。

“哦，又是那老一套。”柯莱特变得越来越不耐烦。

“多年来，加勒内夫人一直在濒死状态下昏昏欲睡。农场里的牲畜一直在以神秘的方式死去，土地上什么也长不出来了。弗尔南多·加勒内绝望了，因为他的农场上已经被下了一道邪恶的咒语。”面包师停下来等待戏剧性的效果，“而破解它的只能是……”他压低了声音，使它成为一种沙哑的耳语，“米歇尔·拉梅尔！”

“*Le magnétiseur* ？[①]”面包师年轻的妻子屏声静气地说。他点了点头。“他无所不能，”她兴高采烈地说，两颊涨得通红，“据说他能驱除撒旦，治愈癌症、不育症、脚癣和疯牛病。全靠他的手！”

“是的，是的，”面包师粗鲁地打断了她的话，“反正拉梅尔去了加勒内家的农场，发现弗尔南多的邻居瓦莱丽·莫瑞斯诅咒了这片土地，要为加勒内夫人的病负责。她一直对他们很好，但她是个未婚女子，跟一个不知名的男人生下了两个孩子。她正是那个诅咒那些可怜虫的人，纯粹地——名副其实地——只是为了闹着玩！拉梅尔解除了诅咒，得到了152欧元的报酬。”

“152欧元！”柯莱特难以置信地重复道，“谴责一个女人要花那么多钱！”

这让面包师瞪了她一眼：“免于恶魔之眼的保护是无价的！拉梅尔解除农场邪恶咒语的收费是152欧元，公司的收费是

① 法语：有磁力者。

122欧元，家族的收费是92欧元。”

“莫瑞斯太太呢？”面包师的妻子气喘吁吁地问。

“哈！那个女人！她立即以诽谤罪向警方告发了他！她说全村的人都在对她实施迫害，她的孩子们在学校里被人唾弃！然后她诅咒了拉梅尔，结果拉梅尔的力量减弱了。我们应该为他的康复祈祷。”

“好吧，”柯莱特说，“我不相信像拉梅尔那样拿着块湿布在屋子里跑来跑去驱除魔鬼的信仰治疗师。不过，我确实认为长棍面包需要从烤箱里拿出来了。我可以要一条吗，杰拉尔丁？或者你不再把面包卖给普通人了？”

当玛丽安和柯莱特从面包店咯咯地笑着走出来时，玛丽安撞到了一个男人，他正凝望着天空，陷入沉思。她道了歉，把太阳镜拉下来遮住眼睛。

“雅恩！”画廊老板高兴地叫道。在行过约定俗成的三吻脸颊之礼后，柯莱特转向玛丽安，“我可以把你介绍给法国最被低估的画家吗，夫人？这位是雅恩·戈梅。”

玛丽安感到心里如小鹿乱撞。他看她的眼神！

雅恩拉起她的手，把她拉向他。他的握力使她头晕目眩。

“又见面了，你好吗？”他热诚地说。

当雅恩的嘴唇轻轻地擦过玛丽安的脸颊时，玛丽安不由自主地闭上了眼睛。他吻了吻她的左脸颊，又吻了吻她的右脸颊，第三次则吻得无限温柔，非常接近她的嘴角。玛丽安没有吻他，她根本就动弹不得。她害怕自己会像一棵橡树苗那样生了根似的站在那里。

“嗨，雅恩！”她的声音像根断裂的树枝。

天哪！他完全不知道自己是洛塔尔之后第一个吻她的男人。这里的每个人都在不停地亲吻，但对玛丽安来说，亲吻的亲密感就像……亲爱的耶稣，她的思想像麻雀一样跳来跳去。她想到了洛塔尔，想到了亲吻后可能发生的事情。

“哎呀，我听到了工作的召唤。有几个疯狂的英国人要来，他们想用绘画来装饰整幢房子。我是会阻止他们的人吗。”柯莱特瞥了一眼手表，“我得走了。雅恩，为什么不带这位美丽的女士去看看特雷马洛教堂（Chapelle de Tr é malo）里的黄色基督，这样她就知道人们为什么叫它‘高更国’了。那些上面贴有胖女人的照片的饼干罐真的会让你大失所望，是吗？*Merci*，*mon ami. Au revoir*！[1]”说完，她向他们告别，留下沉默中的玛丽安和雅恩。

玛丽安觉得自己快要晕倒了。

“夫人，您能赏光陪我星期四去参加一个……*enterrement*[2]吗？”雅恩一开口，就不由得想要骂自己。为什么他想不到更好的借口呢？他不善于追求女人，但现在为时已晚。

玛丽安并没有真正理解雅恩的建议，但她注意到，他想再见到她。她胸中的泡泡因纯粹的快乐而迸裂。她突然感到一阵内疚，仿佛她已经对洛塔尔有了不忠和欺骗之举了。

---

① 法语：谢谢，我的朋友，再会！

② 法语：葬礼。

雅恩开着他那辆破旧的雷诺4送她回科德鲁克时，他们都没有说话，只是一次又一次地瞥向对方，怀着惊讶之情品读着彼此脸上那刚刚萌芽的爱意，仿佛他们直到现在才了解了“爱”这个词的个中含义。

25

当雅恩去接玛丽安时，玛丽安已经在埠头上等了二十分钟了。她就是无法忍受再坐在自己的房间里，想着自己是否穿得够漂亮。那样的话，她可能会花更多的时间去拣换衣服。牛仔裤还是红裙子？紧身上衣还是柔软毛衣？高跟鞋还是平底亚麻布凉鞋？天哪，她真是太缺乏经验了，不知道女人在第一次约会时应该怎么打扮，才能让自己看起来既充满魅力又不至于太过招摇。她选择了深蓝色牛仔裤、浅口高跟鞋和一件白色上衣，把上衣的扣子一直系到最上面的一粒。

她兴奋至极，而且已经持续了两天。她几乎吃不下饭；最重要的是，她无法从脸上抹去那荒唐可笑的笑容。光用“兴奋”这个词甚至无法描述她的感受。更像是无力自卫的恐慌。傻头傻脑的喜悦。她的脸色一会儿苍白，一会儿通红。

最后，她到厨房去见让－雷米，让他给自己倒了杯朗姆酒，不接受任何异议。这让她稍微平静了一些，但这也只维持到让－雷米解开她上衣最上面的两粒扣子，稍微把领子往上翻，并示意她把梳得紧紧的头发弄蓬松些。“*Tres jolie, Tres rock 'n 'roll.*①”他说。玛丽安颤抖着走到埠头,继续等着。

她越来越觉得自己像一只海上的小船，渐行渐远地漂离陆地，直到看不见海岸。她的由过去构成的陆地也在以同样的方式消失。六十年只如一日掠过，而这一天仿佛发生在许多世纪以前。

当雅恩下车朝她走过来时，她很害怕自己会突然大笑起来，或是陷入无休止的哭泣。她太紧张了，双手都湿透了。

他又用那种眼神看着她。没有一个男人曾如此一心一意地看着她:玛丽安在雅恩如炬的目光下几乎感到自己在发光发热。

“*Salut.*②”他咕哝着，俯过身去吻她。这一次，他嘴唇的三次接触都靠近她的嘴角。他缓慢地、轻柔地吻着她，她闻到了他身上的气味。他身上有一股户外气息，还有一股油漆味，刮胡子过后的好闻的须后水的味道。

他引着她走向他那辆破旧的汽车，打开车门，确保他也会关上它。她不知道自己的手该往哪里放，也不知道该朝哪里看。

雅恩热切地祈祷，希望自己不会犯下一生中最愚蠢的错误。在过去的两天里，他一直忍不住想前来收回他的邀请。但是男人是不会这么干的。邀请某人参加葬礼？他到底在想什么！

---

① 法语：非常漂亮，非常摇滚。

② 法语：你好。

雅恩经常去彭马克（Penmarc'h）的渔民约西布·普勒恩那里买鳐鱼和鳕鱼。现已亡故的约西布还会帮助雅恩为他的作品寻找主题。雅恩曾多次描绘海岸旁的哥特式教堂圣母教堂(Notre Dame de la Joie chapel)以及法国最高的灯塔法尔德埃克穆尔灯塔(Phare d'Eckmühl)，灯塔使相邻的圣圭诺尔村（Saint-Guénolé）相形见绌。他喜欢摘下眼镜，把他的感官所能吸收的一切都画出来，而不仅仅是他视力微弱的眼睛所能感知的东西。

可是，这是将一场葬礼强加给玛丽安的充分理由吗？雅恩几乎不敢看她，不过，当他看她的时候，他能感觉到她的微笑，一种奇怪的情绪在他内心涌起。那种情绪是红色的，且脉动不止。

玛丽安羞惭地意识到，每当她看着雅恩或想对他说些什么时，她都会脸红。因此，她强迫自己向窗外看，或是注视着雅恩放在方向盘上的那双既靠谱又放松地握着方向盘的手。每当他们目光相遇时，都会同时露出微笑。这是玛丽安经历过的最美妙的沉默。

汽车沿着海岸开了半个小时后，他们到达了圣圭诺尔港，发现约西布的一群表兄弟、孙子、女儿和连襟正依照传统仪式在防波堤上迎候他们。玛丽安第一次感到有点不自在，当每一个人——其中年纪较大的人穿着传统服装，头戴由稻草和蕾丝做成的白色头饰，年龄较小的穿着便服，头戴白色围巾——为他们奉上欢迎之吻时，这种感觉只会变本加厉。这一问候过程花了十五分钟。

一位站在上面放着只骨灰盒的桌子旁边的老太太才最终让她明白了过来。老太太的脸像根饱经风霜的木头一样干瘪，似乎给她更多支撑力的是骨灰盒，而不是拐棍。只是到了那时，玛丽安才明白了这次聚会的目的。

苹果白兰地被端了上来，两个男人把桌子抬到防波堤旁的拖网渔船上。船长将布列塔尼的旗帜降至旗杆的一半处。引擎启动时，雅恩伸出手来帮助玛丽安走过短短的舷梯。

拖网渔船滑行在波涛滚滚的海面上，船后的浪花拍打着悬崖和岩石，这时，每位参加葬礼的客人都将一把死者的骨灰撒向水面。灰烬的质地如同精细的沙子，玛丽安希望她没有碰巧把死者的心脏，甚至他的眼睛，在手指间捏碎。当她让灰烬在栏杆外飘散时，她希望那位不相识的约西布能在另一个世界里幸福快乐。如果帕斯卡尔告诉她的话是真的，那么大海就是通往神灵国度的最宽阔的大门，在那里，未来、过去和现在都无关紧要。大海就像一座教堂和一座岛屿，是浸透着黑暗和柔情的最后一首歌。

几位吊唁者一同站在船头，唱起了一首 *gwerz*，即一首布列塔尼挽歌。玛丽安只能凭借内心才能明白，这些人怀着如此奔放的情感在唱着什么歌。那是一首赤诚的歌谣，她感到泪水刺痛了她的双眼。她的心胀得满满的，她摸索着雅恩的手。他按了她的手一下，然后用胳膊搂住她的肩膀，让她紧贴着自己。当一滴眼泪从她的脸颊流下，落在她的唇上时，他轻轻地拂去了这带着咸味的悲伤符号，用自己的嘴唇碰了碰她温暖的太阳穴。他们并肩站在一起，听任自己随着船的摆动而摇晃着。

刹那间，玛丽安觉得命运似乎早就决定了这一刻。这就像在午夜的两个梦境之间醒来，就在那一刻，你理解了现实的真实模样，而不是它在白天的样子。它受到了命运的祝福。

回到陆地上，一群人向约西布·普勒恩家走去。苹果树上挂满了贝壳花环。雅恩与渔夫的遗孀交谈，在他们告别的时候，他说出了那神圣的话语："约西布一向忠诚于三件事：他自己、他的家人和布列塔尼。"然后他拉起玛丽安的手离开了葬礼。葬礼现在更像是个游园会，孩子们在玩抓拉猫尾巴的游戏。

回到车里，他们快速地交换了一下眼神。

"那真是美妙，"玛丽安低声说，"谢谢你。"

雅恩松了一口气，转动了点火开关的钥匙。

他们继续开着老雷诺前往县城昆佩尔，参观了艺术博物馆。雅恩没有试图向玛丽安解释那些绘画，他想看看那些绘画是如何解释自己的。

吕西安·西蒙(Lucien Simon)[1]的画作《焚烧海草》(*Le Brûlage de Goémon*)画的是女人们在彭马克矮矮的小礼拜

---

① 吕西安·西蒙(Lucien Simon，1861—1945)：出生于巴黎的法国画家和教师。

堂前焚烧海草，四周波涛汹涌，天空对她们怒目而视，风吹起她们的头饰和围裙，这给玛丽安带来了一波冲击。不仅是因为圣母院教堂仍然矗立在彭马克，看起来同1913年画家画它时一模一样：它看起来同五百年前建造时一模一样。当玛丽安不复存在，雅恩、柯莱特、洛塔尔和其他所有人都被从地球上抹去的时候，这座简朴、美丽的教堂仍将存在下去。人都会死去：只有石头和艺术是不朽的。

她突然感到一种难以置信的恐惧，担心自己会过早地死去，而在生命的最后一天到来的时候，她却没有得到满足——她的生命未得到满足，直到生命的尽头和边缘。她从未对生命有过如此强烈的渴望：错过了这么多东西的痛苦可能会让她心碎。她曾想实施的举动从未让她觉得如此过分：她在时间远远未到之时就试图把自己弄死。

这一切都是那张绘画告诉她的。

雅恩把手放在玛丽安的背上，她的心怦怦直跳，仿佛在说：事情还远没有结束呢！每一秒都可能标志着一个新的开始。睁开你的眼睛看看：世界就在那里，它需要你。

她转过身来，用胳膊搂住他。到目前为止，她对这个男人只说过四五个字，可是她觉得他比任何人都更了解她。

26

玛丽安在花园各处溜达着，她和帕斯卡尔在过去的一周时间里在花园里不知疲倦地种植着灌木、树苗和种子——耧斗菜和送春花、罂粟和蜀葵、夹竹桃和桃金娘——从而改变了花园的面貌。她们用石灰给绣球花施肥，还给菜地翻了土。那些硕果累累的灌木的形状令人叹为观止，山楂和银莲花在它们中间眨着眼睛，地上长满了毛茛属植物、紫罗兰和尚未成熟的小草莓。

她多么喜欢徒手去挖土呀！事实上，自从她和雅恩一起出海以来，她喜欢她所做的一切。她喜欢这个由花岗岩、石英、水和光锻造而成的世界的迷人之处。魔法无处不在，即使是被称为 *gâteau breton* 或 *kouign-amann* 的奶油蛋糕。将比例差不多相当的面粉、新鲜鸡蛋、咸黄油和糖混合，不要揉太久。有人说，需要一点魔法才能做出如此美味的蛋糕，它会永远迷住一个人的心，这样他们就永远不会忘记是在哪里吃下了第一块蛋糕。

“白女巫理当精通烘焙之道。”帕斯卡尔一边说，一边向她展示如何制作布列塔尼蛋糕，但不管怎么努力，玛丽安的蛋糕就是没有帕斯卡尔的那样美味诱人。

从来不喜欢洗碗的玛丽安非常热爱阿尔莫尔的洗碗槽。她甚至爱上了执拗的让-雷米，每天晚上的工作结束后，她都强迫他给劳伦写情书。不过，他从来都没有勇气把这些信寄出去，而是把它们藏在了冷藏室里的一个旧莴苣板条箱里。

在虢钦家的石屋里，玛丽安找到一把长柄镰刀，它的形状非常适合去芟除车道边、冬青树丛和苹果树之间的杂草，她可以一边锄草，一边聆听鹌鹑和黄鹂的婉转歌唱。当她开始在车库附近割草时，看到埃米尔正从厨房的窗户朝外张望。她向他点点头。她注意到，他今天颤抖得很厉害，但她意识到，他宁愿她假装什么也没看见。

没过多久，那位老布列塔尼人出现在她身边，示意她跟他走。他们走向车库，随着铰链的吱嘎声，他打开了车库的门。在半明半暗的光线下，玛丽安能辨认出一辆白色的老捷豹汽车，在它旁边靠墙的地方，有一辆落满了灰尘的伟士牌摩托车、一辆自行车、几只汽油罐和煤气罐。他递给她一张字条，又从口袋里掏出些钞票。

玛丽安盯着那清单：淡盐黄油、牛奶、山羊奶酪、橙子……

埃米尔把车钥匙扔给她。

“先生，我开不了那卡车。”

埃米尔翻了个白眼，恼怒地咂咂舌头。他指指汽车，打开驾驶位的车门，又指了指座位。

“我……我做不到！别人不允许！我从未获准——”她刚一坐进去，埃米尔就砰地把门关上了。玛丽安哭了起来。

一刻钟后，她正驾驶着那辆英国制造的轿车，沿着一条穿林而过的狭窄小路颠簸而行。

“睁开眼睛！”埃米尔命令道，此时汽车正从两棵山毛榉之间的密实缝隙间颠动着通过，右侧的后视镜被撞得向内叠起。她抬起眼睑。

她哭得那么厉害，让埃米尔觉得自己的行为就像头彻头彻尾的猪。最后，他把自己皱巴巴的手绢递给她，将左手放在她搁在变速杆上的手上。当他往下推变速杆时，她踩下离合器，然后他手把手地教她将变速杆推入下一挡位。

“来吧，加速！”捷豹车向前跃起。她猛踩刹车，把脚从离合器上拿下来，引擎熄火了。“不是这样的！”埃米尔生气地拍了拍手，“再来一次。”

她发动引擎，于是他们猛地向前冲出树林，来到了贯穿科德鲁克的街道上。

“夫人，还有个第三挡，”埃米尔抱怨道，“还有第四挡。踩油门。加油！”

他们沿着主干道向内韦兹飞驰。玛丽安睁大眼睛望着沥青路面：它看上去就像一股灰色的瀑布从车轮下流过。她腋窝下的汗流成了小河。

她把油门踩到底，埃米尔眯紧了眼睛。他无言的手势确保他们来到了内韦兹的超市，在那里，玛丽安把车停在了两个停车位中间。她把颤抖的双手从皮制方向盘上剥下来。“咻！”她喘着气，眼睛闪闪发光。

埃米尔微笑着下了车，但没等玛丽安看清他的表情，他已把脸转开了。他和她的事还没完呢。一进入超市，他就把她介绍给洛朗——一个站在货源充足的肉柜后面的满面春风的男人。洛朗有个圆滚滚的脑袋，留着上了蜡的小胡子，有对闪闪发亮的栗色眼睛，顶着一圈稀疏的头发。

“*Enchanté, Madame Marie-Anne.*①”他说，一面把手从柜台后边伸过来，一面眨着眼睛。完成这一切后，埃米尔向玛丽安点点头，再次把钱和单子递给她，然后在停车场和加油站之间的小咖啡馆中坐下来，直至玛丽安买完东西。他没打算帮助她购物。如果这个女人真的想靠自己的双脚站起来，那么他绝不会去抱起她！

当他们开车回到科德鲁克，把买来的东西整理好放进储藏室和冰箱时，玛丽安一个劲地说着道谢的话，但埃米尔只是不屑地挥了挥手，打断了她。“谢谢你，”她不管不顾地说道，“为了那个，为了驾驶课。”

① 法语：认识你很高兴，玛丽－安妮夫人。

“*E—keit ma vi en da sav，e kavi bazh d'en em harpañ.*（只要你可以直立行走，你就会找到拐杖。只要你勇敢无畏，就会有人向你施以援手。）”埃米尔低声说，仿佛看透了她的心思。

她瞥了一眼这位佝偻的老人。这是他第一次浪费这么多的呼吸同她说话。此外，他还对她友好地笑了笑。

帕斯卡尔穿着埃米尔的睡衣和一双胶靴摇摇晃晃地走出卧室。她弯下腰去吻埃米尔，叹了口气，眼睛半闭着。他是如此爱她。

“你还想自杀吗，玛丽安？”埃米尔问，帕斯卡尔吃惊地把手举到唇边，强忍住那试图冲出喉咙的喊叫声。

玛丽安的脸色变得煞白：“你是怎么知道的？”

埃米尔拍了拍他的心脏。“你为什么要来这里死？”他平静地问，仿佛在询问她的晚餐计划。

“我想看看大海。”玛丽安回答。

“大海。”埃米尔重复道。他凝视着玛丽安的眼睛，“大海既会骚动不安，也会沉默不语。它和我们之间没有联系，但我们仍然渴望它理解我们的思想和行动。大海想要你吗？”

“我很乐意淹死在大海里，”玛丽安轻声说，“它会埋葬一切。它先是会拂过我的头颅，然后就会忘记我。事情本该那样：我是在寻求死亡。”

“然后呢？”帕斯卡尔焦急地问。

“然后生活介入了进来。”

玛丽安及时赶回了餐馆上晚班，发现门前有一朵白玫瑰。它有股覆盆子的清香。旁边放着一张彭马克礼拜堂的明信片，这让她强烈地意识到自己想活下去的愿望。

雅恩。

27

玛丽安不知道她是否有资格这样高兴。自从那次短途旅行以后，她和雅恩每天都见面。他到阿尔莫尔来吃午饭，一直等到她下班，然后和她一起共度午后时光，直到她要重回锅碗瓢盆中。在她去帕斯卡尔和埃米尔家的那些日子里，他要么陪同她前往，坐在阳台上画画，要么会一直等到让-雷米放她下班的深夜。不过，通常他一天来看她两次，一次在下午，一次在晚上。

玛丽安跟着他学法语的速度比跟着任何人都快，这可能是由于他的声音温暖且有两种音调。她喜欢坐在他的雷诺车里同他在乡间兜风，参观渔村，或者去众多的城堡和偏远的小教堂中的一个。她还喜欢看着他从自己身边走开，欣赏他那强有力的肩膀，这肩膀更适合木匠而非画家。

他们就像两个瘾君子一样，不顾一切地投身于彼此，畅饮着对方的存在，好像很快就没有什么可喝的了。

她逐渐习惯了那个有着吸引着她的海一样眼睛的男人。

他从来没有展示过他的画作，但现在，他的目光包含了她需要看到的一切：他看她的方式。

他在一张张便笺上画满了玛丽安的脸和手，不管当时她正在做着什么：是做饭还是做园艺，是一动不动地坐着，以免惊动蜷缩在她腿上的猫，还是一边唱着歌一边择菜。

到目前为止，他们连一个吻都没有。玛丽安并不着急：她知道那标志着一个新时代的开始。一个吻将变成两个吻，两个吻将变成滔天洪水。他们将不想在对方的嘴上停留太久，他们的吻将会热切地向下移动。这让她害怕。

一想到雅恩脱去她的衣服，看到她赤裸的、衰老的身体，她的内心就不由得发抖：那皮肤，那些褶皱，那些凹陷和其他那些衰老进程所具有的令人讨厌的东西。

然而……与此同时，她越来越渴望去感觉雅恩的双手，不仅仅是在她的脸颊、手臂和嘴唇上。但是如果她不讨他的喜欢，那将是多么恐怖和可怕啊！不，还有很多可以留给亲吻的时间。

周一通常是阿尔莫尔最安静的一天，在这样的一个周一，让－雷米给了玛丽安一些休息时间。她和雅恩开车向东，朝着布劳赛良德（Brocéliande）的魔法森林驶去。当他们沿着弯弯曲曲的道路前往雷恩以西二十五英里处的帕姆波特（Paimport）时，雅恩打破了他们那早已熟悉的、令人舒适的沉默。他把公路地图册放在了玛丽安的腿上。

“布劳赛良德森林在任何普通地图上都找不到：只有在我们的希望和梦想中才能找到它。在我们的世界里，它被称为‘桥头堡森林’，但在魔法世界里，它是梅林传奇中的魔法森林，一个精灵王国，是通往冥间的桥梁。”

“冥间？它和另一个世界是一回事吗？”玛丽安问。

雅恩点了点头：“亚瑟王传说中的圣杯葬在布劳赛良德，永恒青春之泉就是在那里冒出的。凡是喝了这泉水的人都将长生不老。据说，通过仙女的镜子——一个微波不兴的湖泊——有条通向阿瓦隆的道路，亚瑟王在那里等待着布列塔尼的召唤。另一个传说是，在百合池塘的水底居住着湖水女神薇薇安，她住在一座水晶城堡中。”

玛丽安听着，琢磨着这些话。湖水女神。她以前从未听说过这个名字，但当雅恩说话的时候，她觉得自己只是一时想不起这位女神了而已。“她是谁？”她低声问道。

“就是她带走了梅林的所有魔力，而以她永恒的爱作为回报。她把他拉到水底，去参加一场永远不会结束的宴会，它一直持续到了今天。”

玛丽安在脑海中看到一座玻璃城堡，四周全是水和变幻莫测的阴影。

银白色的薄雾向玛丽安和雅恩迎面袭来，此时他们正走在爬满常春藤的高大的树下，穿过在橡树和白桦树丛中垂下的枝叶，进入那个魔法森林。沉默，期待中的沉默。又过了二十分钟，他们到达了枫丹·杜·巴伦顿（Fontaines du

Barenton)。

“这里是梅林和薇薇安初次相遇的地方。”雅恩耳语道，像是害怕打扰到森林里的生物似的。玛丽安注意到，有气泡从多沙砾的泉水底部穿过清澈的泉水轻轻涌起。

“泉水在笑呢，”雅恩说，“它并不总是这样，只有当它看到像梅林和薇薇安这样……”他没有说完这句话。

彼此相爱的人。

玛丽安低头看着泉水。这正是她胸中的感受：精致的气泡从地下泉水中闪烁着冒出，然后轻轻地炸裂。说不清道不明的，妙不可言的。当她和雅恩在一起的时候，她的心就会像这泉水一样开怀而笑。

他们手拉着手在寂静的树林中漫步，在玛丽安看来，这树林必定与一千年前一模一样。密不透风，令人心醉，幽暗阴森。荒野，沼泽，郁郁葱葱的青草。从未经护林员平整过的小径。在高大的橡树间飒飒作响的风，把淡绿色的影子投在柔软的地面上的太阳。玛丽安觉得他们的每一步都在溶解时间和空间。最后，他们来到一圈周围环绕着山楂树的挺立的石头边。“梅林的坟墓，”雅恩低声说，“他心爱的人把他放逐在了这里。”

他一定是心怀喜悦地接受了这一监禁，玛丽安想。一个了不起的男人，他用自己的魔力与一个女人的爱情做了交换。梅林的坟墓上布满了巨石，它们的许多经过凿刻的缝隙中都塞着被雨水浸湿的纸片。玛丽安一片也不敢抽出来。

“许下的愿望，”雅恩解释道，“这是*nemeton*——诸神之地。有时，诸神会善意地看待我们向他们许下的秘密愿望。”

玛丽安盯着坟墓，然后从她用来记单词的黄色笔记本上撕下一张纸条。她以前所未有的热烈目光望着雅恩——探询的，坚定的，却又是遥不可及的。

她在纸条上草草写了几句话，小心地把它折叠起来，塞进一条裂缝里，让它与其他字条挨在一起。雅恩没有问她想从诸神那里得到什么，再说，无论如何她也不会告诉他的。然而，他内心深处有个什么东西，使他希望自己能使她的愿望成真。

他们一言不发地在百合塘边歇了一会儿，因那无法言说的情绪而欣喜不已。玛丽安将脸转向那暖洋洋的太阳。她坐在那里，神情放松，似乎充满了一种深沉的宁静，雅恩觉得她看起来像一个梦幻精灵。

“当一个仙女爱上一个凡间男人时，她常常会担心，在他离开魔法世界的那一刹那，他就会忘记她。”当他还是个孩子时，他的母亲在给他讲童话故事时曾如是说，“如果她们心爱的人不再记得她们，仙女们就会死去。这就是为什么仙女总是试图把男人绑在自己身边。然而，只有仙女给那男人一个黑暗的、致命的吻，她才能永远留住他。在这个世界上，他死了，而在另一个世界里，他便可以留在他的仙女身边了。”

事实上，每一个凯尔特英雄都会经历甜蜜的死亡，雅恩想。他以前是什么并不重要——一个国王，一个英雄或者一个不起眼的画家。在仙女的手中，他只是一个男人。一个放弃了他生命中珍爱的一切的男人：名望、荣誉、金钱、权力、认可。

雅恩再次望向玛丽安。她的脸，在她头发上闪烁的光芒，她的总是温暖的双手。是的，他断定，对任何一个男人来说，最明智的做法就是忘记对权力的愚蠢渴望，把自己的命运交付到一个女人的手中，让自己被她所吸引。

玛丽安回望着他。雅恩有一种比以往任何时候都更强烈的感觉，即他面对的是一位湖水女神，他准备好让她用一个吻来授予他永生。现在他是个老人了，他完全理解了薇薇安和梅林的传说。女人会爱，她们的爱比权力和男子气概都要伟大得多、持久得多。他想象着，在他死后，玛丽安还将爱着他，这该是多么美妙的事啊！

玛丽安站起身来，跨了两步，消弭了两人间短短的距离，当她向雅恩伸出手去的时候，她觉得雅恩正谦卑恭敬地向她献上他的整个生命，仿佛她是位女王似的。

水池边的两个影子合并成了一个。

28

一周后，玛丽安在一面准备晚餐、一面同帕斯卡尔练习法语词汇时，埃米尔带来了他的手风琴。一架九十六键的红色手风琴。数十年来没有人演奏过它，风箱上的褶裥已经出现了许多小孔。埃米尔说他的帕金森症让他无法演奏，但也许她可以。当他打开风箱时，风箱发出呼哧呼哧的声响，琴键连一个音调都发不出来。

玛丽安端起手风琴，把两根皮带搭在肩上，解开系风箱的扣带，左手在皮带下方的手键上滑移，按下气钮，这样她就能无声无息地把风箱拉开。那乐器似乎在呼气。

她把风箱完全压紧。那是种吸入，是沉重而蕴含丰富的空气的深呼吸。她的无名指摸索着，停在左手键上那唯一不大平滑的凸起按钮—— C 上。她轻击了一下右边的琴键键盘上的五个调音器中的一个。

深呼一口气。她轻轻压住 C。现在她只需要再把风箱向左拉，然后……她不敢。

“所以，”埃米尔说，“人们说，只有当女人演奏音乐时，你才能发现她真正的个性。有人会像看一幅画一样带着分析的眼光冷静地品读音乐；有人会让情感浸润每一个音符。有些人很严苛，因为音乐是他们唯一的爱人，是他们唯一赋予了真理和激情、对之精通和掌握的东西。没有人能像他们用以统治其爱情的音乐和乐器那样接近他们。当你终究还是回避演奏手风琴的时候，你又怎么能拉得响它呢？”

“我做不到。我丈夫嫌它太吵、太下流了。”

埃米尔剧烈地咳嗽了一声。“对不起。你的丈夫？你有丈夫？”厨房里的那只老爷钟的轻柔的嘀嗒声是唯一的声音。

“你从你丈夫身边逃开了，是吗？”帕斯卡尔终于问道。

“不如说是从我自己身边。”玛丽安说，她的声音突然哽咽了。

“雅恩知不知道你——”

“那不关我们的事。”埃米尔打断他的妻子。

“你不再爱他了吗？”帕斯卡尔冒险问道。

“我累了。”玛丽安答道，一面解开了手风琴的带子。

“他知道你在这里吗？”埃米尔询问。

玛丽安摇了摇头。

“我猜，你一直都不会告诉他的。”那个布列塔尼人说。

她点了点头。她感到羞愧，她觉得自己像个骗子，一个冒牌货。

埃米尔·虢钦用自己那只粗糙、健康的手抚摩着自己的脸。“不管怎样，我们还是别谈这个话题了吧。”他示意玛丽安到车库去。在那里，淡蓝色的伟士牌摩托车看起来有些不一样。它已经被清洗、上油并加满了汽油。埃米尔已将这辆小机车置于工作状态。

“它的排量是五十毫升的，所以你只需要加速和刹车。那架手风琴太重了，你无法拖着它一路穿越树林。我把这东西借给你……”他停顿了一下，“你想骑多久就骑多久。”

厨房里，帕斯卡尔表现得好像她真的忘记了刚才听到的一切。玛丽安为如何为自己辩解而烦恼。突然间，她努力想要阻止的一切都回来了：洛塔尔，她的坏良心，她因没有坦承她离开他和他们的共同生活的原因而产生的内疚感。

在最后一位客人离开阿尔莫尔后，玛丽安没有像往常一样留下来喝东西，同让－雷米进行日常的语言练习，而是消失在自己的房间里。她躺在黑暗中盯着天花板，观察着月光凝聚之处，然后从床上一跃而起。她的胃部有种往上翻的感觉，就像置身于下落得太快的电梯里一样。

她抚摩着手风琴。风箱发出一声叹息，一种短促的不合调子的和弦。她听着。这是不可能的：没有手风琴会自己演奏。月光在那乐器上闪烁着光芒。2点30分。再过三个小时，太阳就会升起。她把牛仔裤套在睡衣上，把墨绿色皮夹克披在肩上，然后抱起手风琴，悄悄走出门去，来到防波堤上。

那只猫儿蜷缩在伟士牌摩托车的车座上，但当玛丽安走近时，它立刻站起身，眼睛在浓重的夜色中闪闪发光。

玛丽安把乐器甩过肩去。它重重地贴着她的后背。猫盯着她。它不能问你任何问题。但玛丽安觉得这只猫可以。

她骑着摩托行驶在夜色中。她没有经过一辆车，没有骑自行车的人，甚至连一只海鸥都没有。她只听到摩托车刺耳的轰鸣声，尝到嘴唇上露珠的滋味，感觉到夜间的寒意在她的裤子下蔓延，包裹住她裸露的脚踝。手风琴的重量把她的身体向后拉扯着，路上每碰到一个凹凸不平的地方，风箱就会打开或关上几英寸。它又出现了：那叹息，那沉静的和弦。

当她站在塔希提海滩的边缘，凝视着大西洋墨蓝色的海水时——当她的上方只有星辰、下面只有沙地时——她从肩膀上解下手风琴，把它转过来，挂在胸前，打开风箱。

呼气。吸气。

她一直热爱 A 小调。她把手指移到 C 上方的两个按钮上。

呼气。吸气。

从她最后一次演奏算起，她已度过了一生的时间。四十……不，是一百年。她按下食指和无名指，并把风箱拉开。忧郁的和弦从乐器内部传出，哀怨、高贵、庄严、大胆，将震颤送入她的胃和心脏。

这就是她曾经深爱过的东西——感受在她的胃部、腹部和胸腔中的音乐，在她的心里。声音传到她的身体里，她把风箱完全推回去，直到 A 小调把夜晚变成了音乐。

她放开琴钮，让自己重重地跌落在沙滩上。需要让大海把手风琴从其僵硬的沉默中唤醒。

就像对我一样。

她的思绪曾毫不费力地从洛塔尔身边荡开去，但现在它们在她周围盘旋咆哮，声音越来越大。

他真的是个坏丈夫吗？难道我从头到尾一点错都没有吗？我真的试着去改变过什么吗？有没有可能是我不够爱他？我们能重新开始吗？难道不能给他第二次机会吗？如果爱就是把一个人变成他自己，那我真的那么做了吗？

她离家这么长时间了——但还不够长。她已经进入了一种全新的生活，然而与洛塔尔在一起的四十一年却压倒性地位于天平的另一头；她不能把它们像旧睡衣一样脱掉。无论她走到哪里，无论她和谁一起开怀大笑，它们都会亦步亦趋地跟着她。它们就像这大海一样，不停地啃噬着大地，从未让它获得过安宁。

"*Merde.*[①]"她低声说，最初有些迟疑，随后则更加用力，"*Merde*！"她冲着海浪尖叫，"该死，该死，该死！"并开始用和弦强调每个词汇。一曲 *A tango de la merde*[②]。她的手指没有立即按到正确的琴钮，因为手风琴上的一切都是混乱的：F 低于 C；D 在 A 之下；G 在 C 上。她咒骂着，挤压着，手风琴发出恳求的哀鸣，发出仇恨的、激情的和渴望的尖叫。她驯服了它们，给它们以空间和力量，让它们在黑暗中扩张。

---

① 法语：该死的，去它的。

② 法语：该死的探戈。

她让风箱在咸咸的空气中呼吸。当她累得无法继续演奏时，她把头靠在了乐器上。

她吸气。她呼气。她觉得自己听到了一个女人的笑声。也许是尼缪（Nimue），那位大海女神？她抬起头，看到一轮新月：一只银白色的吊篮，因太阳的升起而渐渐委顿了下去。

她的手指开始试探性地移动，试图回忆起她听过的用手风琴演奏过的最美的歌曲——关于月亮之子的歌曲。D 小调，G 小调，F 调，A7 调。“Hijo de la luna.①”

玛丽安练习到她的手指再也无法抵抗清晨的寒冷和潮湿。她的左臂因拉挤风箱而感到疼痛，她的背部因乐器的重量而疼痛。黎明揭开了黑夜的面纱，在她身后的东方出现了太阳初升的迹象。

精疲力竭的她松开了那乐器。她烦躁不安。她不知道什么是真的，什么是梦境。慢慢地，她演奏起了皮亚祖拉②的《自由探戈》（*Libertango*）。

仍然没有答案。哪里都没有。问题，只有问题。

---

① 西班牙语：月亮之子。

② 皮亚祖拉（Astor Pantaleon Piazzolla，1921—1992）：阿根廷探戈作曲家、乐队演奏者和编曲家。

29

四天后，7 月 14 日，阿尔莫尔餐馆和客栈在玛丽安的眼中仿佛发生了翻天覆地的变化。从清早起，他们就把桌子、椅子、一半的厨房用具和一个临时吧台从餐厅搬到防波堤上。埠头上有一个被覆盖着的舞台，四面挂满了五颜六色的灯笼，法国和布列塔尼的旗帜在窗口飘扬。

帕斯卡尔·虢钦仍然在房间里驱逐邪恶的灵魂，净化它们的负面能量。她要为壁炉祈福——大厅里的壁炉和饭厅里的壁炉——并施下保护咒，这样才算圆满。

“我们是不是要举办一场盛大的聚会来庆祝客栈重新开放？”玛丽安曾惊愕地问。

“也是也不是，”热娜维芙回答，“我们实际上是在庆祝国庆日，但还有比 *bal populaire*[①] 更好的庆祝客栈复兴的日子吗？”

---

① 法语：人民舞会，指巴士底日舞会。

巴士底日舞会！这意味着把所有的活动都搬到了街上：吃、喝、唱歌、奏乐和跳舞。那天晚上，华尔兹和探戈将在科德鲁克轰然响起，还有加伏特舞曲（gavottes）和传统民间音乐。人人都将在户外庆祝。在法国的每个村庄，舞会将持续整整一天。

让－雷米和玛丽安从那天早上五点钟起就一直在厨房做着准备。那天晚上会有荞麦煎饼和苹果酒，牛排炸豆饼和炸羊排，炸大虾和乳蛋饼，鱼汤和龙虾，奶酪，香草冰激凌，给当地人吃的羊肉，还有牡蛎，给游客吃的牡蛎，更多的牡蛎。

在露天厨房的后面，一个名叫帕德里格的年轻人正在帮让－雷米上菜。劳伦将一瓶瓶苹果酒、卡瓦度白兰地、帕斯蒂斯酒、香槟、玫瑰葡萄酒、布列塔尼啤酒、麝香葡萄酒和大量的红酒一字排开。

热娜维芙夫人对帕德里格总体上不大满意。这位泥瓦匠的儿子过分嫉妒，对库存的酒精饮料保护过度，试图自己把它们喝下肚去，而不是给客人留下充足的酒水。不过，她没能找到任何其他临时员工：罗兹布拉斯的阿兰·波蒂埃已经雇用了她问过的所有人！那边是怎样一种景象啊。一座海盗船形状的充气城堡，一座革命的玛丽安的冰雕（穿着暴露，胸部丰满），一个装饰着蓝白红花环的木制舞池。热娜维芙发出了诅咒。

玛丽安负责整理、清洗餐具，并定时为乐师们提供食物和饮料。她在把三明治和几碗用海鱼、螃蟹做成的海鲜浓汤端给露天舞台上的那些男人时，努力不让自己被五重奏乐团的乐器绊倒。她指了指管乐器，“太太，它是支古双簧管。”五人中个子最小的那个说。他双腿弯曲，满脸皱纹。他拿起那支管乐器，吹奏起一支曲子。其他人把汤碗放在一边，拿起手风琴、小提琴和贝斯，开始跟着演奏。玛丽安瞬时回到了往日的时光中。

她身在巴黎，在一个灯火辉煌的病房里，听着收音机里的音乐。你想随之起舞的音乐。她看到老男人在和年轻女子跳舞；她看见一张上面摆放着各种物品的长桌，欢笑的儿童和苹果树，位于地平线的海面上的阳光；她看到古老的茅草覆顶的砂岩农舍的蓝色百叶窗。

当她睁开眼睛时，她的幻想变成了现实。她感受到了阳光的温暖，无限的感激之情涌上心头。男人们穿着传统服装——镶有丝带的黑色圆帽，以及绶带——正在为她演奏一首歌曲。

她不假思索地闭上眼睛，抬起双臂，随着音乐旋转起来。她一个人跳啊跳啊，听任自己被带向一个没有隐藏的秘密、没有疑问的地方，一个一切都曼妙美好的地方。

直到乐师们停止演奏，她这才停下舞步。她内心充满了平静，它覆盖住了所有阴郁的问题。

“你叫什么名字？”小提琴手问。

她大声地将它说了出来。

“玛丽安！”音乐家转向他的同事们喊道，“我们的第一夫人，我们深爱的人，我们的共和国、我们的革命、我们的自由的女英雄。先生们，自由刚刚在为我们跳舞！”

“*Vive Marianne*！[①]”他们齐声喊道，向她深深地鞠躬。

玛丽安回到厨房，觉得自己刚才在其真正的生活中又向前迈了一大步。

舞会还没有正式开始，但第一批阿尔莫尔的常客已经到了：玛丽－克劳德、她怀孕已久的女儿克劳丁、保罗和那对双胞胎（她们正在看他们布置自助餐）、身手敏捷的让－雷米，还有懒得令人恼火的帕德里格。

保罗身体前倾，在克劳丁的肚子上轻轻地挠了挠，“你们不觉得克劳丁看起来美极了吗？那么……那么孕味十足。”

“我不想看起来有多美。我想看起来苗条一些。”玛丽－克劳德的女儿嘟囔道。

“为什么？你看起来很棒，尤其是你那颤动不已的屁股。”玛丽－克劳德大笑着说。

“我的屁股在对着男人卖弄风情，可我的样貌则是另一回事，而我对此却无能为力！”

当夜幕渐渐降临时，整个科德鲁克都在高唱《马赛曲》。随着最后一个音符的消逝，乐师们直接演奏起了探戈，防波

① 法语：玛丽安万岁。

堤似乎因令人眼花缭乱的摇曳礼服而变得光彩夺目。

保罗双臂交叉地坐在阿尔莫尔的露台上。他注视着站在露台边缘的萝森，观察着旋转着经过她身边的情侣们。

那个被保罗称作她的年轻新男友的男孩，到目前为止还未同她跳过一曲舞。她不会为此感到高兴的。萝森喜欢跳舞，特别是阿根廷探戈。她把所有的浪漫情感都倾注到了她的身体里——矜持、欲望、恐惧和骄傲。

保罗知道，拒绝和一个女人跳舞无异于忽视了她性格中的一个重要方面，一个她永远都不会完全忘记的细节。那是因为她有东西要提供——她的奉献——她永远不会向一个不与她共舞的男人展现她的灵魂。为了萝森，保罗曾偷偷地跟着雅恩学跳舞，雅恩知道男人应该怎样跳舞才能让女人爱上他。

这时保罗看见了那个男孩。他刚从酒吧买了两杯红酒，在同一时间也发现了保罗。他向保罗走了过来！

“晚上好，保罗。”他带着夸张的礼貌说。

“我妻子今晚看上去很可爱，你不觉得吗？”保罗打断了他的话。

“她不再是你的妻子了。”

“你告诉过她她有多漂亮了吗？”

“我想这不关你的事。”那年轻人转身打算离开。

乐师们演奏完快节奏的探戈，开始演奏一首哀怨的格威兹舞曲。情侣们对彼此的爱恋是如此的铭心刻骨，只有靠身体才能表达自身的感情，于是他们继续跳着舞；其他的人则在酒精中或个人思绪里寻求庇护。

“我知道你无法像我妻子需要的那样去爱她。”保罗冲着男孩的后背说。那个他成功地给屏蔽掉了的名字选择在这个时刻出现在他的脑海里。谢尔盖，这个小浑蛋！

“她不再是你的妻子了！”谢尔盖又说，现在变得怒气冲冲的了。

“不过，她仍然觉得自己是。想打赌吗？”

谢尔盖再次转过身去。

“想打赌吗？”保罗更大声地重复道。

现在谢尔盖转过身来面对着他，已不再那么傲慢。“我们的爱情比你和她在一起时的任何时候都要热烈。”他气咻咻地说。

“那样的话，你就不必担心我们打赌的结果了。或者你真的担心？你害怕一个上了年纪的人吗？”

谢尔盖怒视着他。保罗伸开双臂，微笑着看着这个男人，此人在与自己一生的挚爱同床共枕，在她身边醒来，同她争吵，看她大笑。

“你想要赌什么？”谢尔盖咆哮道。

“一支舞。只一支。”

“这真荒谬。”

“我知道。没什么好害怕的。”保罗站起身，摆出一副大方的姿态，把自己的座位让给谢尔盖，然后最后一次向他弯下腰来，“瞧着吧，学着点儿。”

柯莱特看见保罗在招呼乐师。她看到西蒙正朝她走来，手里拿着一样东西，看起来像是他的特殊礼物中的一种，她还注意到，当他看到自己坐得离西多妮那么近时，他是如何退缩不前的。然而，她把自己所看到的一切都往下推到她心中那个让这一切都变得毫无意义的地方。她和西多妮静静地坐在那家经过翻修的客栈的上层露台上。

柯莱特把她戴着浅橙色短手套的手放在自己面前的那本书的封面上，然后把它推到桌子对面的同伴面前。

“为了我们友谊的周年纪念，7 月 14 日。”她说。她的话在她的耳朵里显得生硬而空洞。西多妮只等到柯莱特把手缩回去时，这才伸手去拿书。

“《石头的语言》(*The Language of Stones*)，罗杰·凯洛瓦[①]著。”她轻声读道。

柯莱特看见保罗走近萝森，向她鞠躬。她看见她转过身去，保罗对着她的后背说了些什么，萝森猛地转身，好像被打了一巴掌。

“凯洛瓦是位哲学家和社会学家。20 世纪 30 年代，他是超现实主义者中的一员，后来与乔治·巴塔耶[②]一起创办了社会学院 (Collège de Sociologie)。”柯莱特听到自己在以一种不

---

① 罗杰·凯洛瓦（Roger Caillois，1913—1978）：法国知识分子，其独特的作品集文学批评、社会学和哲学于一身，侧重于游戏、戏剧和神圣等不同的主题。

② 乔治·巴塔耶（Georges Bataille，1897—1962）：法国文学大师，从事文学、哲学、人类学、经济学、社会学和艺术史研究。他的作品包括散文、小说和诗歌，探讨了诸如色情、神秘主义、超现实主义等主题。

自然的高亢声音发表着演讲。

“哦，”西多妮说，“真不错。”

“他把石头看作是动力的平衡器，因为只有通过它们的静止不动，人类的追求才能显现出来。你看，如果没有石头，我们不会注意到我们在移动和……”柯莱特停顿了一下。她到底在唠叨些什么？

“石头并不是静止不动的。”过了一会儿，西多妮说。

她俩都将注意力完全集中在了保罗和萝森身上。保罗把前妻带到防波堤中央；他半拉着她，她半推着他，他们的表情混合着真实和痛苦。在舞台上，小提琴手发出了一个信号，探戈的第一声和弦响起，在手风琴的引导和携载下进入夜空，然后被小提琴接管了过去。

“石头确实会动，只是没人看到而已。在美国有一个地方，”西多妮接着说，“叫作死亡谷。巨石在沙地上漫游。没有人推拉它们，但印迹清晰可见，有几百码长。石头会动。”

“它们会在我们不注意的时候移动？”柯莱特问。我们真的在讨论石头吗？她想。

“是的，”西多妮小声说道，“没人看见它们动。”

“我还以为我们的位置是固定的。”柯莱特说。

“我们？”西多妮问。

“我们这些石头。”

西多妮第一次转过身来，看着柯莱特。“据说，在平安夜，当大钟敲响十二声的时候，布列塔尼的立石就会动起来，去海边饮水。但对我们这些石头来说，只做一次我们想做的事是不够的。我们动来动去是因为我们在寻找我们渴望的对象。”她说。柯莱特不敢眨眼，生怕错过西多妮注视她的每一个瞬间。

“但是石头会渴望什么呢？”她问，直勾勾地盯着西多妮，尽管她已经能感觉到那是什么了。她感觉到，自己一直都知道西多妮想要表达的是什么。她体内的什么东西“啪”的一声断成了两半。它像岩石一样裂开了，她能尝出舌头上的石头粉末的味道。

玛丽安收拾着桌子，甚至从花盆里掏出了几只空苹果酒玻璃杯。她瞥了一眼雅恩，他正坐在舞台旁边的折叠椅上，他的铅笔在素描簿的厚画纸上飞舞着。他的眼睛一直在人群中寻找玛丽安，每当他们的眼神隔空相遇时，时间似乎都像是漏跳了一拍。她感到胸中有东西炸裂了，就如同一滴眼泪在某人手上飞溅开来一样。随后，她的视线又被一对跳舞的情侣挡住了。玛丽安朝一旁走了几步，看着雅恩在人群中扫视着，为的是寻找她，她很喜欢这样的瞬间。他在找我。

她深吸了一口气，然后呼出肺部所有的气体。香水，烧烤的香味，盐水，海风。沉浸在欢声笑语中的夜晚。

他想找到我。

她端起盘子，在玻璃杯里发现了一些酒石酸盐晶体。

我恋爱了。

她想象着与雅恩·戈梅同床共枕是什么感觉。然而她很快就忘记了这事，因为她看到了劳伦，她正端着两个托盘，竭力保持着它们的平衡，因此无法保护自己，结果不断地被一个喝醉酒的客人反复揩油。玛丽安大步朝那人走去，把他推开。那个受惊的男人转过身来。

“你再敢来那么一次，”她威胁道，“我就把你的手剁下来。”那男人的脸色变得煞白，消失在了人流的旋涡之中。

保罗让萝森急速旋转的舞步慢下来，面对着他。一切似乎都一如既往：他们的身体无须思考便能互相理解；他们的肢体不需要试探交涉。

虽然，萝森起初完全处于防御姿态。

“最后一支舞，我们生命中的最后一支。我爱你，萝森，但我会放你走的。让这成为我的告别之舞。”

直到那时，她才步入他的怀抱。保罗请乐师们演奏她最喜欢的歌曲，小心翼翼地给他们塞了几张钞票，想让他们立即演奏。

萝森是一只猫，任性、忠诚，却又如狼似虎，因天真的激情而显得厚颜无耻，却又优雅如女王。

“他对你好吗？”保罗问道，这时，她已经完成了一个扭转和两个锁步，再次在他的身体周围旋转起来。

“他待我如淑女。”

“哦，那我是怎么待你的？如一头印度大象？”

一阵暴怒使她在保罗身边的舞步更加趾高气扬和肆无忌

悼。她把他推开；他把她拉到身边。

“我们离婚后，我觉得自己就像一堆废物。”他呼哧呼哧的声音在她的发丝间穿过，同时他毫不客气地把她从其他跳舞的情侣间拉回来。

“那么离婚收到了成效。”萝森怨声道。从他的抓握中挣脱出来，将双腿夹向他大腿的左右两侧。他迅速地侧身闪开，把她的身体向后一甩，直到她倚在他的怀里，头左右摇摆着。

“离婚是永远的吗？”他说，任由自己被吸进她眼睛的幽暗隧道里，“就像婚姻一样，直到死亡把你们从彼此身边拯救出来？”

萝森再次弹起身，保罗紧紧地拉着她，他们的嘴唇离得只有一只蝴蝶翅膀的距离。他能闻到她的香水味，她总是放在内衣堆里的肥皂的味道，还有她最后喝下的苹果酒的味道。她的指甲掐进了他的后背。“你这个没用的浑蛋。”她啐了一口。

他们的舞蹈是一场战斗，其间的激情展示了他们全部的武器：羞辱与怨恨，渴望与折磨，导致棋逢对手的进攻的柔情蜜意的微弱回声。

她凝视着他的眼睛，他从那眼神中看到了胜利、渴望和深深的绝望。他们就像两个磁体，在碰撞时交换磁极，在聚集充电之前又被强行分开，一次又一次地碰撞，鲁莽地、无耻地、痴迷地。这是情欲。他们极度想要对方。

保罗不需要去看谢尔盖也可以确定，那个年轻人不喜欢他看到的东西。谢尔盖能够看出来，保罗是如何撼动着他自己在萝森心中永远也无法触摸到的东西的。他双手紧握在一起，使得指关节都变白了。他站不起身，就连保罗和萝森跳着离开防波堤、消失在暗夜中时也是如此；他就是站不起来。

柯莱特无法将目光从西多妮脸上移开。她觉得自己就像一粒弹球，在排水沟上方最后的挡板的颤动着的尖部寻找着平衡。

“这是什么？”她问，凭借着这几个字，把一切都纳入了问题之中，包括她的生活。尤其是她的生活。它原本可以截然不同。

“你还是不知道吗？”西多妮说，她的眼睛里忽地涌出了浪花——泪水。

“太晚了吗？”柯莱特说。

西多妮还没来得及回答，就被玻璃杯在柏油路上破碎的声音吓了一跳，接着是尖叫声和一个愤怒的男人的声音。看着保罗领着萝森离开舞池，走进隐蔽的阴影里，谢尔盖掀翻了桌子。

让-雷米、西蒙和屠夫洛朗把那个怒不可遏的人摔倒在地，把他锁在冷藏室里，与目光冷淡的鲻鱼和半生不熟的长棍面包关在一起。

舞台上的乐师们鼓励所有的舞者都跳起加伏特舞，这是种布列塔尼圆圈舞，人们要和自己之外的其他每个人共舞：老爷爷和他的身上打了很多洞的侄女一起跳；市长和村里的丑闻缠身的寡妇一起跳；寡妇的情人和牧师的妻子一起跳，把他们连在一起的只有他们的小指。男人们在原地蹦跳，女人们则带着一种混合着挑逗和羞怯的神情围着他们转圈。

帕斯卡尔发现自己坐在拉古涅兹的一名船工旁边，他问她能否把正在训练的白女巫借给他，只这一次，为了他的花园。帕斯卡尔猜想，他一定是在谈论她的耙子，于是表示同意，尽管她当然得先问问她丈夫。在酒吧后面，帕德里格正在分发小瓶装的蜂蜜酒，而让－雷米则看着劳伦，她正弯下腰来同一个巴黎人交谈，每年7月，这个巴黎人都会在其位于马奈克港的昂贵度假别墅里悠闲度日。一个穿着经过熨烫的牛仔裤的公务员。那个穿着时髦外套的巴黎人的眼睛盯着她身体的每个部位看个不停，而她则又是微笑又是点头，这时，这位大厨几乎再也看不下去了。他推了推帕德里格：“去问那个巴黎丑八怪想喝些什么。”

“我只看到一个非常可爱的人。”帕德里格嘟囔着，迈着碎步走开了。

让－雷米想起了所有那些他秘密地为劳伦买来的鲜花。它们躺在冷藏室里，旁边是他写给她的信和他从未说出口的恭维话。

柯莱特把手放在西多妮的手上，而西多妮的手指则钩住了她老朋友的手指。这两个女人的神情传达了她们从未说出口的话，这使西蒙不敢来请柯莱特跳舞。他把想要送给她的礼物，连同他的感情一起，带到了附近的“格温二世”号上。

现在，他心怀绝望地断定，柯莱特永远也不会是他的了。他的心像被岩石钩住的锚链一样破碎了。

午夜烟火表演后不久，舞会散去了。防波堤躺在那里，就像一个疲惫的情人，无法决定是否要把床单拉上来，盖在她被反复抚摩的皮肤上。玛丽安在灌木丛和码头上寻找着被扔掉的玻璃杯。雅恩帮忙把椅子放好后，现在正坐在厨房里，同让-雷米一起喝着卡瓦度白兰地。

她在空荡荡的舞台上找到了最后的酒杯。她放下托盘，走到舞台中央。她对着大海演奏的那首歌曲在她心中升起——那首关于月亮之子的歌。她开始哼唱起它的旋律，想象自己穿着条红色长裙，想象在歌曲结束时，通红的笑脸转向她，掌声雷动。她睁开眼睛，感到有些尴尬：这是一个遥不可及的梦想。

雅恩从一直观察着她的阿尔莫尔的门那达走出来，拉起她的手，扶她走下舞台。凭着她在他身上发现的那种令人愉快的力量，他把她拉近了自己，非常近。他的身体散发出一种温暖的气息，在她的皮肤下蔓延开来。然后他温柔地捧起她的脸。他的嘴贴了过来。她不想逃避，即使她想那么做，他也不会允许的。他吻了她。

玛丽安闭上眼睛，睁开眼睛，又闭上眼睛，让他亲吻她，回吻他，沉浸在欲望之中。她迅即便向这种狂喜之情屈服了。直到天越来越冷，他们才停止了一次又一次的拥抱和对对方嘴唇的探求。这是种无与伦比的美好感觉，当她在雅恩的眼睛里寻找也许会证明相反的东西的证据时，她只发现了欲望。

雅恩把她的托盘拿进了厨房。

玛丽安朝柜台后面的镜子望去，一瞥之间，她看到了从前的那个年轻姑娘。她的嘴唇因接吻而变得红艳艳的。

“我必须画你。”雅恩小声说，走到她身后。他的声音坚定不移而又充满歉意，仿佛被他自己的冲动吓了一跳，“我非如此不可。”

30

雅恩和玛丽安一言不发地向楼上的贝壳屋走去，身体紧紧地交缠在一起。

7月里的天气把温暖留在了屋檐下。雅恩点燃了玛丽安放在窗台上的七支蜡烛。

“我看见你了。”他低声说。

“天太黑了，你看不清我。”玛丽安回答。她的头脑空空如也。她想——哦，她多么想！——同这个男人上床，但她又很害怕。

洛塔尔的脸出现了。她把它赶走，锁在一个空房间里，然后把钥匙吞下了肚。今晚她将脱离与以前生活相关的一切。

“我在心里看到了你。”雅恩说着，摘下眼镜，拿起画板和一支炭笔，“拜托。”

她坐在靠窗的地板上，斜倚着墙。雅恩的炭笔在纸上沙沙地响着。他没有看她，但仍然看得见她。他画她的脸。他靠近了些。她闭上眼睛，想象着他会吻她，他的嘴唇会和她的嘴唇交合在一起，她会把他吞下肚去。

雅恩用完了二十张画纸。她的一切都是独一无二的，深刻而真实。他依照内心对她的感觉画她。

她吹灭了蜡烛。现在她在岛上——她个人的阿瓦隆。没有什么是更重要的了：时间、空间都不重要。她解开衣服最上面的纽扣。雅恩倾过身去，打开床头柜上的那盏新艺术风格的小灯。玛丽安把上衣拢了起来。他缓缓地将她的手指放进自己的手中，把它们推向一边。当他慢慢地解开她的上衣时，他的双手在她的皮肤上变得灼热起来。他吸了口气，定定地凝视着她的眼睛。她真是害怕极了。

“我的爱。”他耳语说着，离她更近了，他急不可耐的手指帮着她解开了其余的纽扣。当他们的手碰到一起时，一场暴风骤雨袭击了她的岛屿，驱散了她的恐惧。她被压抑不住的急躁情绪攫住了。

“*Maintenant*，[①]”她呻吟道，“现在！”

与其说她是在脱衣，莫若说是在撕扯衣服；与其说是在逐步深入地探寻，莫若说是在笨手笨脚地摸索，玛丽安看着、亲吻着、抚摩着，所有的一切都呈现在她眼前，让她去体验和品味。看着雅恩，望着雅恩，亲着雅恩，把雅恩拉向她，将手指插入他的头发，拂过他的脸，把他的双手按在她的身体上，闻着他的味道。很明显，他想要她的裸体。他想要她。

① 法语：现在。

当她躺在他面前的床上时，庄严和宁静又回到了她的岛上。

“你真美，”他把手放在她的胎记上说，“那是你的灵魂：火焰、爱和力量。你是浴火而生的女人。”

这一次，他用手指和嘴巴追踪着她。他以自己的欲望塑造着她的身体，对她来说，在他的爱抚下，她的身体似乎变得更有女人味、更美丽、更性感了。

玛丽安欲求难当地咬着枕头。她笑着，呻吟着，她在夜色中呼唤着雅恩的名字，而他还是没进入她。他全神贯注地抚摩着她，他唯一关心的是她澎湃的激情和幸福感。

她对自己失去了兴趣，觉得自己仿佛是第二次从桥上跳了下去。她用手抚摩着他的皮肤，他的皮肤柔软而富有韧性，在结实的肌肉和不那么结实的肌肉上绷得紧紧的。她感觉到，雅恩也担心将自己展示给她。这让她放下心来。

他们笑着，拥抱着，紧贴着彼此，不停地接吻。他们充满了欢喜的放纵、缠绵的爱意和无尽的欲望。

雅恩望着她，用他那悦耳的声音低声叫着她的名字。玛丽安。玛丽安？玛丽安！

然后，她变得气喘吁吁：“终于！”她的叫声令他感到愉悦。

终于。终于。终于。

她在同一时间领略了全部的情绪——欣喜若狂，她已经那么久没有这种感觉了。

“*Je t'aime.*[①]” 雅恩耳语道。

玛丽安完全听任他的摆布，当她的身体在感觉、扭动、要求、诱惑和贴紧雅恩的时候，她已认不出它的样子了。她想要更多，更多，一切。现在，马上！她绝不想再次放弃这种快乐了！

她爱他的呻吟、他的放纵、他的动作。仿佛他的每一次缓慢而令人愉悦的插入都是为了向她传达，他是多么渴望这一刻的到来，他是多么不愿意停下来。他们凝视着对方的眼睛，雅恩在与她做爱时是微笑着的。

毫无预兆地，玛丽安经历了一场似乎源自她全身的高潮——在她的深处，在她的嘴里，在她的肚脐之下。她觉得好像有人在把她吸进了一口深井里。她一动不动地躺着，任凭那浪潮拍打着她。她呻吟着。这是欲望，是悲伤，是解脱，是折磨。她如在天堂。

雅恩目不转睛地盯着她，没有停下来。他没有停。

当浪潮渐渐退去后，她开始笑了起来，起初是悄无声息的，后来变得越来越恣意而为。雅恩看着她，控制住自己的动作，微笑着问道：“怎么啦？”她不知道如何用法语告诉他，她意识到：性高潮会给女人一种自由和安逸的感觉。

她欢笑着，抚摩着雅恩那张聪慧的脸，用一种她自己都认不出来的声音说：“*Encore.*[②]” 再来一次。我想要一切，雅

---

① 法语：我爱你。

② 法语：再来一次。

恩。了解我的身体。了解我的灵魂。马上开始。

玛丽安站起身来，打开窗户。丝一般柔滑、凉爽的夜风吹拂着，好似一阵轻柔如羽的雪花拂过她泛红的皮肤。她长长地、深深地吸了一口气。

当雅恩达到高潮的时候……天哪，她不知道男人可以这样达到高潮。这真令人难以置信。她仿佛服用了兴奋剂：看着他在激情的阵痛中挣扎，感觉到他在释放自己的能量，试图把自己更深地埋在她的体内，在她体内分解和溶化，在抵达巅峰的那一刻之后，寻求着和平安宁，并找到了它。他看着她的样子，气喘吁吁地叫着他的名字的样子。

“我现在可以再画你一次吗？”他在床上问她。

“之前还是之后？”她用德语说，然后，模仿着购物频道的腔调说，“你也想换个模样吗？”

她把那块把她带到这里的瓷板递给他，上面描绘的是科德鲁克港和一艘红色小船。“这就是我来的原因。就好像你的瓷板画把我召唤到了你的身边。”

他把她拉到身边，用胳膊搂住她。“我们这里会非常认真地对待这类巧合，真的非常认真，”他不慌不忙地说，“它们是生命向我们发出的信号。”

“那些正是我错过的那类巧合。”

31

一个被爱忽视的男人必须做一些无须动脑筋的事情，直到他能够再次清醒地思考，这就是西蒙花了几个小时打磨他的旧船的原因。柯莱特不想要他。

那是7月里的一个闷热的日子，是那种人们希望以雷雨告终的日子；是那种带来新见解、新清凉和新梦想，然后将其倾注在人们心中的日子。保罗坐在一把折叠椅上。

“通往爱情的曲折道路有很多，可能比整个布列塔尼的道路还要多。”西蒙不停地打磨着。

“我是说，看看那个厨师。他认为没有人知道他爱上了劳伦，但人人都知道——除了她。也许劳伦自己也不知道她是否爱上了他。”

“那么你现在是研究女人的专家了，是吗？”西蒙哼了一声。

“我把女人分成三类——”

“你一直是这么干的。”

“第一类喜欢恋爱，第二类喜欢让人爱上她们，第三类——”

“你和萝森在一起了吗？”

“部分地。”

“我能想象出是哪一部分。”西蒙做了个鬼脸，伸了个懒腰。

“我是她的情人。”

“什么？她和谢尔盖生活在一起？”

“她喜欢他。”

“而她和你睡觉。”

“她更喜欢这样。”

“告诉我，保罗，你这辈子就没学到过什么东西吗？女人不会认真对待那些自称是情人的男人。事实就是这样：每个女人都想要一个对她这样说的男人：‘我要全部的你，要么就根本不要你。’”

“好像你知道自己在说什么似的！因为你和柯莱特相处得不错，于是——”保罗没能把话说完，因为一辆摩托车开进了院子。是让-雷米。

“现在别来大叔的所有那些套路啦，把你积累的有关爱情的智慧都提供给他吧，保罗。”

三个男人互致问候，让-雷米接过西蒙为他预留的蜂蜜食谱，他需要它来制作巴黎人喜欢的蜂蜜。

“来杯苹果酒？”西蒙在让-雷米还没来得及坐回他的摩托车时问道。厨师谢绝了。“你想成为你所爱的女人的情人吗？”西蒙鬼头鬼脑地问。

让-雷米瞥了一眼保罗，又看了看西蒙。“你一定是疯了。只有当你不爱那个女人时，你才会当个情人。否则，那会要了你的命的。”

“我的孩子，你那是道听途说。等到你到了我这个年纪就会明白，当男人用心去做一件事时，他便无所不能。”

“啊哈。再见。”让-雷米说，启动了摩托车。

保罗和西蒙到达阿尔莫尔时，正好赶上午后新闻时间。由于星期一没有客人，热娜维芙夫人应许把一台电视机搬到了露台上。让-雷米还没回来，她猜他肯定还在市场上寻寻觅觅。

“大家能静一静吗？”西蒙喊道。

“朋友，是到了你自己买台电视的时候了，”保罗说，“它们已经遍布世界各地达六十年了——你能信得过它们。”

“嘿，那不是玛丽安吗？”优雅的女雕塑家西多妮指着屏幕说。西蒙伸手去拿遥控器，调大了音量。艾柯里埃夫人不再擦眼镜，劳伦挨近了些，手里还拿着扫帚。他们都聚精会神地听着新闻播音员的播报。

“人们正在寻找来自德国的玛丽安·梅斯曼恩。这位六十岁的老人精神错乱，需要就医治疗。她的丈夫洛塔尔·梅斯曼恩最后一次见到她是在巴黎的一家医院，据说她是自杀未遂后从那家医院逃出去的。”

然后洛塔尔·梅斯曼恩出现在屏幕上，说着德语。新闻播报员继续说道：“如有任何信息，请向当地警察局报案或拨打这个号码——”

“我爱你，玛丽安。请给我一个信号。不管你做了什么，我们总会找到解决办法的。如果你没听见这个消息，我的天使，请寻求帮助。拜托，亲爱的法国朋友们，请帮我找到我亲爱的妻子。她很困惑，但她属于我，就像我属于她一样。”接着是新闻播音员的法语翻译。

“精神错乱”“就医治疗”，哦，上帝，那张卡片！她寄给格蕾特的卡片！这是不是暴露了她的行踪？

洛塔尔的话听起来很诚恳，但玛丽安现在知道如何分辨真假了。布列塔尼语教会了她这一点：她并不总是能听懂那些话语，但她能感觉到它们背后的情感。

在洛塔尔身上，话语背后没有任何东西。“我爱你”。他以前从未这么说过，这听起来像是一种廉价的情感模仿，就像一只假的迪奥手袋。

当她匆匆回到房间时，她的头发还因为刚洗过澡而湿着，她看到雅恩坐在床上，面如死灰。“你有丈夫？”

玛丽安没有回答。她现在必须快点，非常快。她把自己的衣服、那块瓷板和她的其他东西塞进那只她在橱柜里发现的棕色手提箱，很轻松地“咔嗒”一声将它合了起来。

“他爱你吗？”

“我不知道。我不知道我是否真的知道。”她急忙穿上一条裤子和一件毛衣，把湿漉漉的头发塞进贝雷帽里。

“你要去哪儿？去找他吗？”

玛丽安没有回答。她对这些问题没有答案；她只知道她必须离开。离开雅恩，对于他，她对自己的身份和过去保了密，隐瞒了她只是一个来自策勒的过着沉闷生活的老女人的事实。不是像他这样的男人真正值得拥有的那种女人。她曾让他相信她是自由身，但她不是。

“玛丽安，求你了，我的爱——”

她把食指放在他那呈现出可爱的弧度的嘴唇上。他看着她，在明亮的午后光线中，没戴眼镜，他那样子……上帝啊！他们前一天晚上还曾怀着强烈的欲望做爱，如饥似渴地凝视着对方，但在白天的强光下，事情变得很清楚：他俩都不再年轻了；他们正在老去。然而，他们的感情还很年轻，他们内心那古老的渴望一直等着被唤醒。不过，玛丽安现在被一阵羞愧感压倒了。

我犯了通奸罪。

而她很享受。如果可以的话，她会再做一次，但她不能。所有这些情绪都在她内心里翻腾冲撞着，但她无法将它们表达出来。

她穿上外套，套上亚麻布鞋，然后伸手去拿手提箱。

“玛丽安！”雅恩站起身，赤裸着。他以充满悲伤的眼神看着她。“再见，玛丽安。”他轻声说道，把她拉进怀里。她搂着这个男人，他对她来说已经比洛塔尔重要得多。她的丈夫从来没有给过她丝毫的暗示，表明她很特别，或者被他所爱。这既使她高兴又使她害怕，这种恐惧驱使她走下楼梯，出了客栈。

当她出现在午后的阳光下时，她淹没在周围饱和耀眼的光线、空气和夺目的色彩中，淹没在树木和流水中。她透过敞开的厨房门向里瞥了一眼。让-雷米。她不得不告诉让-雷米……

她听到了从露台传来的一阵低语声和一台电视机的声音。她听到那平常的嘈杂声中被不断提起的她的名字，她知道大家都看见她了。现在人人都知道她是个骗子，一个离家出走的人，一个疯狂的、轻生的妻子。

她不敢面对他们。那只小猫在她的双腿间穿行。她看都没看它一眼就绕过了它，那只动物开始尖叫起来。它不是在喵喵地叫，也不是咝咝地叫，它发出了一声刺耳的尖叫，好像它在绷紧声带，以便发出某种绝非猫叫的声音。

玛丽安没有试图忍住模糊了她的视线的泪水，大步走到狭窄的街道上，它将把她带离港口，带离雅恩，带离那只猫，带离一切，带她走出科德鲁克。

她走着，没有回头。她走得越远，就越觉得自己被缝进一个袋子里淹死了。她感到呼吸越来越困难。她觉得自己好像就要死了。只是现在，死亡已经不再是她想要的了。

32

在返回科德鲁克的路上，让－雷米来了次计划外的绕道，经过罗斯皮科（Rospico），继续前往科拉斯库特（Kerascoet），这是一个有着五百年历史的织布工人的村庄，村里有一些经过翻新的用立石建成的茅草屋。

吉尔伯特夫人住在村庄的边缘。让－雷米将摩托车快速而平稳地驶入她的院子，院子四周种满了松树。他在摘下头盔时，听到了大海的轰鸣声。他想起了那些躺在冷藏室里的给劳伦的信。

他在位于海滨小路上方的一个隐蔽的露台上找到了吉尔伯特夫人。她是独自一人。

“摘下你的太阳镜。”当他把她从椅子上拉起来，推着她走进卧室时，这是他们初次的语言交流。她摘下眼镜，把它放在床头柜上她丈夫的照片旁边，然后手掌向上，捂住眼睛以掩盖皱纹。

她将炙热的阳光挡在了蓝色百叶窗后面。当让－雷米的眼睛习惯了那半明半暗的环境时，当他与吉尔伯特夫人亲密时，他的思绪转向了劳伦。然后他就把她忘掉了，什么也不想，只剩下感觉而已，而吉尔伯特夫人则因他的狂乱而时不时地发出迷醉的呻吟声。

让-雷米并不爱吉尔伯特夫人，所以他成了她的情人。他很久没见她了，很久了——几乎是从他知道自己爱上了劳伦的时候起。从那以后，他就再也没有和别的女人上过床，只想把自己留给劳伦。这很傻；但话又说回来，这并不傻。

吉尔伯特夫人没有问他在过去的两年都去了哪里。她很有经验，知道一个比她小二十岁的男人带来的快乐不会永远持续下去。

她用经过精心护理的干干净净的指甲尖抚摸着让-雷米脖子后面湿漉漉的头发。在她的臂弯里，让-雷米感到，自己仿佛在告别一个想法，告别另一种生活。在边缘徘徊了一段时间后，他现在重归故里，在这里，外遇层出不穷，但没有什么会持久不变：一切都可以被风带走。位于边界另一边的是爱情，在那里，万物俱根深蒂固，所以它们禁得起风暴和恐惧。与吉尔伯特夫人上床意味着他的生命中不再有爱的空间。

她点燃一支烟，坐了起来。“稍后会有场暴风雨。”她说。

“你会很快再欢迎我来吗？”让-雷米问道。

“你知道时机，亲爱的。不要提前打电话，否则我会开始想象，你在这里时会发生什么。”

“你在想象什么？”

吉尔伯特夫人把他的头往下拉，直到他的耳朵碰到了她的嘴唇。她的口红被他的吻弄花了。她对他耳语着她想象中的情形，说着说着，他闭上了眼睛。她不停地说着话，二人又一次翻云覆雨。

之后，他收拾好衣物，其中的最后两件——头盔和围巾——是在露台上的折叠式躺椅边找到的。她杯子里的冰块已经融化了，橙汁变成了乳白色。

当他俯身去亲吻吉尔伯特夫人时，她说：“顺便说一下，今天是我们的结婚纪念日。我丈夫认为在阿尔莫尔庆祝我们二十三年的共同生活是个好主意。所以请为我们预留一张桌子，好吗？亲爱的？”她用深不可测的眼睛望着他，它们像大理石般明亮，像海水般冰冷。

在驾驶摩托车返回科德鲁克的路上，让-雷米掀开了头盔上的面罩。当他的眼睛开始流泪时，他可以肯定那是风的缘故。风总是会把东西扑灭，然后把它们吹走，甚至是眼泪。

他回到阿尔莫尔，从正在摆放餐桌的劳伦身边走过，不敢直视她的眼睛。

她在他身后轻声叫道：“让-雷米？玛丽安走了。她上了电视。她有丈夫，他正在找她，她现在一定是去见他了。让-雷米，怎么了？你在哭吗？”她走向他，眼神里充满了关切。

他退缩着不敢让她靠近。他身上仍然散发着性爱的气味，其中混合着香水味和他口中的吉尔伯特夫人的体味。他让柜台隔在自己和劳伦之间，在水池里洗了手和脸，然后假装在仔细查看顾客的预订。

“吉尔伯特夫妇要来吃饭，”他说，“他们为结婚纪念日预订了桌子。我们应该在他们的桌子上放些花。”

劳伦盯着他。“他刚才打了电话。”她低声说。

“是的，我去吉尔伯特家办了点事，”让－雷米急忙补充说，“但吉尔伯特先生说他还是会打电话来的。”

“吉尔伯特先生是在巴黎机场打的电话。你说见过他，是在撒谎。”她的声音像精美的水晶一样脆弱。

在一段长时间的沉默之后，他知道，她意识到他在吉尔伯特夫人家度过了一个下午。

“我希望你真的哭了。”女服务员说。

求求你，让－雷米无言地恳求道。请不要让这件事发生。

直到她走开后，他才意识到，当他在吉尔伯特夫人的大腿间动作时，已经失去了两个特别的女人——劳伦，以及玛丽安。

他走进冷藏室，把身后的门加了两重锁，咒骂着，直至泪如雨下，横飞的泪水溅湿了他写给劳伦但从未送出的信件。

33

玛丽安跌跌撞撞地沿着道路走了三英里，这才意识到自己并没有向着大海逃跑。她正站在一个十字路口，右边通往阿旺桥，左边通往孔卡诺。她放下行李箱，坐在上面，双手搁在皮衣上。她痛得几乎无法呼吸。她虚弱地竖起拇指——这是逃亡者和孤独者的国际通用手势，他们都是再也无法忍受原地踏步的人。

没有人停下来。偶有汽车按喇叭。她继续向空中伸出大拇指。

最后，一辆黄色的雷诺微型拖车在她身边停了下来。一个留着卷曲的金色短发的女子为她打开车门。玛丽安仔细端详着那女人的脸，想弄清楚她是不是因为认出了她才停下来的。

那位女子介绍自己是来自孔卡诺的阿黛拉·布雷莉维特。“我叫……”玛丽安开口说，然后停顿了一下。有人在找玛丽安·梅斯曼恩，所以她不是那个人。而且，那个女人的微笑激怒了她：她露出了牙齿，但她的眼睛仍然是冷冰冰的。“我叫玛雯。”

“玛雯？这个名字很有趣。你知道它是玛丽和‘白色’的结合，对吧？白色玛丽亚？”阿黛拉唠唠叨叨地说，“阿黛拉也有特殊的意思。我告诉你一个秘密：它意味着爱。”她尖声大笑起来。

阿黛拉足足说了二十分钟，与此同时，风景在车窗外快速地掠过。小村庄，环形交叉路口，红白相间的地名。眼泪顺着玛丽安的两颊不停地流淌着。雅恩，雅恩！这就像她的心脏在没有麻醉的情况下被切除一样疼。阿黛拉唠唠叨叨地说着闲话，没有觉察到玛丽安在无声地哭泣。

总算到了孔卡诺。当她们把车停在室内市场外的交通信号灯边时，阿黛拉倾过身去，为玛丽安打开车门，并祝她旅途愉快。这听起来像是种嘲笑。玛丽安下了车，将行李箱拖在身后，那辆黄色的微型拖车轰鸣着开走了。

玛丽安左顾右盼。*去哪儿？我该何去何从？*她看见一群乌鸦从大西洋向内陆飞去。帕斯卡尔·虢钦，她亲爱的朋友兼女巫，曾说乌鸦是一种征兆，所以她就跟着它们前行。她走向市场，行李箱变得越来越沉重。当她走到市场广场的尽头时，还是在鸟儿的指引下，来到了海洋中心，然后是港口围墙。突然间，她发现自己正凝视着广阔的、闪着灰蓝色光芒的大西洋。低垂在陆地上空的云朵没有冒险离开海岸，就仿佛它们是一道无形的墙，把天空分成了两部分——一部分是深邃、高贵的蓝色，另一部分是点缀着白色浪花的陆上天空。两个相互隔绝的世界。

海浪轻柔的轰鸣声和她心脏那飘忽不定、反复无常的跳动声在玛丽安的脑海里交叠在了一起。不经意间，她看到在五十码远的地方有座古老而低矮的教堂，海水侵蚀了教堂厚厚的沙石墙壁。

在朴实无华的教堂大门前，有个牌子上写着“内有牧师”。为了精神上的紧急情况，玛丽安想。教堂旁边是个电话亭。她走进去，拿出几枚硬币，把它们塞进投币口，然后拨出了位于策勒的一条死胡同尽头的房子的号码。电话线上传来了一声呼啸，仿佛风正顺着它疾速前行，但紧接着，那声音改变了，电话铃响起。一声，两声，第三声之后，洛塔尔拿起了听筒。

“梅斯曼恩家！”

玛丽安用手捂住了嘴。他的声音是那么近！

“喂？这是梅斯曼恩家！”

显示她的可用余额的数字在显示屏闪烁着：每十秒就少一分钱。她该说什么呢？

“说话呀。马上！”

玛丽安的脑子空荡荡的。

“玛丽安？安妮，是你吗？”她不想对丈夫说一个字。“玛丽安！别把事情搞砸了！告诉我你现在在哪儿！我可以在显示屏上看到……那是法国吗？难道你还在——”

她急忙挂上电话，离开了电话亭，用外套擦了擦手，仿佛要除掉一块看不见的污渍。她走进教堂，这座砂岩建筑里的凉风吹干了她的汗水。朴素的、光秃秃的木制长椅，祭坛上方的一个银十字架，角落里的一艘模型船。她小心翼翼地向圣器收藏室旁的忏悔室走去；它看起来像只被虫子蛀了的衣橱，有三扇门。

“你好？”她低声道。

“你好。”橱柜里传来一个低沉的声音。

她打开左手边的门，看到一条长椅和一张祈祷凳，上面有只紫色天鹅绒垫子，她走进去，随手关上了门。她释然地发出一声叹息。在细密的铁格栅的另一边，一张脸的模糊轮廓时而是白色的，时而变得苍白，黑色的鼻孔硕大无比。那身影令人安心地咕哝着什么。

她靠在椅背上；她觉得在这里很安全。免于提问，免于回答。她为什么要逃离雅恩？她要去哪里？为什么她还没死？

“我想自杀。”她平静地开口道。

格栅的另一边没有回应。

“该死的！我每件事都做错了！我其实想……”

我想要什么？我只想活下去。只是活着。没有恐惧。没有悔恨。我想要朋友。我想要爱。我想做点什么。我想工作。我想欢笑。我想唱歌。我想……

“我想活下去。我想活下去！”她大声重复道。

牧师的眼白在格栅的另一边射出一道强烈的光芒。

“你看，我有丈夫，我再也不能忍受和他在一起了。我再也无法忍受那种生活了。但我不再想结束这一切，”玛丽安小声说，“那……太容易了。”

六十岁，绝对不算太晚，从来都不会太晚，她想。永远都不晚，哪怕在死前一个小时都不晚。

“我终于想喝醉了！”她更大声地说，“我想穿红色内裤！我想要一个家。我想拉手风琴。我想有自己的房间和自己的床！我听腻了‘你不能那样做！别人会怎么想？鱼与熊掌不可兼得。梦想都是幻觉’之类的话。疯了——我丈夫认为我疯了，这是他在电视上宣布的！我感到羞愧至极，我恨他让我有这种感觉。

“现在我又想和雅恩上床了！你知道在雅恩之前，我的上次性高潮到现在有多久了吗？这么长时间！我想要一个在意我的感受的男人。我想有欲望，想要雅恩，想用手吃龙虾。”她站起身，敲了敲头，“我不想离开科德鲁克。就这样！”

哦，不，我不会心甘情愿地离开科德鲁克。他们必须抓住我，把我绑起来，才能把我带走。

她坐回到长凳上，然后再次对牧师开了口：“谢谢你，你真的帮了我。”

“不客气，夫人。”那人低声说。说的是德语。

玛丽安吓得跳了起来，与牧师同时匆匆走出了橱柜。那人不是牧师，而是一个穿黑色圆领毛衣的男人，戴着厚眼镜，一头稀疏的金发，手里拿着记事本。

“我在卡贝卢（Cabellou）住过半年。我来自汉堡，是个作家。对不起，我没有立即……当你进来坐下时，我惊讶极了。然后，你就连珠炮似的说开了，以至于……天哪，谁都说不出你说的那些话来！”

玛丽安盯着他。“当然不会，”她说，“这是真的。”

“我想知道，我妻子是不是有时候也觉得我不在意她的感受。你认为我们男人不够把女人当作女人来尊重吗？”

“你有车吗？”她没有回答，而是反问道。

作家点点头。

“你能开车送我去科德鲁克吗？”

34

当她从孔卡诺回来时，她的房间和她离开时一模一样：凌乱的床铺，敞开的衣柜，花瓶里的玫瑰。唯一缺少的是雅恩。他的头在枕上的印迹仍然清晰可见。

从她的窗口望出去的景致：科德鲁克防波堤外的大海，古老的草顶屋，五颜六色的船只，波涛起伏的水面，全都像她第一次看到时那样——美得令人不安，从而使世界上的其他地方都让人无法忍受。

她打开笨重的行李箱，下楼去厨房，与让－雷米会合，将围裙系在腰上，开始准备甜味和咸味两种煎饼糊，仿佛什么事也没有发生过。

让－雷米盯着她，先是张大了嘴巴，然后露出抑制不住的微笑。热娜维芙·艾柯里埃走进厨房，向她验证性地看了一眼。“欢迎回来，”她说，“你走了很长一段路，才来到位于世界尽头的我们身边。”

“这正是我想留下来的地方。”玛丽安回答。

“太棒了。香槟？”

玛丽安点了点头，她们碰杯时，玛丽安说：“只是看着那个给你带来最大痛苦的男人，你便会浪费一半的生命。”

“这是我们女人的典型特征，”艾柯里埃夫人过了一会儿说，“我们认为这是勇敢的标志。”

“认为别人的生活比你自己的更重要？”

“是的，这是一种反射。就像一个十二岁的女孩，她被安置在家里的确切无误的位置上，在那里，她尽量不去打扰每一个人，她会准时摆好桌子，跟在她父亲后面收拾个不停，耐心地等待着被爱，只要她举止得体。”

“我认为这很愚蠢。”

“但只是最近才这样想，对吧？在那之前，你也很愚蠢，你甚至没有意识到这一点。一切都比你自己更神圣，你自身的渴望是最无足轻重的东西。”

玛丽安想到了洛塔尔，点了点头。

“你变了。”热娜维芙夫人说，她的声音打断了玛丽安的思绪。

“人永远不会变！”玛丽安反驳道，“我们忘记了自己，当我们重新发现自己时，我们只是以为自己变了。但这不是真的。你无法改变梦想；你只能扼杀它们——我们中的一些人是非常好的谋杀犯。”

“兰茨夫人，你重新点燃了你的梦想吗？”

“我还在寻找我的梦想的其余部分。”玛丽安低语道。还有敢于抓住它的那部分的我。哦，雅恩，原谅我。请原谅我。

“劳伦去哪儿了？”她问，试图恢复镇静。

“她在罗兹布拉斯参加工作面试。”

“什么？为什么？”

热娜维芙努努嘴，离开了厨房。玛丽安发现让－雷米正在后门外吸一支大麻烟。她尽可能站得又直又高。“你、做了、什么？”她每说出一个字，都变得越来越生气。

让－雷米向空中吐了个烟圈。

“跟另一个女人上床，”他故作漫不经心地说，“那样更好。我不是为一个女人而生的，绝对不是为一个像劳伦那样的女人而生的。”

玛丽安把胳膊缩回来，给了那位年轻厨师一记响亮的耳光，这使得他手上的烟都转了起来。他的脸因压抑的愤怒而变得扭曲，但他拾起烟，把怨恨藏在一副冷漠的表情后面。“当我早些时候看到雅恩·戈梅的时候，他看起来也不怎么高兴。”

玛丽安跌坐在让－雷米旁边的石阶上。

“你知道男人在受苦时会做什么吗，玛丽安？他们喝酒。如果幸运的话，他们会和别的女人上床，尽管他们很悲伤，然后他们会等待情况好转起来。”

他把大麻烟递给她，她快速地吸了一口，然后又更长地吸了一口。

“*Merde.*[①]”她闷闷不乐地说。

“没错。”让-雷米赞同地说。

① 法语：该死的。

35

劳伦脸颊上的红晕证明了她的极度紧张、她对让－雷米的愤怒和她内心的疼痛。这位女招待垂下眼睑，把热娜维芙板着脸交给她的那封充满溢美之词的推荐信递给阿兰·波蒂埃。

当让－雷米犯下他愚蠢的错误时，她觉得好像有什么东西凌厉地割穿了她的灵魂，让它血流不止。

阿兰仔细打量着她："小姐，你在阿尔莫尔工作多年了。"

"你知道该知道的一切，波蒂埃先生，"劳伦回答，"而我知道你在罗兹布拉斯拥有这家餐馆，还知道你是艾柯里埃夫人的竞争对手。你让她的日子不好过。但我想离开，所以我来了这儿。"

阿兰被劳伦的直率和诚实弄糊涂了："她是这么说的吗？我让她的日子不好过？"

"她没有说你什么，先生。没说坏话也没说好话。根本什么都没说过。"

阿兰没料到劳伦的话会对他产生如此深刻的影响。热娜维芙……那是很久以前的事了，可是什么也没有冲淡他的记忆。他对热娜维芙·艾柯里埃一见钟情。她当时二十五岁，他二十八岁。在一个炎热的夏日，她用一种强烈的情感将他刺穿，直至他生命的核心，使他将曾经想要的一切都抛到了九霄云外。那天是热娜维芙·艾柯里埃庆祝她同阿兰的弟弟罗伯特订婚的日子。

阿兰从雷恩赶来，第一次瞥见了罗伯特在电话里和那些天真幼稚、滔滔不绝的信中提到的女人。他对弟弟的话将信将疑，已经打起精神，准备见到一个毫无魅力的农家姑娘。然而热娜维芙完全不是他想象中的样子。她有着撩人的性感和活泼的举止，有着樱桃红的嘴唇和乌黑的眼睛，它们钻进了一个男人的内心，直到他听到自己的心裂成了两半。

阿兰在沉默中度过了整个晚会。他很生气——生罗伯特的气，因为他没有在自己的新娘问题上撒谎，生热娜维芙的气，只因为她就是她自己，没有做任何事情来确保阿兰爱上她或不爱她。他观察她是如何与罗伯特相处的（充满了温柔体贴），以及她是如何对待自己的父母和他的父母的。她设法说服了他严厉的母亲（她不信任任何接近她儿子的女性）把她当作自己的女儿来对待，认为她需要得到保护，以免男人的骚扰（事实恰恰相反）。他的父亲表现得好像他要为自己的儿子成功地吸引了这个了不起的女人担负起个人的责任似的，并且对热娜维芙表现出近乎狗一样的忠诚。

后来，阿兰鼓足了勇气请热娜维芙跳舞。如果之前他只是感到困惑的话，那么当热娜维芙穿着红衣的身子蹭到他的那一刻，他便绝望地迷失了自我。他们没有说话，只是凝望着彼此，在跳舞的过程中，他们的呼吸变得急促起来。他的指尖透过丝织物感觉到她温暖的肌肤；他感觉到了从她的眼睛和胸部放射出的热量。一言不发并没有掩饰他们的目光和手势。他们无言地跳得越久，就越难找到话语。然而，他知道，他俩都感到了一种其理性不肯承认的东西：我、想要、你。

是的。接受、我。

他们的共同愿望使他近乎崩溃了。

阿兰一直是家中的英雄：他赢得了一切，他的志向也一直很明确。他从不需要靠欺骗或撒谎来得到他想要的东西。然而，在热娜维芙这里，他失去了自己的英雄地位。他满盘皆输，现在，他还要奉上他的灵魂。阿兰清楚地知道这一切，不是以语言的形式，而是在他的良知深处，而与此同时，他正与热娜维芙在屋子里伴着音乐旋转——就在那间至今仍有一幅图画绘于四壁之上的屋子里。在那家老客栈里。

后来，热娜维芙买下了这家旅店，仿佛她不想把那天晚上发生的事舍弃给陌生人。

当你还年轻，对爱情和世界尚一无所知时，你的所思所想和所作所为自然会非常愚蠢。热娜维芙，他的热娜维芙，从来都不蠢。可阿兰蠢。他热切而纯洁地爱着他弟弟的新娘。

她又是怎样的？热娜维芙足够聪明，不会直截了当地采取行动。她就像布列塔尼的 7 月一样，这时的白天不会向黑暗屈服，一直用其明亮的光芒对抗黑暗，直到午夜时分。年轻气盛的阿兰拒绝接受这一点。他决定留在科德鲁克。他以他的情欲追求她，以他的爱情淹没她，以他的渴望引诱她。四周后，热娜维芙投降了，这时，激情构成了威胁，要将他俩双双溺亡。

阿兰和热娜维芙一起度过了三个夏天、三个秋天、两个冬天和两个春天。他们拼命地、诚挚地、深切地相爱着。但是他俩谁都不忍心把真相告诉罗伯特。罗伯特加入了海军，要一连离开好几个月——多么美妙的几个月。

然后，在一个肆虐的西南风劲吹的日子，罗伯特比他们预计的提前三天回到家中，因为他作为一名军官在其上服役的船只必须早早进入干船坞。他发现自己的新娘和哥哥一同挤在热娜维芙位于特伦格伦的厨房的地板上。他们没有注意到他，所以他得以观察了他们很久，足以使他意识到，这已经不是他们第一次这样做了，他还意识到，他们之间的感觉完全不同于他曾经或将来对于热娜维芙的了解和体验。他跨过他们交缠在一起的腿，打开冰箱，给自己倒了些苹果酒。就在那时，阿兰把一切都搞砸了。

他试图让罗伯特拥有热娜维芙，恳求他，告诉他十天以后就要举行婚礼。“这事，”他指着厨房的地板说，“将不会再发生。”

热娜维芙什么也没说，只是盯着阿兰，看着他向弟弟保证，他可以全部拥有热娜维芙。她站起身，依旧光着身子，打了阿兰一巴掌，然后又打了他一巴掌。

她尖声对罗伯特说：“婚礼取消了。”然后抓起衣服和鞋子，奔进西南风中。直到那时阿兰才明白，他想撤销已经发生的一切的愚蠢愿望出卖了她的爱情。当事情发展到这个地步时，他向内疚和恐惧缴械投降了。可她不是这样的：热娜维芙始终忠于自己的爱情。

在厨房地板上的最后一个吻的十二年后，阿兰搬到了罗兹布拉斯，至今他已经在阿旺河的对岸居住了二十三年。三十五年来，热娜维芙一直拒绝原谅他的背叛行为。

阿兰看着劳伦。她现在的年龄一定与当年的热娜维芙相当，那时，他们是如此激情澎湃，相信他们再造了爱情的含义。他希望劳伦永远不会遇到一个像过去的他那样愚蠢的男人。

“你在恋爱吗？”他问她。

“现在没有，”她犹豫了一下，承认道，“好吧，实际上我是在恋爱，但我不想恋爱。再也不想了。”

“我需要一个优秀的女招待。”阿兰说。

“我能马上开始吗？”

36

起初只有灰尘和电的气味，但随后一阵风从房子的屋檐下刮过，穿过门框的缝隙，把阿尔莫尔的桌布掀起来，把玻璃杯砸碎到地板上。时间是晚上十一点刚过。

老布列塔尼人关上百叶窗，把牲口赶进棚里。男人们在房子周围寻找可能被吹跑的没有拴起来的东西。他们斜倚在风中，好像需要它的支撑似的。孩子和猫都被吓坏了，即使他们并不记得十年前的节礼日早上发生的事情，那是在 1999 年，一场飓风袭击了布列塔尼。那是有记录以来最猛烈的飓风。它的名字叫“洛塔尔”。

乌云低垂着，黑压压的一片，最初的雨点像血液一样浓厚而沉重。让 - 雷米、热娜维芙·艾柯里埃、吉尔伯特夫人和她的丈夫（俩人在庆祝他们的结婚纪念日）、帕德里格（临时的厨房帮手）和玛丽安都在阿尔莫尔。让 - 雷米不敢看吉尔伯特夫人。

“这种天气你们不应该开车。”热娜维芙夫人对吉尔伯特夫妇说。她不得不提高嗓门儿，好让自己的声音能盖过雨点敲打窗户的声音。

“你们还有套间吗？”吉尔伯特先生问。他是位民族心理学家，为他能让全国人民都看心理医生而感到无比自豪。他将巴黎的移民们放火焚烧汽车看作其文化萧条的一种表现。吉尔伯特夫人让烟从她的朱唇间袅袅而出。

热娜维芙笑了：“特大号床，双浴缸，天花板上有面镜子。”

“这对我们的特殊日子正合适，你不觉得吗，我的母老虎？”吉尔伯特先生向他的妻子建议道。她点了点头，笑着拥抱了他，同时眼睛越过丈夫的肩膀一直望着让－雷米。热娜维芙把钥匙给了他们。

此时传来一声巨雷的炸响，接着是嗞嗞声、砰砰声，然后一道炫目的闪电照亮了防波堤。电灯闪了一下，随后熄灭了。现在唯一的光亮来自桌上的蜡烛。在幽深的黑暗中，让－雷米看见吉尔伯特先生的手向他妻子的屁股摸去。

突然，门哗啦一声开了，劳伦出现在门口。她全身都湿透了，衬衫变成了透明的。帕德里格盯着她，吉尔伯特先生盯着她，让－雷米恨不能把他们都杀了。

“帕德里格！”他愤怒地喊道，“来厨房帮我一把。我得启动备用发电机来为冷藏室供电。”

雨现在重重地打在窗户上，其力量之大，使得热娜维芙不得不大声喊叫：“再来些卡度瓦白兰地，让大家都暖和起来。”她倒了六小杯酒。

天空上高高地堆着红黑色的云塔。一道闪电划破了漆黑的夜空，像是给它撕开了一道裂缝。

让-雷米和帕德里格启动了发电机，灯光又闪烁起来。前一刻曾弥漫在房间里的那种昏暗的感官魔力，被一道残酷的霓虹灯的光焰驱散了。

“那是什么？”帕德里格指着冷藏室里的一只半掩着的盛放着鲜花和信件的盒子问道。让-雷米一言不发地把信封递给他。每个信封上都有劳伦的名字和日期。那是数十封情书。

“你从来没把它们给她，你这个白痴？”

“我现在永远也做不到了。我伤害了她。现在这些对她已没有任何意义了。”

帕德里格恼怒地摇了摇头。

劳伦穿上了外套，从员工洗手间的储物柜里拿出了她的东西。

“你能开车送我回家吗，帕德里格？”她坚定地问道，甚至没有屈尊看一眼让-雷米。不过，吉尔伯特太太的眼睛一直瞄着他，吉尔伯特先生则看着妻子，微笑着，仿佛他什么都知道，已经就他妻子的欲望达成了协议。他喝干了杯子里的酒。

暴风雨隆隆作响；雨几乎是横着落下来的，割裂了天空。帕德里格和劳伦消失在厚得像墙一样的浓雾里，吉尔伯特夫人和她的丈夫同热娜维芙一起钻到雨棚下面，急忙上楼进入客栈。让－雷米和玛丽安留在厨房里，他手里拿着瓶卡度瓦和一堆没有寄出的情书。

“那个就是另一个女人吗？”过了一会儿，玛丽安问道。让－雷米点点头，用手托着下巴，然后把两个杯子都斟得满当当的。

在那之后，当玛丽安拖着身子上楼前往贝壳屋时，她决定第二天早上要做的第一件事是向大家道歉。她要为自己的到来、离开以及未对他们坦诚相待而道歉。她躺在床上，一条腿搁在地板上，只有这样房间才不会围着她旋转得太快。只有到了这时，她才意识到，她想给猫取个名字。它应该属于她，它的流浪的心灵必将抵达其家园。

“晚安，麦克斯。”玛丽安在黑暗中低声说道。猫发出了呼噜呼噜的声响。

37

难道只有在心碎的时候，人们才会显露出自己的本性？

雕刻家西多妮感到内心涌起了一股已经多年没有体验过的感觉：悲伤。她用粗糙、干裂的手接住一滴顺着脸颊流下来的眼泪，仔细观察着。她没听见有人在敲她画室外的院门。

“喂。有人吗？”

当玛丽安进来时，西多妮把她一直在雕刻的那颗破碎的石头心的两半放在了化验报告上。化验报告是今天早上刚从她的医生的办公室寄来的。

玛丽安的笑容渐渐消失了，取而代之的是关切的神情。“怎么了？”她问，注意到了西多妮的眼泪。

“没什么，”西多妮说，“不过是……一些灰尘。还有太阳。”

还有死亡和爱情。

玛丽安大步穿过画室，把装着虢钦家的食品杂货的篮子放在桌上，还有一袋形似鹅卵石的巧克力，那是她为这位女雕刻家带来的。然后她拥抱了西多妮，后者大吃一惊，竟没有躲避她的靠近。在一个不知情的观察者看来，玛丽安似乎是在强迫另一个女人同她跳舞。西多妮的胳膊软软地垂在身体的两侧，她的头靠在玛丽安的肩膀上，两人一起前后摇晃着，她们的脚也合拍地移动着。

在她们跳着这支奇怪的华尔兹时，西多妮啜泣起来，起初是无声的，后来她便越来越控制不住自己，直到她不得不紧紧抱住玛丽安，以免自己倒下去。她的抽泣中穿插着试图解释的话语。她觉得玛丽安的拥抱把什么东西从她身上抽了出去——一股恐惧、痛苦、悲伤和对不公平的死神的愤怒的洪流。

玛丽安感到西多妮的感情像春潮一样涌向她。当她的手指像传感器一样在雕塑家粗壮的躯干上轻轻滑动的时候，她还感觉到了发出脉冲的发炎区域。她的手指发现了她的眼睛永远看不见的东西。她想治愈她的朋友。

"癌症。"西多妮指着自己身体的各个部位——胸部、头部、肾脏和腹部，不停地重复着这个词。癌症无处不在。它在她体内蛰伏了几十年，然后在约莫几个月内突然爆发了。

玛丽安的手心在燃烧。她的舌头上有一股铜味，她把西多妮再次拉到身边。突然，雕刻家停止了哭泣，仿佛她眼泪的蓄水池已经枯涸。这时，玛丽安摇着她，哼唱着一段旋律，直到西多妮停止颤抖。玛丽安把西多妮引到画室角落里的一把扶手椅上，然后溜进厨房去泡茶。不过，当她看到角落里有一瓶干邑白兰地时，她关掉了水壶下的煤气，将一些陈年白兰地倒进两只杯子。她把其中的一只倒满后递给了西多妮。

“一口气喝下去。”她催促道。

她哄着西多妮，让她逐渐说出她知道多久了(很长时间)，有谁知道(除了她没有人)，还有她不打算告诉任何人，甚至包括她的孩子卡米尔和杰罗姆：他们不应该被迫离开其正常的环境好几个月，承受母亲去世的负担。柯莱特也不行——无论如何都不行！

“为什么无论如何都不行？我还以为你们是朋友呢。”

“是的，我们是朋友。只是朋友……”西多妮说“只是”这个词时的语气直让玛丽安竖起了耳朵。

“*Seulement la grenouille s'est trompée de conte*”——在错误的童话故事中，到头来只会有青蛙——玛丽安低声说，引用了帕斯卡尔·虢钦教给她的无数短语之一。

西多妮盯着她。“我就是青蛙，”她说，“我永远不会变成王子——甚至不会变成公主的哈巴狗。我爱柯莱特。她喜欢男人。故事结束了。”

“故事结束了？”玛丽安说，“一个可怕的故事。”

西多妮耸了耸肩。

“你必须告诉她。”

“什么？”

“一切！”

“我什么都不会做。”

“你是想躺下来……等死吗？”

西多妮闭上了眼睛。她知道自己很快就要死了是一回事，但别人大声把它说出来却完全是另一回事，那样要糟得多。这使它成了事实。“没错。我要死了。就是这么回事。”

玛丽安深深叹了口气。“好吧。”她说着，站起身给她俩又各倒了一杯白兰地。

西多妮放了一张唱片，于是莫里斯·切瓦列尔[①]的声音响彻了工作室。当她走回餐桌时，熟悉的疼痛烧灼着她，但这次比以往都要来得厉害。蹂躏开始了。她去抓一把椅子，椅子倒了下来，撞在桌子上，把那颗破碎的石头心扫到了地上。她一直等到疼痛减轻，这才做了几次常规的深呼吸。玛丽安弯下腰去捡石头的碎片。石核里藏着什么东西：一条闪着淡蓝色微光的红色条纹。她扶西多妮上床。

“说起来，你为什么来这里？”雕刻家问。

“来道歉。”玛丽安说。

“但是……因为什么？”

“因为对你们大家撒了谎。因为我结过婚，因为我不是自己假装出来的样子。”

“是的，但你还是你自己，不是吗？”

“是的，”玛丽安说，“是的，我是。”

但我已经忘了自己。

① 莫里斯·切瓦列尔（Maurice Chevalier，1888—1972）：法国演员、歌手和艺人。

离开西多妮后，玛丽安心怀忐忑地骑着摩托车去了阿旺港。她渴望逃到雅恩的怀里去，可是，他是她伤害最深的人。她真能指望他会轻描淡写地对待此事吗？不，他会拒绝她，就像所有富于理智和尊严的男人都会做的那样。她走向柯莱特的画廊，假装耐心地等待着，直到柯莱特为一群来自汉堡的游客提供完建议。他们走后，玛丽安把门上的牌子转过来，“*Fermé*”——停止营业。

她做的第一件事是结结巴巴地道歉，但柯莱特轻轻弹了弹她的烟嘴，根本不把它放在心上。玛丽安的担心就像从半开的窗户里飘出去的烟一样无关紧要。“我们喜欢你，”画廊老板说，“你竟然没有意识到吗？”

玛丽安笑了笑，说出了她有生以来最难说出的话：她告诉柯莱特，她的朋友西多妮即将死去。柯莱特瘫倒在她那高雅的写字台后面的椅子上。玛丽安只能从她肩膀的颤抖中判断她是在哭泣。她哭，是因为这么多年她都没能和西多妮生活在一起；她哭，是因为她只剩下这么短的时间去弥补永远失去的东西。

白兰地对玛丽安的影响减轻了，她感到一阵清醒的羞愧，因为她竟胆敢干涉别人的生活。

“谢谢，”柯莱特哽咽着说，“谢谢。她绝不会告诉我的。她就是这样的人。她从来不想让别人为难，只会为难她自己。”

那个牌子将不会重新变回为“*Ouvert*[①]”，那一天不会，在接下来的几个星期或几个月里也不会。

① 法语：营业中。

38

宽宏大量精神的标志是，这个人从不会利用别人的错误去攻击他们。当玛丽安迈下她的摩托车时，帕斯卡尔·虢钦张开双臂走向她。

“哦，亲爱的！”她哭了，“电视上的那个男人！希望他能留在那里，永远别出来。”她把玛丽安搂在怀里。“埃米尔说他觉得他有些假惺惺的。”她对着玛丽安耳语道。

当玛丽安走进图书馆时，帕斯卡尔的丈夫微微点了点头，然后把购物单递给她。当玛丽安开口说出计划中的道歉时，埃米尔举起手以示警告。

“你并不笨，玛丽安·兰茨，所以不要再表现得好像你很笨。你没有背叛他；是他背叛了你。他本当放手让你离开，好让你过平静的生活；相反，他让你暴露在全国人民的面前。你能听明白这些吗？”

我从来没有那样想过。

“一个恋爱中的男人会光着脚穿越刚果去寻找他的妻子，

但他只是像只愚蠢的小公鸡一样站在镜头前抱怨。”

他本想说，男人应当迎难而上，但随后他决定还是不说了。他觉得当着女士们的面提及传家之宝是不合适的，所以他只是把清单和车钥匙扔给了她。

玛丽安起初在超市里什么也没注意到。当洛朗神神秘秘地问她，他是否应该开始给她定一些特色肉类时，玛丽安这才变得留意起来。

“动物的心脏，也许？”那个留着黑胡子的又矮又胖的人说，一脸神秘地斜靠在那里，“鹿的心脏，公牛的心脏或者狗的心脏，如果你需要的话。或者一些鸡骨头？”

当她只点了给狗吃的鱼片和做德国砂锅菜用的炖牛排时，她能感觉到他的失望。

当她站在水果区，闻着西瓜的味道，将希腊芦笋的茎相互摩擦以判断它们是否会发出吱吱的声音——这代表着新鲜，一个女售货员朝她走来。

“你买这些是为了增强效力吗？”女售货员问道。她的表情中混杂着敬畏、胆怯和希望。

那天去买东西就像在接受挑战，玛丽安不知道这是为什么。加缪夫人站在奶酪柜台前，布鲁诺小姐站在收银台前，就连摩洛哥籍的清洁女工艾米丽也向她抛出问题。“这个周末我会找到真爱吗？”“他是对的那个人吗？”“在卧室里，我应该对丈夫有求必应吗？”

玛丽安决定使用一些她从帕斯卡尔那里学来的令人费解的短语。“些许的爱情也胜过塞满面包的烤炉。”“如果你挤鼻子，就会有牛奶流出来。”“你不必把海水喝干。”她的每一个回答都换来了点头和感激的微笑。

后来，当她把所有这一切告诉帕斯卡尔时，不由得咯咯地笑了起来，此时，炖牛肉正腌泡在红辣椒里，但帕斯卡尔并不觉得这有什么好笑。

“我认为这事迟早会发生，只是没料到会那么快。人们在电视上看到了你，一定有什么东西在他们的脑袋里‘砰’的一声。”

“砰？你什么意思，砰？”

“洛朗提出给你心脏？那太典型了。接下来你就会知道，他会要求你为他的新车祈福，或者给他的孩子们施魔法让他们上学，或者给他调制一种药剂，能让他的妻子对端庄的传统行冒犯之事。”

“我不明白。”

“我也不明白，不过这里的人似乎都希望你是个白女巫。”玛丽安注意到帕斯卡尔的声音里有一种更熟悉的新调子，“他们将开始在市场上盯着你看，或者试图迅速地碰一下你。”

“什么？但我什么也没做！”

“哦，是的，你做了！你来自另一个国家。你独自生活。你上过电视。电视的魔力势不可当。对他们来说，你是一个献身于大海女神和爱情女神的女人。”

“我的天啊！他们为什么会这么想？”

“因为我们是朋友。他们认为我在教导你，好让你像我一样，而我专攻爱情。但我们都知道，你的能力在别处，对吧？”

“错。”

“你的手，玛丽安。你不知道你是名治疗师吗？你认为你身上为什么会有那个胎记？这意味着你很特别。”

玛丽安仔细端详着自己的手指，它们正在揉面团，用来做配以炸洋葱和奶酪的通心粉。“我真的不太了解自己。”她不好意思地解释说。

“有时候别人会比我们自己先认出我们。”帕斯卡尔把手指轻轻放在玛丽安的脸颊上。“雅恩认出了你，就像我一样。你知道他能尝出和听到颜色吗？他是个联觉体。他能感知到我们谁都看不见或感觉不到的东西，然后把它们画出来。你在他的瓷板上看到过这一点。你知道他看到了什么，却不知道你看到了什么。你们的感觉方式是一样的。”

“我伤害了他。”

“我知道，玛丽安，我知道。你什么时候去见他？”

当这些细节不再让我那么紧张不安时，玛丽安真想这样说，但那样的话，她就不得不向帕斯卡尔解释一切。例如，为什么她不能说“雅恩，我爱你”，那不是因为它不是真的。关于她是否爱他，有一个简单的答案：爱！

在爱情中只有是或否。没有我不知道，没有也许；那些只会说不的人都是口是心非的人。但玛丽安说不出“我爱你”。

这听起来像是个与不可避免的决定有关的短语：我们将何去何从？我们是该搬到你那里还是我那里？我们应该买房子吗？今年冬天我们去罗马吧。我该把茶托放在哪里？

当玛丽安在孔卡诺决定不跟洛塔尔说话时，这听起来就像是玛丽安留在身后的一个变种。她喜欢那个她认为自己即将成为的女人；那个从壳里钻出来的女人；那个睡在自己房间里，决定什么时候要做什么的女人；一个在雅恩全神贯注于他的艺术时没有立即挂起他的湿毛巾或捡起他的衬衫的女人，她甚至一次也没有把茶杯放进水池里；一个没有提前三天就想好周三的晚餐要做什么的女人。

只要他们谁都没说“我爱你”，便没有任何责任或例行公事。永远只有你和我：现在让我们来看看细节。生育的义务是玛丽安最不想要的。在每一个方面。

所有那些该死的细节！她对它们全都太了解了，她怀疑自己不够细心，会因此变成某某人的妻子，成为“我们”的一部分，而在“我们”中，只有男人才会做决定。她不能忍受自己的那一部分。

但雅恩并不是洛塔尔。不，雅恩不是洛塔尔，但她还是彻头彻尾的玛丽安。她担心，当她终于自由时，她便活不了多久了。

三小时后，当她回到客栈时，她发现有一张熟悉的、可爱的脸在等着她：格蕾特·科斯特。她手里拿着杯香槟，用玛丽安计划自杀那天寄来的明信片给自己扇着凉风。

“如果来世的生活要以死亡和喝酒而告终的话，那将是一种耻辱。”玛丽安的老邻居说，两人给了彼此一个温暖的拥抱。

格蕾特·科斯特与玛丽安拉开了一臂的距离：“你看起来不错。他叫什么名字？”

39

她恢复了她之前的出游，但这次是骑伟士牌摩托车。每天早晨，她骑着它前往塔希提海滩，伴着冉冉升起的太阳练习手风琴。然而，她仍然会感到一种挥之不去的不安和警觉。她会抬头去关注每一声意想不到的引擎噪声，生怕洛塔尔随时会出现，强迫她和他一起回策勒。

太阳出来了，把海面照耀得波光粼粼。玛丽安抱着手风琴站在那里，望着大海和它上面那些闪闪发光的倒影。

再也不了。我再也不能没有这一切了，她想。

她的内心低声响起大海的声音：*你终于醒了。*

在她眼中，海浪似乎变得有些朦胧起来，仿佛一些阿瓦隆的薄雾已先于涌动的海浪而至。在它们返回陆地的过程中，会讲述它们在旅途中收集到的故事。

我爱雅恩的方式和他爱我的方式一样吗？

大海回答了她，但这次玛丽安没听懂它的语言。它太强大了，她觉得自己渺小而无足轻重。

玛丽安爱雅恩画画时的手和他孩子气的举止。她爱他的眼睛，如果她是海员，她就能从中读出海水的深度、涡流和海流、漩涡和潮汐。她爱这样一个事实：在同她意见不一致的时候（这种情况很罕见），他从不闭口不言；她还爱他对她始终不移的关注。至于他们独处时做的事情……他有一种天赋，能让她在他的注视下感到自己美丽、性感和迷人。他的触摸扫除了年龄所带来的所有可笑方面，如担心没有完美光滑的皮肤，却满身隐藏着岁月阴影的皱褶。

玛丽安喜欢被需要的感觉，作为玛丽安，作为一个女人。

在寻找死亡的过程中，我找到了生命。在一个女人找到属于她自己的道路之前，她要经过多少偏差、多少歧途和多少无谓的弯路，只因为她太早地落入了按部就班的套路，过早地迈上了由习俗和惯例构成的路径，捍卫这些习俗和惯例的是些蹒跚的老人和他们的女侍从——只想让女儿得到最本分的结局的母亲。然后她浪费掉大量的时间来确保她贴合这个模型！于是，纠正她命运的时间所剩无几。

玛丽安突然害怕她会失去继续寻找自己道路的勇气。

然而，作为一个自主女性的生活并不是一首歌。它是一声尖叫，是一场战争；它是与唯唯诺诺这一简单选择做斗争的日常过程。我本可以俯首帖耳，可以活得不那么危险，从不冒险，从不失败。

当她看到广阔的大西洋时，她想起了在巴黎的桥上的感受，从新桥上看到的生活就像涓涓细流，它的机会枯竭了，它的可能性被淤泥堵塞了。

那是错的。那不再是事实。一个女人活得越久，她发现的就越多。如果她能把由结婚、生子、终身的爱情和事业的成功构成的传统梦想放在一边，那么一种生活就将开启，在这种生活中，其他的一切都等待着被征服。只有当人人都在事件的发展过程中找到了自己恰当的位置时，生活才有意义。人生并不是太短：如果把它过多地浪费在没有爱情、没有欢笑和没有决断的事情上，那它就太长了。人生始于你的第一次冒险，你失败了，意识到你从失败中幸存了下来。有了这些认知，你便可以去冒任何风险。

玛丽安卸下手风琴的带子。她要骑车去雅恩的家，去面对他和他的爱，即使他在愤愤不平之际会赶她走。因为他在问起她的过去时，她对他撒了谎。因为她没有回答他的关于她是否打算回到丈夫身边的问题就离开了他。“雅恩。”她对着大海低声说，然后转身就走。一朵白色的玫瑰从沙子里探出头来。

他一定是在玛丽安在为大海拉曲子时把它留在了那儿。当她演奏、哭泣和大笑时，当她冲着大海尖叫，搜寻正确的音符和词句时，他一定在听，在看。

她把玫瑰从沙子中拽出来，放在鼻子边。他坐在一块岩石上，离她非常近。海水的金色光芒把他的脸映照得斑斑驳驳，波浪在他的眼睛里停歇了下来。他看着她，以玛丽安觉得以前没有男人那样看过她的方式。他目不转睛地盯着她，仿佛她是座孤岛。

他很镇静，但很困惑，好像他在寻找她的整个过程中一直都认识她似的。玛丽安不再觉得这很奇怪。她也一直在寻找着什么，在地球尽头的此处。在大海这面镜子里，她看到了她自己，以及她曾经想要的东西。

再也不了。我再也不能没有这一切了。

当她抬脚走过那滞重的沙滩时，他站起身，朝她走来。她听任手风琴滑落到地上，飞进了他的怀抱。

“雅恩！”她叫道，然后又叫了一声，“雅恩！”

“你好，玛丽安。”他低语道，用尽全身的力气和爱情拥抱了她。

当他坐在那里注视着他的情人时，雅恩重又对自己许下了一个早已被遗忘的诺言：再也没有什么是无关紧要的。要带着最大的激情和生命的最高境界去体验每一件事。期待身后之伟名是忘记了生命本身就是最伟大的东西。他曾经忘记了那一诺言，现在他想全力以赴地生活，不再害怕。爱，绘画，爱：没有任何东西会使他心生厌倦或冒犯他的灵魂。

他想告诉玛丽安他明白。有一段时间，她莫名其妙的离去几乎要了他的命，但后来他明白了。他几个晚上的爱和关心并不能解除四十一年的婚姻。这个女人已经摆脱了她以前的生活，但它仍然紧紧抓住她不放。怎么可能呢？

她比他所见过的任何人都更有勇气，因为她在一无所有的情况下，只是带着坚定的决心，迈步进入了一个全然陌生的世界。然而，在所有那些力量之下，还有另一个玛丽安，一个脆弱的玛丽安。这位战士身负重伤，如果这些伤口重新裂开，那将是致命的，而那个男人——她的丈夫——以他在电视上的出现，触到了她的痛处，让她想起了她身上的所有伤疤。

雅恩明白了。现在，抚摸着倚在他怀里的她，让他的身体经历了第二次震惊。他用一种不容置疑、不容商量的语气，一字一句地对着她的耳朵低语道："今晚我不能没有你，在未来的任何一个晚上都不能。"

她抬头看着他："为什么要等到晚上呢？"

他们驱车前往拉古涅兹，前往位于塔希提海滩北端之外的小岛。在那里，他们在涨潮之前做爱。他们身在一个无人知晓的岛上。过了一会儿，当他们望向将自己猛地掷向悬崖的翻滚的海浪时，雅恩问道："你打算在某个时候告诉你丈夫你还活着吗？还有你不回去了？你想要自由，无论是为了我还是为了你？"

玛丽安沉默了一会儿："在某个时候，是的。当然。"

40

柯莱特已搬去和西多妮住在一起，为的是爱她，也被她所爱。虽说她的爱情必定十分短暂，可她有生以来第一次感到自己是完整的。一切都在那里。它一直都在那儿，但她没有注意到：这是对女人的爱。

在她搬去后的第二个星期，西多妮请求她带自己去看那些石头：她一直渴望触摸的那些石头。巨石阵，死亡谷的游走石，马耳他的魔法宫殿和巴勒斯坦的祭坛石。她的医生禁止她旅行。柯莱特对他大发雷霆，苦苦哀求，但他坚定不移，警告说，过度疲劳会导致过早死亡，于是她沉默了。

最近，一切都处于一种不停变化的状态中，仿佛那由逝去的日子构成的恒定的大旋涡已加剧了它的致命冲击，企图追赶那再也无法收回的东西——往昔的时光。

尽管夏天无处不在，将费尼斯坦8月的日子沐浴在刺眼的阳光下，且游客的数量与日俱增，但他们的生活却呈现出了一种新的模式。

当玛丽安不在客栈或虢钦家干活时，她会在黎明到来之前就起床，在海边拉手风琴，倾听向她倾吐秘密的海浪的声音——这些秘密比那些立石还要古老。在休息日和晚上下班后，她会同雅恩见面，他们会尽可能多地去探望西多妮和柯莱特。雕刻家在玛丽安的怀抱中找到了安宁。玛丽安会把大海和它的皇后尼缪在私下谈话时对她说的话告诉西多妮。它曾经说过，死亡和生命如同流水。没有什么会丢失。他们的灵魂会在另一个世界里飘动，在另一个地方和另一个时间找到一个新的容器。灵魂的移注。她从来不知道她能听懂大海的声音。但事实证明，她所要做的就是倾听。

然后，一天下午，柯莱特和西多妮离开了。一周后，柯莱特从马耳他打来电话："毕竟，承受着死亡的最大风险的是生命，所以先好好生活不是更好吗？"

在简单地打点行装启程后，她们在巴黎与西多妮的孩子们一起待了几天，心知她们将再也见不到彼此了。西多妮坚持要走：她的孩子们不能看着她死去。她想告诉他们，她是多么爱他们，她是多么为他们感到骄傲。于是，她们举行了为期三天的聚会，然后出发去参观世界上最美丽的石头。

41

8 月 20 日之后，法国游客将以一场最后的 *fest-noz*（歌舞盛会）在布列塔尼庆祝他们假期的结束，然后返回巴黎、普罗旺斯、寒冷的城市和法国腹地，梦想着他们仍在布列塔尼的夏天。“疯狂，”他们会说，“还记得吃到的所有那些美味的鱼吗？在孔卡诺举行的蓝网音乐节 (Filets Bleus) 上的服装？兰斯洛特酿酒厂生产的茉嘉娜（Morgana）有机啤酒？还有宽恕日，那一天，人人都戴着特别的帽子走来走去，为那些五花八门的事情请求原谅？一切都是那么真实！”

直到那时，每晚参加好几次聚会是可能的。那些较大的村庄都会邀请人们在街上跳舞，为此而给街道铺上了木板。加伏特舞不排斥任何人：圈子越大，大家玩得越开心，树林里和路边就越安静，在那些地方，即使是漫不经心的情侣们都会尽量克制自己，不去制造太多的噪声。

科德鲁克的歌舞盛会不得不与在拉古涅兹、特雷维哥农（Trcvignon）和卡兹角（Cap Coz）的其他舞会在同一晚上举行，与之一较高低，这吸引了许多想听音乐、观看布列塔尼乐队和烟火表演的游客。

在歌舞盛会的前一天下午，热娜维芙·艾柯里埃敲了敲玛丽安的门，兴奋地微笑着向她招手。她领着她下了楼，打开那扇通向放有裙装的房间的门。“找一条你喜欢的，”她说，“音乐家必须光彩夺目。”

玛丽安将在歌舞盛会上演奏。她将与人们分享她至今只同大海分享过的歌曲，热娜维芙想帮助她。她是在头天晚上做出这个决定的，因为她、玛丽安和格蕾特曾坐在一起聊天。玛丽安第一次敞开心扉，说起了她是如何来科德鲁克自杀，以及她是如何日复一日地推迟了计划，最终她的意图消失得无影无踪，只剩下一种深深地击中了她的感觉：她可能没有好好地活过。然后，她想用双手抓住自己的生命的无法抑制的冲动占了上风。

热娜维芙站起来向她鞠躬。她非常钦佩这个女人，她鼓足勇气纠正了她所走过的错误道路。

她与热娜维芙本人不一样。热娜维芙是个什么都不去纠正的女人，把过去的阴影掩藏在服饰中，如同行尸走肉一般。她希望，当她打开通往过去的大门时，玛丽安重写命运之书的些许才能，也许会对她起到耳濡目染的作用。

玛丽安摸着那些她曾经偷偷触摸过的衣服。它们仿佛有生命似的，用耳语和叹息的声音吐露着自己的秘密，因为在她的手指间，她感到了一种断断续续的刺痛，它们出现，然后又消失了。

其中的一条似乎着了火。这条裙子所拥有的记忆是如此强烈，以至于它无法从纤维中清洗掉。它发着光，将热度送上她的胳膊，送入她的胸膛。她紧抓着它，听见她身边传来一阵急促的呼吸声。是那条红裙子。玛丽安往后退了一步，让热娜维芙把裙子从衣架上取下来。热娜维芙把它搭在胳膊上，她的目光转向内心，注视着在失去的幸福的牢笼中逐渐消逝的记忆。

“我穿着这条裙子参加了我的订婚仪式，”她低语道，双手在光滑闪亮的布料上滑动，“那一天是一切的开始，而一切都没有结束。”她的表情变得柔和起来，“当我爱上我未婚夫的哥哥时，我就穿着这条裙子。生活对我很好，我年轻漂亮，而我爱错了人。爱不同于被爱。给予并看到一个人是如何从你的爱情中茁壮成长的：你拥有的力量，以及这种力量使一个人成为他可能成为的最好的人的事实。”她垂下了头，“阿兰不想要我的爱，那我该怎么办呢？”她的眼泪落在了裙子上。

玛丽安由着她哭泣。她意识到，这些眼泪是第一次流下来。热娜维芙穿着这些裙子过了三个夏天、三个秋天、两个冬天和两个春天，在它的包围中，她为那个失去的男人和她曾经是的那个女人而哭泣。没有地方欢迎她的爱，由于没有使用，它的力量冷却下来，变成了仇恨。当你的爱不被需要的时候，恨比爱要容易。

玛丽安用温柔的手抚摩着热娜维芙的头发。这个女人是多么严密地守护着她的爱情，再也不让它展翅飞走了！阿兰，当然——那个住在河对岸的男人，他再也不能接近这个他多年前抛弃的女人了。

“你还爱他吗？”

热娜维芙呼了口气，把嘴张得大大的，又摸了摸那件衣服。“每天，我每天都在爱他，又恨自己会这个样子。”她抓住自己编得紧紧的辫子，然后站了起来，“让我们确保能把你塞进这件衣服里去，玛丽安。”她递出那条红裙子。

玛丽安缓缓地摇了摇头。“你应该穿上它，热娜维芙。”她柔声说道，伸手去拿另一条裙子——一条蓝裙子，它闪闪发亮，如同接受太阳亲吻的大海一样。

42

塔巴克酒吧旁，那沿河而筑的光亮的石头防护矮墙上，阿兰在劳伦的身旁坐下来。设置那一坚固的砂岩块体的目的是防止车辆意外落入河中，过去经常发生那样的事。

劳伦紧盯着科德鲁克。

“想家了？”阿兰问。她点了点头。他顺着她凝视的目光，越过水面，望向对岸。这是阿兰注定要看的港口，但在那里他不受欢迎。然而今天，那里有些不同。

它在引诱他。它似乎在颤抖。在微蓝的暮光中，火花在飞舞——尽管实际上它们不过是一些摇曳的红灯笼。在它们中间，有黑影在移动，他们为了准备晚上的庆祝活动而聚集在了一起。突然，阿兰捕捉到一个红色的身影。他认出了那红色。他从胸前的衣袋里掏出一副望远镜，多少个晚上他都是透过它绝望地望着热娜维芙一闪而过的身影的。

“热娜维芙。”他低语道。她穿着她的订婚礼服，正是她穿着那条裙子时，他们爱上了彼此。

那是他等待了三十五年的征兆吗？或者它只是一种嘲弄。瞧，我已经忘记你了，阿兰，也忘记了我爱你时的那个我。

劳伦观察着她的新老板。他对她很好，又温柔又聪明，但透过望远镜看到的情景，使他脸上流露出一种只有恋爱中的女人才能理解的东西：阿兰·波蒂埃在阿旺河的这一边并不比她更自在。她拉起他的手，但弄不清楚是谁抓住了谁——是阿兰抓住了劳伦，还是劳伦抓住了他。他属于那边的科德鲁克，在那里，此刻正发生着两件事。透过双筒望远镜，他可以看到一辆面包车正开下斜坡，来到港口，从车上走下了四个修女和一个牧师；从一辆出租车上走下来一个穿灰色西装的男人，他环顾四周，脸上的表情似乎在说，真不敢相信，他竟漂泊到了这个位于世界尽头的地方。

“这么难受是正常的吗？”玛丽安问，目光从加伏特舞的演奏者们身上瞟向格蕾特，然后又带着痛苦的表情瞟了回去。

“这被称为怯场，这是完全正常的。每个人都会怯场。”格蕾特爆发出一阵大笑，“来吧，玛丽安。你的肺里没有偷走你呼吸的睡莲。呼一口气。无论如何，我们大家都应该多呼气。”

她们正坐在客栈的餐厅里。乐队领队向玛丽安招手。她把想弹的曲子列出来时，膝盖直发软。就在这时，一群修女从门口拥了进来。

“克拉拉嬷嬷！”玛丽安高兴地叫道。在她身后的是多米尼克嬷嬷和巴拉克神父。他们朝玛丽安走去，他们的长袍打着旋儿，簇拥着她。他们来科德鲁克是为了感谢她救了多米尼克嬷嬷，他们计划中的行程恰与歌舞盛会的聚会相重合了。

“我太高兴了！”克拉拉嬷嬷拥抱着她，低声说，“很高兴你的旅程有一个快乐的结局。”

阿兰不知道该怎么办。河对岸的热烈情绪似乎变强了。那不只是在举办另一场歌舞盛会的普通的布列塔尼港口：它看起来像座被施了魔法的森林。

劳伦透过望远镜朝那边看着。阿兰已取来了他的外套，将它披在她的肩上。“那是热娜维芙夫人。她正在把架子搬出来以支撑酒桶。帕德里格在帮她。而那是……”她停顿了一下，清了清嗓子，“保罗先生的衣着十分华丽。克劳丁，天哪，她怀孕的肚子好大啊！啊，他们指着玛丽安！”劳伦现在变得异常欣喜，“她看起来真漂亮！”

“你也能看到让-雷米吗？”阿兰问。

“我不想看他。”劳伦说，把望远镜递给阿兰。

他扫视着远处的海岸，突然看见热娜维芙领着那个穿灰色西装的男人上了楼梯，向客栈走去。

那个男人把名字写在客人登记表上，然后把它递给热娜维芙夫人，这时，她开始颤抖起来。她又读了一遍他的名字。在电梯里她没有认出他，就连从他的嘴角朝着下巴直刺而下的皱纹，都与那个出现在法国电视上寻找他走失的妻子的男人不大像。他是洛塔尔·梅斯曼恩。

“我妻子在哪里？”他用法语问道，或者是他认为的法语。热娜维芙·艾柯里埃平生第一次决定采取公认的法国人的态度：永远听不懂任何非法国人的话。

“请再说一遍？”她用一种冷漠的口气说。

我真想把你扔到河里去，你这只小灰兔。当然，你是用自己的名字预订的房间，而不是玛丽安的娘家姓，而愚蠢的是，我意识到这一点的时候已经太晚了。

“我妻子，玛丽安·梅斯曼恩。”他提高嗓门儿说。

热娜维芙耸了耸肩，绕过接待处，把他领向自己的房间，它离餐厅相当远。

这些法国人，洛塔尔想，真是群傲慢的人。在他前往布列塔尼的这一尖端的整个旅程中，他们全都拒绝理解他。他被迫吃了他没有点的东西。在从雷恩到昆佩尔的公共汽车上，两个没牙的老人朝他的德国军队标志上吐唾沫；在昆佩尔，他在寻找出租车时多次被送往错误的方向。他好几次经过一家出售犯罪方面的书籍的书店，那里的女售货员不信任地观察着他。

他记得，十天前，他收到一封信，是一个名叫阿黛拉·布雷莉维特的教师寄来的，她用晦涩的教学式德语告诉他，她认为她应履行公民的义务，回应他的电视呼吁，通知并告知他，她在科德鲁克外的一条小路上搭载过前面提及的玛丽安，把她带往孔卡诺。她立刻意识到，那个女人给了她一个假身份。尽管如此，她对那女人的身份是绝对肯定的，梅斯曼恩先生应该到科德鲁克的阿尔莫尔去打听一下，因为她听说那儿有个外国女人在厨房里干活。

他想知道，玛丽安怎么会更愿意过没有他的生活。她为什么如此不情愿继续忍受他？噢，那个穿着诱人的红裙子的女人竟然拒绝告诉他玛丽安在哪儿，这可真是烦人！她一定是在聚会上，他敢打赌，在那里，他们连啤酒都不会供应，只有香槟和青蛙腿。洛塔尔痛恨这个国家。至少房间还好，他可以从窗户向外看到下面热闹的码头。

从眼角的余光中，他看到一个穿着蓝裙的女人，留着琥珀色波波头，被一群修女围在当中。不，那不可能是玛丽安。玛丽安个子较矮，也没那么……有魅力。

他走出房间，要了一些布列塔尼淡啤酒，那是一个黑头发、戴红色大手帕、神情忧郁的年轻人从室外吧台的对面递给他的。防波堤上挤满了兴奋的女人、大笑的男人、青少年和在舞池周围的桌子下面相互追逐打闹的儿童。

洛塔尔开始挤过人群，无视人们射向他的有六枚金色纽扣的正装的目光。他跟着那个穿蓝裙的女人，那衣服的颜色似乎在不停地变化，反射着人们的笑声和头顶上的星星。当她向他微微转过身来，回应一位衣着高雅、戴黑色手套、手里拿着烟嘴的女人的呼唤时，他意识到，那个穿蓝裙的女人确实是玛丽安。

她看起来比以前高，比以前美，难以接近。他喝了一大口啤酒，当他放下酒杯时，他已经看不见自己的妻子了，他的视线被一排黑色的后背挡住了。又是那些该死的修女！

热娜维芙提着她的红裙，让裙边略略地抬起一点，优雅地走上舞台。一个加伏特乐师殷勤地牵着玛丽安的手，把她引到她要坐的凳子上。热娜维芙拿起麦克风宣布："让歌舞盛会开始吧！"

"降E调。"玛丽安对乐师们低声说。她的目光在人群中巡视着，那里，在让-雷米旁边，她看到了手里拿着素描簿的雅恩。在他旁边的是格蕾特，她对她竖起了两个大拇指。她旁边是西蒙，尽管他的眼睛正盯着他的邻居而非舞台。

保罗已与萝森一起走进舞池的中央，仿佛乐师们在为他们单独演奏似的。修女们亲切而充满爱意地望着玛丽安。巴拉克神父咧嘴笑着，露出了参差不齐的牙齿。在他们亲切的目光的注视下，玛丽安感到自己很放松，她也看到了热娜维芙眼中的光芒和雅恩眼里的渴望；她看见了帕斯卡尔和埃米尔，后者站在那里，双手合十，仿佛在祈祷他那可怕的手风琴能发出一种像样的声音；她还看到柯莱特与保罗的孙女们手牵着手。她感谢过去的女神们，为了这一刻，她可以沐浴在如此的温暖之中。

急促而激烈的鼓声响起，玛丽安闭上眼睛，想象自己是在海边，开始演奏《自由探戈》的第一声和弦。贝斯手接过了她的音符，于是她睁开了眼睛。鼓声加快了节奏，皮亚佐拉最著名的探戈越来越有力量和深度，就像越冲越高的海浪。就像从一颗心跳向另一颗心、点燃每一颗心中的火焰的烈火。就像让石头发出轰鸣的雪崩。

舞池里已经挤满了旋转的舞伴，当小提琴奏响了旋律时，阵阵声浪冲击着坐在餐桌边吃贻贝、喝葡萄酒的人们。当协奏曲捕捉到热情洋溢的重音和切分音时，他们纷纷前后摇摆起来。

保罗和萝森在地板上摆出十字形，头高抬着，跳着准确的探戈舞步。玛丽安的手指在琴键上准确而轻松地滑过，大海在她前面翻涌着。人体的海洋——每个人都在动，在红灯笼下，就好似小妖精和仙女们在庆祝他们出发前往阿瓦隆。就连克劳丁也在扭动她的肚子，好像有些恍惚。人人都在跳舞，为大家同时都活着而感到高兴。

人人都在跳舞，只有一个人除外，他的身影似乎在地上扎了根。

43

“我得去那儿。”劳伦说。她走到埠头边，深深地吸了一口气，将胳膊向身后甩去。阿兰向前迈了一大步，刚好来得及阻止她一头扎进水里，游过阿旺河。

他把女服务员拉了回来。“劳伦！”他低声地坚持道，“一定得他来找你！让他迈出第一步，如果他不这样做，就没有必要再一起迈出下一步！”他紧紧地搂着她，直到她停止挣扎，完全瘫软在他的怀抱里。

“说这话的人自己仍然站着一动也不动！”她的声音里不再有一丝犹豫。

阿兰快速地扫了她一眼，然后放开她，跑下陡峭的埠头台阶，奔向小船。

掌声几乎把玛丽安掀翻在地。乐队领队带着她走到台前，与乐师们一起鞠躬致意，这时，台下的掌声甚至还要热烈。领队拿起话筒说：“亲爱的女士们、先生们，这位是玛丽安，她是探戈的最高女祭司，是位了不起的海语者，她将继续温柔地敦促你们打破所有的常规。”

他转过身来，鼓手吸了一口气，敲响了新的探戈节奏，与之合奏的是贝斯手，他每三拍便跳一次。乐队领队用他的六角手风琴演奏了《月亮之子》的前几个和弦——D 小调和 G 小调——人群发出了热情洋溢的轰鸣声。玛丽安感觉到，到了该按照节拍加入第二段和弦的时候了，于是加上了这一音调。小提琴轻柔地加入进来，将这首关于月亮的歌曲送入夜空。

满月悬浮在他们头顶上，舞伴们在翩翩旋转，玛丽安瞥了一眼那位六角风琴手。他们四目相对，每当要强调节拍时，他都会点一下头。周围的轮廓变得模糊起来，她融入了音乐之中。他带头，她跟随，直到只剩下他们的乐器在互相挑逗，就像海水猛冲到陆地上然后又退去一样，一种狂喜的激情和温柔的情愫交替出现。空中充满了女式丝袜的噼啪声、男人的呼吸声和踩在木地板上的脚步声。没有人说话，人人都在跳舞，人们的身体服从于他们的意志和激情。

玛丽安的灵魂飞走了，自由了。

那天晚上在场的人多年以后都发誓说，他们看到玛丽安的身体周围有一道白色的光环。她的蓝裙似乎闪耀着白蓝色的火焰。他们说，她周围出现了一道亮光，仿佛有一位女祭司站在他们面前，在用歌声呼唤月亮。每个人都手舞足蹈地进入一种前所未有的恍惚状态。他们比以往任何时候都热爱生命，知道生命永远都不会结束。

乐曲结束时，玛丽安鞠了一个躬。掌声持续不断，喜悦之情从她的血管里涌了出来，照亮了她的眼睛，使它们就像两束蓝色的天然气火苗。当她大步走下舞台进入人群时，她觉得自己好像在飘浮。她寻找着雅恩，却发现了站在防波堤边上的热娜维芙，她远离了灯光和温暖，凝视着寒冷、寂静和黑暗。

“我多么爱你。”热娜维芙对着风低声说。

阿兰手脚麻利地去解缆绳，然后又停了下来。他感到有什么东西在靠近他的耳朵。某种温暖的东西。一个声音？他恼怒地抬起头来。热娜维芙？它又出现了……爱……

劳伦在石墙旁踌躇不前，她金黄色的头发在晚风中熠熠生辉，好似一团明亮的火焰。“你为什么不游过去？”她朝他喊道。

“因为我不会！”他恼羞成怒地喊道。他转身重新面向科德鲁克。音乐拉拽着他的神经，将他的心从胸膛中扯了出来。他渴望长出翅膀，飞向她，飞向热娜维芙。

……爱……

绳子终于松了，阿兰伸手去拿桨。他站在船的中间，船滑进了溪流，他试图不去理会它猛烈的摇晃，将双手窝成一个扩音器。“热娜维芙！”随后又更大声地说，“热娜维芙！”除了那袭长裙在风中的飘动外，一切都是静止的。“我！爱！你！”

他开始划船，每划一下，他就大吼一声："热娜维芙。我、爱、你！"

爱我。我要你的爱！

红色的影子渐渐消失在黑色和灰色的旋涡中，水流之上，阿兰显得形单影只。他在河中间停下来，以便喘口气。现在他变成了一个模糊的小点，不停地喊着同样的话，声音嘶哑、绝望。"热娜维芙，*je t'aime. Je t'aime*，热娜维芙。请回心转意吧！"

热娜维芙没有动，一言不发地望着河那边。玛丽安碰了碰她的胳膊，她几乎没有反应。她的眼中充满了绝望和恐惧。

玛丽安转向那位从奥雷来的教士巴拉克神父，他已来到她身边："神父，你会划船吗？"

他难以置信地看着她："当然会。"

"那么请带夫人到她心爱的人那里去吧。她已经等了三十五年，要再次向他奉上自己的爱情。"

那位教士试图掩饰他的震惊。玛丽安将左手轻轻放在热娜维芙的肩上："是时候了。"

老妇人拉着教士的手，他领着她走向一艘红色的小船，它随时准备扬帆起程。教士开始划船，载着他们向河中央驶去，阿兰正等在那里。热娜维芙一动不动地站着，她的身体就像伫立在水上的蜡烛。

在防波堤上跳舞的人群没有注意到的情况下，两艘船相向划行。阿兰加快了划桨的动作。在他越划越近时，热娜维芙一刻也不曾让他离开自己的视线。两个船头相遇时，轻轻震颤了一下，这时，热娜维芙向阿兰伸出了手。

与此同时，雅恩走到玛丽安身后，伸出双臂搂住了她。她紧紧地靠在他身上。“你看。”她轻声说，此时阿兰正向前探出身子，手指碰到了热娜维芙的指尖。但就在他们注视着对方的时候，一股水流猛地把小船从他身下冲开去，他们的手分开了。

热娜维芙尖叫道：“阿兰！”

不是现在。哦，拜托，不是现在！

就在她眼前，她心爱的人倒向一边，掉进了深流之中。

噢，拜托，不！他不会游泳！如果他淹死了，她知道自己也会随他而去，她也同样确定，她的仇恨将会化为徒劳。如果没有他，她将一夜白头。她的指尖燃烧着对她唯一的爱人的回忆。阿兰！

她跳入水中。

玛丽安从雅恩的怀里挣脱出来，沿着埠头跑去。

热娜维芙的红裙子在黑暗的水面上翻腾，但她还是向阿兰游去，直到抓住他。他们紧紧地靠在一起，在水流中打着转儿。

当玛丽安转身去找人时，她撞上了一堵灰色的墙。洛塔尔？！她从他身边挤过去，来到港务长办公室，扯下挂在墙上的救生圈，沿着防波堤快速返回，直到来到防波堤的尽头。

他们在哪里？那里！海浪上方几英寸的地方有两张明亮的面孔。此时正值落潮，如果他们继续向下漂去，海水就会把他们从河口吸出去，把他们带到远离海岸的地方。

洛塔尔从她手中夺过救生圈。“让我来吧，”他说，“你做不到。”

他们的目光对视了片刻，然后玛丽安嘶喊着说：“你根本不知道我能做什么。”随后抢回了救生圈。她把它远远地扔进阿旺河中，连同她那势不可当的冰冷的怒火。救生圈在空中飞行了近十码，正好落在那闪烁的红色色块旁。她之前已把绳子紧紧地系在腰间。当河水拖着救生圈向前流动时，她感到自己的力量在减弱，她变得摇摇晃晃起来。

洛塔尔走到她前面，开始一寸一寸地往身上绕绳子。她站在他旁边，不知该如何解释，为什么她在他面前的每一分钟都变得越来越僵硬和麻木。

热娜维芙和阿兰紧抓着救生圈，直到巴拉克神父把船划过来，帮助他们爬过船的低舷，重获安全。直到那时，他们才把救生圈扔回岸边，洛塔尔把它拖上了岸。

“谢谢你。”玛丽安对丈夫说，手指轻轻地扫过他的胳膊。哪怕是抬起手都需要付出努力。

洛塔尔微微点了点头——那轻微的触碰让他全身都如触电一般——然后温柔地对她笑了笑。“你演奏得出色极了。”他说。

他的妻子有个情人。她看上去很迷人，人们喜欢她，甚至爱她——这是他在那些像花儿转向太阳一样转向她的面孔上所看到的。她属于这片土地，仿佛她就出生在这里，他想，仿佛这里的人一直在等她。有些东西开始在他的心中崩塌。他举起手，用拇指抹过玛丽安的嘴唇。他俯身向前，使她来不及躲避他，在她的嘴上啄了一下。

越过他的肩膀，玛丽安瞥见了雅恩，他的眼中交织着痛苦和希望。“洛塔尔，”她对丈夫说，“晚点我们能谈谈吗？”

“随便你。”洛塔尔说，“我请了三天假。”他转过身来，眯着眼睛看着那个几分钟前在防波堤上无比温柔而亲切地拥抱妻子的男人。

当玛丽安沿着防波堤走去时，他盯着她的背影，觉得自己仿佛在看一个熟悉的陌生人，几十年来，她一直心怀嫉妒地躲着他。雅恩走到他身边。

“可能我们现在应该谈谈，”画家试探地说，“还是你宁愿决斗？”

洛塔尔摇了摇头。不，他想要他的妻子回来。他弄不明白，玛丽安是如何向他隐瞒了她的美丽的。

巴拉克神父独自沿着码头向他们走来。“他们想自己待着，”他抱歉地说，“濒死的体验通常会唤醒，唔，肉体。”他咧嘴一笑。

玛丽安看着划动的船只消失在下游的黑暗中，就好像热娜维芙和阿兰正在寻找那条孕育他们爱情的河流的源头。她毫不怀疑，从现在到天亮这段时间里，他们会找到它的。

那个红点被暗夜吞没了。

玛丽安希望自己也能隐形。尽管半小时前，她对自己生活的方方面面都十分笃定——拉手风琴，留在科德鲁克，爱雅恩——可现在，那一切都降减为一层厚厚的火山灰，堵住了她的鼻子、耳朵和嘴巴，而一切就发生在洛塔尔将救生圈从她手中夺走的那短短的几秒钟之内。就仿佛他已经揭开了她的面纱，揭露了在那裙子、妆容和这整个骗局背后的真相。

一只戴着皮手套的手抓住了她的上臂。柯莱特！她们紧紧地但温柔地拥抱在一起。玛丽安的眼睛搜寻着画廊老板背后的人。

“西多妮不会再出现在这里了，”柯莱特平静地说，“她知道今晚她会找到安宁。她把我打发走了，说我应该为生命而庆祝。”

世界在玛丽安的心中变得静止不动，她的灵魂蜷缩起来。

“我该怎么办？”柯莱特低声说。

玛丽－克劳德的女儿克劳丁挤进她们中间，没有注意到自己打断了什么。“告诉我是不是男孩，”她问玛丽安，“我妈妈说你能做到。”她把玛丽安的手牢牢地按在她的肚子上，那肚子几乎鼓到了她的胸部。

“会是个女孩。”玛丽安用从坟墓里传来的声音说。

44

在客栈里，在防波堤上，在走向汽车时，玛丽安拂开了那些试图抓住她的手。雅恩的手，洛塔尔的手，修女们的手。歌舞盛会的客人们都想向她致谢，想知道她那狼一样的眼睛为什么那么暗淡，为什么她一句话也没说就匆匆走进了黑夜。

在这说走就走的旅程中，柯莱特试图表示反对，坚持认为她们必须尊重西多妮的决定，就像人们应该尊重任何人的最后愿望一样。

玛丽安没看她，脱口说道："我曾目睹四百三十八个人死去，当那一刻到来时，没有一个人想要自己一个人待着。"

她们在西多妮的画室里找到了她。她的手里握着一粒她在马耳他捡到的小石子，是在那些比金字塔还要古老的寺庙附近。她的呼吸显然非常急促，但她尽量睁大眼睛，盯着柯莱特——盯着她的眼睛，她的嘴，她的灵魂。

"谢谢你，"她低声说，"谢谢你没听我的话。"

这个女人的脸是西多妮在这最后的日子里最想看到的，

是她在之前的每一天都最想看到的。从她第一次看到画廊老板的那一刻起，就一直如此。而柯莱特走后又回来了。

“人的一生实际上就是走向死亡的过程。从第一次呼吸开始，它就朝着一个方向，朝着……死亡。”西多妮用一种似乎来自远方的声音说。

现在，玛丽安握着西多妮的另一只手。她并没有被西多妮胳膊上、脖子上，甚至心脏里的那股寒流吓倒。她认出了这种寒意：它是死亡的冰冷之流。

西多妮的眼帘扑闪着，她坐了起来。“那些石头，”她虚弱地对柯莱特耳语道，“它们在唱歌。”

柯莱特受不了了。她绝望，她哭泣，她摸索着西多妮的手，但西多妮竭力把自己的手指抽出来，再一次去握那粒石子。于是柯莱特握着她的手，那块石头紧握在她俩的手掌之间。玛丽安伸手去拉柯莱特的另一只空着的手，三个女人就这样一起朝边界走了一段路，从那里开始，西多妮将不得不独自一人走下去，就像在她之前和在她之后的人都将那么做一样。

她们听着西多妮微弱的呼吸声。突然，她好像已经看到了另一个世界的迷雾，惊讶地低声说出了她已故丈夫的名字。“埃尔韦？”她开心地笑了，仿佛她瞥见了永恒，她在那里所看到的一切并不可怕。

玛丽安握着西多妮的手指，在她的手中，那冰冷刺痛的感觉像是突然中断了一样。石子咔嗒一声掉在了地板上。

西多妮走了。

过了很长一段时间，在凌晨四点以后，玛丽安离开了，让柯莱特独自与她朋友待在一起，步行返回科德鲁克。她穿着那件没有袖子的蓝色晚礼服，浑身冰凉，手里握着西多妮的小石子。

她跌跌撞撞地走向黑色的地平线。一道道闪电在天空中闪烁着，却没有出现像往常那样接踵而至的雷鸣。只是从乌云里传来了一阵遥远的隆隆声。大地笼罩着一种幽灵般的平静，无声的闪电照亮了寂静的草地、灰色的街道和没有灯光的房屋。只有科德鲁克港发出了一道红光。

你不能对爱情发号施令，让它前来并永不离去。你只能在它到来的时候对它表示欢迎，就像夏天或秋天，当它的时间到了，它就会离去，于是它便离去了。

闪电划过天空，照亮了四周。天空一片火红。

就像生命。它来了，时间一到，它就走了。就像幸福。万事万物都有其自己的时限。

玛丽安已经得到了应得的东西，这就足够了。她试着想象，她能在谁的臂弯里找到安宁，但她发现她做不到。洛塔尔吗？雅恩吗？

洛塔尔用她多年来一直希望他能那样看着她的眼神看着她。他毕竟是她的丈夫！

哦，雅恩，我该怎么办？

就在她到达科德鲁克郊区的时候，一个小小的身影从树上落下来，跳到路上，盯着她。是麦克斯，那只猫——它一直在等她。它在她的腿上蹭来蹭去，可还没等她把它抱起来，它就从她的手里溜出去跑走了。它快速地回头瞥了一眼，再次凝视着她，又快速跑开了，仿佛在说，马上过来！快呀！否则我们就会错过一切！

那只猫蹦跳着跑向停车场——那是玛丽安对科德鲁克留下第一印象的地方，一个有玻璃回收容器的地方。树下有辆树莓色的雷诺车，玛丽安在放倒的前座上发现了一个毫无生气的身影——玛丽－克劳德的女儿克劳丁！

那个年轻女人脸色苍白，浑身是汗，身下已经湿了一大片。她拿着手机，但电池没电了。玛丽安抓住她的手，用中指摸了摸她的脉搏。它疯狂地跳动着。她在宫缩！

玛丽安使出浑身解数把汽车座椅退回原位，在克劳丁伸开的双腿中间坐下来。她伸手去够那只猫，把它放在她旁边的副驾驶座位上，然后发动汽车，在一阵刺耳的轮胎声中将车开走了。

"宝宝……"克劳丁呻吟着，"宝宝要出生了！太早了。提前了两个星期！"另一波宫缩向她袭来，"你召唤了它吗？当你把手放在我肚子上的时候？"她再次疼得喘不过气来。

"别胡扯了。"玛丽安命令道。她的手不断摁着喇叭，快速冲下坡道，奔向港口，驶过舞池，正好在阿尔莫尔的入口前刹住车。然后，她发出了三短三长又三短的喇叭声——国际通用的求救信号。

三个人匆匆走出餐馆：雅恩、让-雷米和洛塔尔。他们都有点醉了。

玛丽安吩咐他们把几乎要疼晕过去的克劳丁从车里抬出来。“把她抬进厨房，放在桌子上！”她叫着，本能地用手指钩住西多妮的石子。它有种暖和的感觉，仿佛它已经吸收并保存了西多妮的生命热量。玛丽安闭上眼睛，竭力回想着她帮着祖母纳尼给人接生的往事。但这一次，她不是在给别人打下手，她将不得不独自完成这一切。她希望自己的手能回忆起那些动作。她打开汽车后备厢，找到了急救箱。

当三个男人把呻吟着的克劳丁放在冰冷的不锈钢桌子上时，他们的脸都变成了毫无表情的面具。让-雷米冲到电话前，要求接线员叫一辆救护车。“我们必须把她送到孔卡诺的诊所去。”他低声说，等着玛丽安发出最后的命令。

她把一个大烧锅翻过来，将绷带、剪刀、纱布和那粒小石子放在上面。接着，她把双手放在热水里，让它们温热起来，然后戴上无菌的乳胶手套。

“扶着她，洛塔尔。”她说着，同时把手指伸进了克劳丁的身体里。

克劳丁尖叫起来：“噢，我的上帝！该死的！”

“她的子宫颈口张开了，她像个坦克兵一样骂个不停！”

让-雷米将这一信息传递给了应急服务部门：“他们说，在那种状态下，我们不应该让她坐车。”

宫缩的间隔越来越短，克劳丁的尖叫声也越来越大："该死的！"

"现在他们说，他们会来找我们。"让-雷米跑开了。

"男人！他们起初总想在那里，但绝不是为了结果。"玛丽安咕哝道。"她需要有规律地呼吸，"她向雅恩发出指示，雅恩站在那里，用不可思议的眼神看着她，"告诉她一切正常，一切都好。"

"你不需要热水吗？"画家问。

"助产士需要热水的唯一原因就是煮咖啡，让男人们忙个不停，"玛丽安咆哮道，"给我来一杯白兰地和一些干净的抹布。还有电加热器。洛塔尔，别再揉这个女人。所有这些推推搡搡会把她逼疯的。把她挪到边缘附近来。"

雅恩向克劳丁俯下身去，敦促她有规律地呼吸。

"你这杂种！"

当雅恩出去拿毛巾时，洛塔尔问："你为什么离开我？"

"你真的想现在谈这个吗，洛塔尔？"

"我只是想弄明白！"

雅恩回到屋里，将暖气对准了克劳丁。

"让-雷米！"玛丽安叫道，"格蕾特在哪儿？"

"她在自己的房间里。跟渔夫西蒙一起。"

"西蒙可以留在原地，去把格蕾特叫来。屋里还有别的女人吗？"

“住在这里的几位来参加歌舞盛会的客人，还有……哦，我的上帝！”在克劳丁的两腿之间出现了一个小脑袋。让－雷米转身跑向水槽，冲着里面呕吐不止。

“闭嘴！”克劳丁咆哮着。

“别再使劲了！”玛丽安大声说，“喘气！让－雷米！格蕾特！”

她使劲喘着气，向克劳丁演示她想要她做的事情，然后坐到另一只锅子上，把几条毛巾推到克劳丁的大腿下，把手轻轻地放在那个正在向前推进的头上，施加压力来引导它。克劳丁用脚顶住玛丽安的肩膀，在她的皮肤上留下了污迹。让－雷米摇摇晃晃地走出厨房。

“我做错了什么，玛丽安？”

“洛塔尔！一切。什么也没有。你就是你，我就是我，我们不会走到一起的——这就是一切。”

“我们不会走到一起？你在说些什么啊！”

克劳丁尖叫着使着劲，但孩子不想再往外了。玛丽安不假思索地让自己的手做着它们需要做的事。她用双手把那个小脑袋朝下引，直到一只肩膀出现。会阴似乎在流泪，她抬头瞥了洛塔尔一眼，他吓得闭上了眼睛，而雅恩则拿着白兰地，脸上流露出一种奇怪的狂喜的表情。她重新低下头去，看着那个小小的身体完全挤了出来。

她扶着孩子的胸部，好让孩子不会头朝下吊着。多余的羊水溅到了地板上。

“把衬衫脱掉，雅恩。”她平静地说。

“维克多！”克劳丁又叫了一声，“维——克——多！”她瘫倒在桌子上，全身的肌肉松弛了下来。

她在这里。玛丽安手里托着婴儿，她匆匆看了一眼时钟：5点5分。那婴儿浑身是血，滑溜溜的，身上沾满了黄色的油脂。她用无菌纱布轻轻擦拭着婴儿，然后拿起带着雅恩体温的衬衫，把婴儿裹在里面。

“是个女孩。”她对着克劳丁的耳朵低声说，这时，那个年轻女人重重地倒在了洛塔尔的怀里。

“她没哭。”雅恩低声说。

玛丽安用手顺着小女孩的脊柱抚摸着她，搓她的双脚。什么都没有。连一声都没有。

快啊！哭啊！呼吸啊！

“怎么了？”她轻声问婴儿，“你不想吗？你会有一个美好的生活。你会爱，会被爱，会笑——”

“我来晚了吗？”格蕾特问。她穿着晨衣冲进厨房，在外面匆匆套了件渔夫西蒙的衬衫和外套。

“孩子不哭，我也空不出手去割断脐带。”

“我的孩子怎么了？我的孩子怎么了？”克劳丁咬住洛塔尔的手，而他在惊讶中由她咬着。

“我们这儿的英雄可真多啊！”格蕾特低声说，轻轻地捏着婴儿的耳朵。孩子没哭。

克劳丁望着玛丽安，瞪大了眼睛，将身体立了起来。格蕾特一只手把脐带举得高一些，另一只手压住克劳丁的腹部。玛丽安的目光落在西多妮的石子上。她把石子捡起来，撬开新生儿的小拳头，轻轻地把石子放在她的指间。玛丽安感到小身体里有一股轻微的电流通过，就像刚才天上的闪电一样。沉默，但强大。

西多妮，是你吗？她无言地问。

婴儿的肺部充满了气体，她的脸颊变红了，突然，她发出一声确认的啼哭。门外响起了雷鸣般的掌声。男人们如释重负地大笑起来，玛丽安把孩子放在克劳丁的胸前。年轻的母亲温柔地拥抱着她的女儿，眼里充满了惊讶、感激和羞愧。

格蕾特从睡衣上扯下带子，把它们绑在脐带的两个地方，而玛丽安则用无菌剪刀将它剪了下来。明天她会把它埋在玫瑰丛下，只要情况允许。

克劳丁的脸色恢复了一些，玛丽安起身给她拿来一杯凉水，格蕾特仍在设法止住脐带上的血。玛丽安突然感到筋疲力尽。这一天发生的事顶得上好几年的了。女神们向她证明，生与死可以在一天之内发生，有时是不可能将它们区分开来的。

一队医务人员跑进了厨房。终于！

玛丽安伸手去拿白兰地，喝了一半，然后把杯子递给格蕾特，格蕾特将剩下的一饮而尽。她看了看洛塔尔，又看了看雅恩。他俩都站在那里，仿佛在期待着她的什么东西。

雅恩是第一个动起来的，他把夹克套在背心上，轻轻吻了吻玛丽安的额头，耳语道：“*Je t'aime.*”洛塔尔摘下领带，解开领口的扣子，问道："我也应该走吗？再也不会回来了？"

"好像在这个特别的时刻，那还没有完全偏离主题。"格蕾特咕哝着说，声音小得像蚊子叫似的。

"去睡觉吧，洛塔尔。"玛丽安疲倦地说。

"我不再认识你了。"他回答。

我也不认识自己了，她想。

"但我愿意去了解。"他带着恳求的语气轻声补充道。玛丽安什么也没说，他只好小心翼翼地碰了碰她的脸颊离开了。

"我想知道维克多是谁。"过了一会儿，玛丽安说。听到这个名字，克劳丁吃了一惊，玛丽安从她的眼睛里看到了无声的恳求。

医生一等照料好克劳丁，就走到玛丽安跟前，握了握她的手，说："干得好，夫人。"然后他拿出一张纸，他需要在上面填上相关的细节：出生地、时间、在场人员、父亲。

"不知道。"玛丽安对最后一个问题说。

医生转向克劳丁："她说得对吗？"

她大睁着眼睛点了点头。

"你已经给孩子选好名字了吗，小姐？"

"安娜 - 玛丽。"克劳丁低声说，对玛丽安微笑着。

西多妮的石子安放在躺在克劳丁丰满的胸脯之间的小女婴的脸旁。它是安娜 - 玛丽睁开眼睛时看到的第一样东西。

在罗兹布拉斯，一个年轻女子还静静地站在石墙边。劳伦感到孤单，但并不孤独。她意识到，只要她能迈出哪怕一小步，她就永远都不会孤独。不过，在她搞清楚她应该向谁迈出这一步之前，她要保留住这一步。生活可能经常为她做决定，但它不会完全支配她的行动。

当帕德里格把标致车停在她身边时，她还在凝望着科德鲁克。他让她上车，把她送到放着未送出的鲜花和未读过的信件的地方。

45

暴风雨过后是个阳光明媚的大晴天。玛丽安只睡了几个小时就起来了，她走到窗前，打开窗子，让 8 月的阳光照射进来。这时她看见热娜维芙、阿兰、让－雷米和修女们正在外面给一张长桌铺桌布。热娜维芙和阿兰像顽皮的孩子一样互相打着趣，不停地抚摸对方，仿佛要让自己相信，对方并不是自己梦中的虚幻人物。

那晚留宿在客栈的歌舞盛会的客人们走了出来，坐在那张巨大的早餐桌旁。鸟儿在郁郁葱葱的绿叶中婉转啼鸣，微风吹来大海的味道，白色的小船在波光粼粼的阿旺河上轻轻摇荡。巴拉克神父抱着一大抱长棍面包走了出来。埃米尔和帕斯卡尔·虢钦手牵着手坐在露台上的红色遮阳棚下，免于受到清晨太阳的直射，蓬帕杜夫人和梅林趴在他们的脚边。在他们旁边，保罗正把羊角面包浸在一杯红酒里，然后把它举到萝森的嘴边。“格温二世号”从大西洋渐渐地驶近了码头，玛丽安认出了西蒙，他旁边的女人戴着顶神气十足的水手帽，穿着件条纹 T 恤。那是格蕾特。麦克斯在伟士牌摩托车的座位上晒着太阳。

没有雅恩的踪影。也没有西多妮，再也不会有了。

玛丽安望着敞开的窗户，用手捂住了眼睛。其他人还不知道，他们还没有意识到，再也不会有领退休金的人与西多妮在科德鲁克的周一聚会了。当她放下双手的时候，她看到热娜维芙在向她招手，她的另一只胳膊搂住了阿兰，后者正紧紧地把他的热娜维芙搂在身边。热娜维芙指了指位于长桌中间的一个空位：其他人都已经坐下了。修女们，科德鲁克的退休人士，憔悴的厨师，格蕾特。夏天的客人们，他们觉得，自己以后非得到这个港口来度假不可了。不在场的只有雅恩、理发师玛丽－克劳德、柯莱特和村里那个最漂亮的年轻女人，还有玛丽安。热娜维芙又指了指那个座位。

那是我的座位吗？她看着所有这些出色的人们。

有人敲门。洛塔尔走了进来，站在她身后。“玛丽安，”他说，“我想请求你的原谅。再给我一次机会，或者，你想留在这里？”

玛丽安低头凝望着埠头。无论那个位于这些非凡的、充满爱心的人们中间的座位是谁的，它都不是她的。它不属于来自策勒的玛丽安·梅斯曼恩（娘家姓是兰茨），这个女人读的是从回收垃圾箱中捡出来的杂志，吃的是过期的食物，除了假装什么都没做。她只是想象着自己有什么特别之处，但她与过去六十年里的那个自己并没有什么不同。

洛塔尔就是她的生活，当他来到这里的时候，他让她想起了她到底是谁，她从哪里来，她的内心永远都会是什么样的，不管她化了怎样的浓妆，不管她在舞台上是如何炫耀地走来走去。她内心中曾有过挣扎，但最终她觉得，这一切，这里的一切都是一场表演。她得到了她的那份幸福。她命中注定不会得到更多：这片土地，那个长着大海般眼睛的男人，以及这些比她更了不起、更奇妙的不可思议的人中间的一席之地。

“快来啊，否则我们永远也不会开始，我们会饿死的！”阿兰喊道。

玛丽安心灰意懒地梳了梳头发，穿上一条白色连衣裙，漱了漱口，捏了捏自己的脸颊，而不是像前几周那样怀着喜悦之情涂上胭脂和口红。那个从镜子里看着她的陌生人没有笑。她是灰色的，她的眼睛空空如也。

“我不是你，你已经死了。”玛丽安说。

我只活到你允许我活下去的时候，那个她曾把她当作自己的不知名的女人似乎在说。

洛塔尔出现在她身后，直视着镜子里的她的脸说：“我爱你。再嫁给我一次。”

当他们走近桌子时，让-雷米站起身，手里拿着一杯起泡酒。“致玛丽安。她会拉手风琴，在厨房里接生孩子，还会把汤里的盐味去除掉。”

“让愚蠢的人变聪明。”热娜维芙嘻嘻哈哈地嚷道。

“还能把正常人逼疯，”帕斯卡尔也补充道，然后问丈夫，“还是正相反？”

其他人都跟着让-雷米站了起来。埃米尔靠在帕斯卡尔身上，他们都举起葡萄酒杯和苹果酒杯。“致玛丽安。”他们异口同声地说。

玛丽安不知道眼睛朝哪里看才好。一想到他们喜欢她，欣赏她，她就觉得难以忍受。她羞愧得局促不安。

我是个骗子。我甚至不是他们在我身上看到的影子。我骗了他们。我是个行骗高手。

就好像头天晚上她已经用尽了全部的勇气，她不敢直视他们任何一个人的眼睛。

我只是在他们面前假装成了一个特别的人，但这都不是真的。没有什么是真的。

洛塔尔非常了解她的这种虚无感，却还是来到这里寻找她，爱她。他爱她，她现在知道了，她怎么能简单地抛弃那种爱呢？

“你为什么不坐下呢？”热娜维芙问道。玛丽安艰难地咽了口唾沫。

我爱你。再嫁给我一次。

“我要和我丈夫一起回德国了。”她平静地说。

帕斯卡尔震惊地打翻了她的酒杯。

“请马上坐下来，”让-雷米小声说，“快点。”

现在，大家都带着不相信、失望和惊讶的神情盯着她。

“我不适合坐那个座位，”玛丽安提高了一点声音说，“请原谅我。”她转身离开了。

玛丽安收拾行李时，格蕾特推开了门：“你疯了吗？刚才在下面是怎么回事？”

玛丽安抿着嘴唇，继续叠着衣服。

“喂，醒醒！如果你被关在了心中的什么地方，玛丽安，给我个信号！”玛丽安停了下来。

“事情就是这样！”她用激动得快要崩溃的声音对她的邻居喊道，“我就是我！没有更多的！不是那个……乐手。不是雅恩眼中的性感炸弹。”说出他的名字使她伤心，“我不是个治疗者，也不是海语者，我不能把疯子变成正常人！我对生活一窍不通。我什么都不是。你听见了吗？什么都不是。那些人看到的是一个纯粹的幻影。”她瘫倒在床上，哭了起来。

“哦，你这个可怜的小笨蛋贝蒂！”格蕾特忍不住说。

“这是真的，”玛丽安低声说，这时她的身体已不再因抽泣而颤抖了，“我无法适应这里的生活。我不是天生过此种生活的。不管我怎么努力，我都不能成为我想成为的人，自由地生活，决定我想要什么，不害怕死亡。那根本不是我。我该在这里做些什么？继续扮演邻家的德国女巫？我害怕这种生活，害怕总是扮演超出真正的我的角色。我无法重塑自我。你能吗？”

格蕾特耸耸肩。如果她能做到这一点，她就不会花二十年时间和那个不忠的理发师在一起了。

“你可以做任何你想做的事。”她鼓起勇气说。

“我想回家。”玛丽安嘟囔道。

出租车发动着引擎等候着。玛丽安与送行的人一一握手，保罗、萝森、西蒙、帕斯卡尔、埃米尔、阿兰、让-雷米和热娜维芙夫人。

“我们永远不会改变，”热娜维芙在告别时说，“你就是这么说的，玛丽安。我们只是忘记了自己是谁。别忘了你是谁，兰茨女士。”她给了玛丽安一只信封，里面装着她的工资。

玛丽安转向让-雷米，拥抱了他一下，在他耳边低语道：“劳伦爱你，你这个笨蛋。我知道你在冷藏室里都塞了些什么。”

让-雷米不肯放开她：“我做不到，就像你做不到一样。我们都是愚蠢的人。”

埃米尔目不斜视地把手风琴盒放进了出租车的后备厢。玛丽安向他点点头，上了车。

她没有回头。她的呼吸变得越来越急促。汽车行驶到了她曾在那里搭便车去孔卡诺的十字路口，然后向右拐向阿旺港。这时，洛塔尔第一次开了口：“我没想到你会和我一起走。”

“这就是我想要的。”

“因为你爱我？”

“那对你重要吗？”

“我想还不够，不然你就不会走了。”

她什么也没说，直到他们来到了阿旺港，在那里她敲开了柯莱特位于画廊上方的公寓的门。当柯莱特意识到为什么玛丽安会在那里时，她的表情变得僵硬起来：“那么你在事情变得棘手时就要离开，是吗？”

“很抱歉……”

“不，你没有觉得抱歉。你的歉意不够。你显然对自己还不够抱歉。你仍然不觉得抱歉。”柯莱特当着她的面关上了门。

玛丽安盯着木门。她该如何接受这一切呢？

过了一会儿，门又被猛地推开了。“雅恩将于 9 月 1 日在巴黎举办他的展览。在洛翰画廊，我过去的落脚处。他本来是要给你一个惊喜的，那是因为他要秀给你看。这是他三十年来第一次展出大型画作。不过，现在他不妨把它们挂在一个名为‘21 世纪幻象’的博物馆里。”门又砰地关上了。

当玛丽安的一只脚已经踩在了台阶上时，柯莱特冲着门外喊道：“玛丽安，对我来说，你死了！”这进一步证明，她只是想象自己在这里找到了家。

“她说了什么？”洛塔尔问道。

“她祝我们一路平安。”玛丽安回答。

当他们站在雅恩的画室外面时，洛塔尔拉起了她的手。

“你一定要这么做吗？”

“这是个礼貌问题。”玛丽安说，把手从他手中抽了出来。

对一个男人说：我爱你，但我不是你想象中的人，我想回家，这真是种令人好奇的礼貌。突然，玛丽安被一种疯狂的希望攫住了，那就是雅恩会尽其所能地阻止她离开。

从雅恩的画室那又高又宽的窗户旁走过时，她突然想起，自己从来没见过他为她画的那些画。她深吸了一口气。离开是正确的选择吗？

在玛丽安走进通向明亮的、天花板很高的房间的走廊时，听见有人在啜泣。雅恩和玛丽－克劳德谁都没有注意到玛丽安走进了画室。那个上了年纪的理发师正在雅恩的怀抱中哭泣，他们面前是一幅裸体女人的画像。一个令人叹为观止的裸体女人。

然而她的哭泣很快变成了笑声；事实上，她一直在笑。她拥抱了雅恩，在他脸上迅速地吻了一下。

他们在嘲笑你和你的愚蠢。

玛丽安跑开了。现在没有必要回答对与错的问题了。

“所以呢？”洛塔尔问道，这时她又坐回了他身边，在竭力忍住眼泪，“他怎么看这事？”

“像个男人那样。”玛丽安喘息着。

“难以置信，”洛塔尔说，“你知道吗，在你因为西蒙妮的麻烦事而离开的时候，我们聊了一会儿。他对你赞不绝口，我不禁想，他是在说谁？他永远不会让他在你身上看到的那个女人离开。”

“不是西蒙妮，是西多妮，她再也不会有麻烦了——她死了。西多妮死了。”

“当然。我很抱歉。”过了一会儿，他说，“我们要在巴黎待几天吗？”他略带担忧地笑着补充道，“但前提是你这次不会逃跑。”

外面有辆汽车发动了起来，玛丽－克劳德离开了雅恩的怀抱。她笑着告诉他，她没有认出自己映在橱窗里的身影，心想，那个面色阴沉的女人是谁？直到她意识到那是她。

克劳丁刚把在阿尔莫尔的戏剧性分娩告诉了自己的母亲，并告诉她，是维克多使她怀孕的。他结婚了，所以克劳丁决定不告诉他有关他孩子的事。他爱她，选择她，应该是因为他想要她，而不是因为他觉得这是他的责任。

玛丽－克劳德当上奶奶了，她立刻跑去见雅恩，打算说服雅恩和她一起去科德鲁克，这样她就可以向玛丽安致谢了。

“这些都是很棒的画作。玛丽安见过它们吗？”

雅恩摇了摇头。

46

玛丽安觉得，自从火车驶出布雷斯特以来，她仿佛一直在追寻着自己的脚步。她和洛塔尔在布雷斯特上了车，将昆佩尔留在了身后，现在正途经奥雷，向着巴黎急驰。

她是另外一个人，但她又不是。她就是那个碰巧经历了一次大冒险的小安妮。她进入另一个世界的旅程至少让她相信了这一点：她的位置就在它一直以来的地方。她没有权利过新生活：那是种误解。

“那边是布劳赛良德，”她指着地平线上的一片森林开口说道，“那是我们梦想中的森林。魔法师梅林就葬在那里。”

“他根本就不存在。”洛塔尔一边翻着本《赛车》杂志，一边嘟囔道。

“谁说的？”

“常识。”

玛丽安没有吱声。她想起了梅林墓旁的泉水，想起了她如何站在那些环绕在他的爱情监狱周围的石头旁。石缝里塞着无数张字条，显然已经失去了所有的常识的人们将字条留在了那里，以表达他们的愿望。玛丽安就是其中之一，她曾写道："让我爱和被爱。"

"你真的想听我在科德鲁克的所作所为吗？"她问洛塔尔。

他耸了耸肩。

"我开捷豹汽车，骑伟士牌摩托车，煮龙虾，用中国明朝的盘子喂猫喂狗，救了一位修女，给人当模特，在海滩上拉手风琴。"

洛塔尔迷惑地看着她："你怎么会做所有这些事情？"

"你不相信我吗？"

他盯着她，然后又低头去看他的杂志。

"当然。是的。当然。"

"洛塔尔。"

"什么？"

"你知道阴蒂是什么吗？"

他的脸变成了猪肝色："拜托！"

"所以你知道？"

他急忙点了点头，环顾四周，看有没有人在听。

"那你为什么从来都对我不感兴趣呢？"

"你的情人一定很擅长这个。"

"现在是提起西比尔的合适时机吗？"

"我们已经谈论过西比尔了。都结束了。"

"我们的谈话只持续了不到五分钟，之后你就再也不想让我提起她了。”

“因为一切都结束了！我只要你！”

“我们必须开始与彼此交谈了，洛塔尔，开诚布公地。”

“对事情的过度分析是有可能的！时间会治愈一切伤痛——它仍然是最好的解决办法。”

“我们没有多少时间了。如果一切顺利，也许只剩二十年。”

“你总是那么夸张！”

玛丽安做了几次深呼吸：“算了吧，我会告诉你我想要什么。我想去工作，我想有自己的房间，我想拉手风琴。”

“那有什么问题吗？随你的便！”

“所有这些事情对你来说都是个问题。”

“哦，得了吧。那只是你的想象。”

玛丽安犹豫了起来。这会是真的吗？她对丈夫的记忆比他实际的要糟糕吗？难道她只是为了更好地恨他而在胡思乱想吗？她看着窗外，突然变得狐疑起来。他们一小时前已将雷恩留在了身后，不久就将到达巴黎的蒙帕纳斯车站。

“对我说几句好听的话。”她恳求道。

他不情愿地合上了杂志：“玛丽安！我来法国是为了让你回家，再嫁给我一次！我想和你一起生活，这难道还不够好吗？我还应该做什么？”

要浪漫，有爱心，温柔，有趣，见到我很开心！看着我，就好像我对你来说是世界上最重要的人。渴望得到我。尊重我。愿意，哪怕只一次，相信我。站在我这边。别再读你那本破杂志了，跟我说话！

“我爱你，”洛塔尔说，“这就是你想听的吗？”

玛丽安在脑海里与自己进行着对话。

这就是你想说的吗？

所以我才这么说！

是的，但你是认真的吗？

玛丽安，我要下车了。如果每个女人都这样做，问她丈夫他是什么意思，那么——

但并不是所有的女性都会这样做。

那也无妨！社会如何生存？一个人必须考虑整体，而不仅仅是自己！这叫作成长！

一个人总得要考虑个体。因为每个人都是一个个体，每个人都有其个人的、独特的理由。每个个体都很重要。这就是我所说的成长。

玛丽安确信，她对洛塔尔的记忆并没有欺骗她。但也许她应该开始为他做所有她希望为自己做的事情。也许她应该更有女人味，更具魅力，更自信，更有趣……

哦，上帝，别再想了。我觉得不舒服，她脑子里的声音吼叫道。它听起来像柯莱特的声音。

“是的，这正是我想听的。”过了一会儿，玛丽安答道。

她感觉到洛塔尔的手落在了她的手上。“我们应该买新戒指，”他低声说，抚摩着她光光的无名指，“否则，别人会怎么想？”

她从他手下抽出了手。

巴黎蒙帕纳斯火车站。人们像往常一样从商店之间挤过，当玛丽安经过一个鞋摊时，售货员抬起头来喊道："夫人，你看上去真迷人！"

"谢谢。你们也卖女人可以穿着它们去她该去的地方的鞋吗？"

"当然！"他拿出一双带白色圆点的红色高跟鞋。"你想在那里找到爱吗？"他向洛塔尔眨了眨眼，洛塔尔怀疑地看着他们俩。

是的，我想。

玛丽安大步走向最近的出租车。

"我们可以乘公共汽车到市中心，那样比较便宜。"洛塔尔建议道。

"我六十岁了，我不想坐公共汽车。"玛丽安回答说，上了车。洛塔尔爬进另一边的后座。当出租车起步时，他伸手去够她的手。

"原谅我。"他低声说。他把她因受惊而变得僵硬的手指按在他刮得一丝不苟、干干净净的脸颊上，偎依在她身边，闭上了眼睛。玛丽安不知道该怎么办好。洛塔尔吻了吻她的手掌。"原谅我，"他更热切地恳求着，"玛丽安，原谅我没有按你需要的方式爱你。"他拉着玛丽安的手抚摸着他的脸颊，仿佛迫切地希望她最终能出自真心地爱抚他。

就在那时，她突然意识到，自从他们再次见面以来，她一次也没有拥抱或亲吻过洛塔尔，她也不想这么做。

“我们就不能学着依照我们应有的样子去爱对方吗？”他现在在恳求她。他想把她拉到身边，抚摸她的头发，但她把他推开了。

“我过的是你的生活，洛塔尔，不是我的。为此，我一半怪你，一半怪自己。我太自满了，你也是。这与爱情无关。”

他低下了头：“假如我……假如从现在起我过你的生活，依你所想的那样生活呢？”

他还是不明白。没有人应该过别人的生活。不是我。不是他。

“有你自己的房间。你的手风琴。一旦我提前退休，情况就完全不同了。如果你愿意，我们可以时不时地去科德鲁克度假。”

时不时地去科德鲁克度假。洛塔尔提前退休。在策勒的生活。

出租车刹住了车。“前面发生了撞车事故。”司机闷闷不乐地说。玛丽安注意到，他们停在了新桥上，几乎就在那个石墙的凸起处，她就是从那里跳进塞纳河，想要结束自己生命的。

洛塔尔总是闻上去湿乎乎的吗？她解开安全带，打开门，下了车。

“你要去哪儿？”洛塔尔惊恐地问道，“玛丽安！”

玛丽安走到那个她本想寻求一切的终点却找到了新的起点的地方。如果不是两个司机将车撞到了一起，她肯定会在没留神的情况下路过这里。

生命的可能性会如此偶然吗？或者，这一切都是为了抓住这些可能性？现在，她的内心洞若观火，她的头脑也变得清晰起来，由此她确信：一切只能归结为时不时地出现的怪异时刻——一个人自己选择的时刻，自由的时刻。她突然心如止水。

现在她明白了画廊老板对她的愤怒。对于柯莱特来说，给自己一个机会的玛丽安已经死了，屈服了。她转向坐在出租车后座上的洛塔尔，他正从窗户向外凝视着她。

我不知道为什么我们女人认为，牺牲自己的欲望会让我们对男人更具吸引力。我们到底在想什么？难道一个没有愿望的人比一个追逐梦想的人更值得爱？

“玛丽安，我们得走了！”

就在这时，玛丽安意识到自己身上发生了什么。

这正是我所想的。我受的苦越多，我就越快乐。我得不到的时间越长，我就越希望洛塔尔能给我我所需要的。我相信，如果我不要求任何东西，不责备别人，不要求我自己的房间或我自己的钱，不引起任何争论，奇迹就会发生。他会说，哦，你牺牲得太多了！我对你的爱与日俱增，因为你为了我牺牲了自己！

交通又开始畅通了。

那真是太疯狂了。我为自己和自己承受苦难的能力感到如此骄傲：我想要在这方面做到完美。我任劳任怨地默然接受越彻底，他的爱就会越强烈。而我最大的放弃——放弃我自己的生命——会确保我得到他永恒的爱。

她开始咯咯地笑起来。“不过，愚蠢的是，从来没有人愿意用爱来回报我的痛苦。”她说，好奇的过路人盯着她，“你们全都一个样！”她在他们身后喊道。

爱必须通过苦难来赢得吗？

她笑出的眼泪顺着脸颊流下来。她热切地希望后代女性能比她做得更好，因为她们的母亲不曾把爱等同于放弃。

“玛丽安，我们回家吧！”现在洛塔尔也下了车。

她以前从未在他的声音里听到过这样的不安，这样一种恳求的语气，这样一种贬低自我的意愿。她想大喊：“住手！贬低你自己，你得到的将不是爱，而是蔑视！”如果有人不是为了他们的利益而离开，便没有人会感激：这是人类的残酷本性。

她走回出租车，打开后备厢，拿出行李箱和手风琴。

“你要去哪儿？”

“我不知道。”她说着，“砰”的一声关上了后备厢。她唯一能肯定的是，她渴望的远非曾经想从洛塔尔那里得到的东西。

他扑向她的手臂：“玛丽安，别离开我。求求你，现在不要走。玛丽安，我在跟你说话！如果你现在离开，你永远都不必回家了！”当玛丽安把他的手从自己的胳膊上甩开，最后一次转身面对他时，他的声音哽咽了。

“洛塔尔·梅斯曼恩，你不是我的家。”

说完，她拿起箱子，出发去寻找位于地球上的某个地方的家。她为她不再爱洛塔尔而哭泣，也为她自己曾经拒绝的爱而哭泣。

47

8月的巴黎。安静的日子，一年中最安静的日子，这时的巴黎人在南方，他们的车也在南方。街道上空空如也，空气异常纯净。巴黎已经远去，炎热聚集在紧闭的公寓、售货亭和面包店里。

玛丽安坐在圣马丁运河旁，吃着法式牛油面包。附近的河水冷却了她皮肤上的温暖光泽。在渐渐降临的黄昏的柔和光线下，四名乐手正在运河另一边的人行天桥下演奏着。“阿莱蒂号”，一艘运河船，悠然自得地驶过。

自从她把丈夫抛弃在新桥上以来，时间已经过去了四天。她不知道自己想去哪里，听任自己的双脚把她带向一个让她可以放下手提箱、随手关上门的地方。

热娜维芙在她离开时给她的那个信封里装着的钱比她在客栈和阿尔莫尔的工作所应该得到的报酬要多。艾柯里埃夫人为她的演出支付了额外的钱。玛丽安的家当共计2662欧元，一只借来的手提箱，里面装着些简单的衣物和一条蓝裙、一支香奈儿口红、一本字典、一块瓷板，还有一架手风琴。她六十岁了，没有职业，没有积蓄，也没有珠宝，但她觉得比以前任何时候都要富有。她计划待在巴黎，直到她知道自己下一步想做什么——她是如此迫不及待地想做事情，以至于一秒钟也等不下去了。

科德鲁克没有出现在她的计划中。

她在城里的玛莱区偶然发现了一个名为潘森·巴贝特（Pension Babette）的旅馆。它的每个小而明亮的、经过精心装饰的房间都有一张床、一张桌子、一把椅子和一只五斗橱，从窗子望出去，可以看到青翠葱绿的后院。她观察过在对面的大楼里过活的人们，每扇灯火通明的窗户都展示着一个不同的梦想：一个男人戴着耳机，手拿指挥棒，指挥着听不见的交响乐；一个女人把一颗心放在床头柜上的一个拧得紧紧的瓶子里，在睡觉前亲吻它；一对夫妇一边争论一边挥舞着盆栽植物，还没等她给他一巴掌，他便吻了她，后来他们吃着草莓，把腿悬在开着的窗户外面。

旅馆隔壁是一家小咖啡馆，没去度假的邻居们会在此互致问候，喝法国茴香酒，点一杯加奶油的咖啡，看报纸。第二天早上，他们开始在玛丽安吃早餐时向她问好。

她探索着这个城市，先是步行，然后是随机地走出地铁站，直到她发现了一个自行车租赁站，这算下来要比买地铁的当日通票便宜。玛丽安就这样骑着一辆银色的自行车穿梭在巴黎的大街小巷，穿过一个现在又恢复了活力的巴黎，因为有那么多的停车位都是空着的。圣日耳曼区、拉丁区，穿过索邦区，进入玛莱区，然后向西到埃菲尔铁塔，下行至香榭丽舍大街，一路将铃声按得叮叮作响。学生们在公园里和塞纳河沿岸的人工海滩上晒太阳，垂钓者们在运河里钓鱼，画家在自家的船屋上对着素描打盹儿，夕阳的余晖之中，游客们在艺术之桥上亲吻，欣赏埃菲尔铁塔的美景。

玛丽安搜索着，寻找注定属于她的地方；如果在这里找不到那地方的话，她就得到更远的地方去找。不过，首先，她想确定那个地方不是巴黎，这个给了她一个结局和一个开始的城市。她确信它会给她一个信号的。

她一次又一次地前往位于西堤岛（Île de la Cité）尽头的公园，希望能看到那个把她从塞纳河里捞出来的流浪汉。

她拂去手指上的面包屑，站了起来。"阿莱蒂号"走了，一辆伟士牌摩托车的引擎声在附近一条峡湾似的街道上回荡，盖过了《自由探戈》的乐曲。那旋律突然让一切都重新涌上了她的心头，所有那些她已在脑海里成功地阻止了的记忆，她在这座城市的大街小巷游荡，唯一的目的就是阻止思绪飞出这块土地，一路向西，前往一个位于一条河流之上的港口，进入一个房间，在那里，一只猫在嗅她的枕头，哀怨地喵喵叫着。她的心再也不打算忽视科德鲁克了。

随着伟士牌摩托车的噪声逐渐消失，一股无法阻挡的影像浪潮向她涌来——大海，海上的雅恩，让－雷米的跳舞的双脚，扫视着罗兹布拉斯的热娜维芙的眼睛，黑色花瓶里的白玫瑰，一大群舔着瓷盘的猫，还有捷豹车速表的垂直指针，西多妮握着石子的手。树林里埃米尔家屋后的鲜花盛开的花园，热娜维芙的红色礼服。

玛丽安心里有什么东西在不安地搅动着。明天是9月1日。

48

没有人会妨碍他的计划。让－雷米曾猝不及防地宣布，厨房将在八月的最后一天关闭，而实际上，今天，9月1日，一个客人也没有来。他的常客们一个也没有来：保罗没来，西蒙没来，玛丽－克劳德或柯莱特也没来。就连热娜维芙也不在。他们的所作所为都是他们的事——他一点也不在乎！他要解决他后半生的问题。

他拿起身边的东西，抽出一封他写给劳伦的信，读了起来。

我的爱，我的心，我的太阳，我的光。你知道你是我的初恋吗？这就是它的感觉——完完全全就是这样。我很茫然——就好像第一次与自己相遇。当你不在我身边的时候灼烧着我的灵魂的渴望，当你看着我的时候带给我的解脱，我想把我的一切都给你的渴望：我的心，我的希望，我甚至愿意把我的手和眼睛为你奉上。我想把我的未来和过去都托付给你，就好像它们只有在你手中时才会变得有价值。劳伦，当我说到你的名字时，它对我来说与爱情是一回事。

他把信折成船的形状，把它放在他已用其他信件做成的纸船旁边。然后他拿起了下一封。

我的花朵，你是多么激动人心，多么优雅，多么纯洁，多么伟大。单只是认识了你，便意味着我可以更加平静地死去。爱你就意味着，无论你是否爱我，我的生命都不会毫无意义，毫无价值。是的，由你来决定是接受还是拒绝我的爱，但这并不会影响这样一个事实：我会面对死亡微笑着说，那又怎样？我认识劳伦。我看到她走路，我看到她欢笑，我看到她跳舞，我还听到了她的声音。

他特别小心地折着这一封信。这是他写给劳伦的七十三封情书中的最后一封。现在，七十三只白色小船和七十三朵花躺在他身边，他把其中的第一朵——一朵像羊皮纸一样快要碎裂的白玫瑰——扔进了阿旺河。

当他让众多情书中的第一封追随着那朵玫瑰启航时，一只飞来的鞋子正中他的头部。

“这是抢劫！”劳伦叫道。她站在离防波堤只有几码远的地方，旁边是帕德里格。让-雷米嫉妒得无以复加。“那些是给我的信，不是吗？帕德里格把它们给我看了，可你从未把它们交给我！”

这时，劳伦脱下另一只鞋，朝着让-雷米扔去。他一低头，鞋子击中了麦克斯的尾巴尖。那只猫跳向空中，发出呼噜呼噜的声音，朝一旁小跑了几步，愤怒地坐下来，开始梳理自己的毛发。

“它们是我的！信件属于它们的收件人！”

“只有当它们被寄送出去的时候，”让－雷米喊道，“而我现在才送出它们。”

“哦，你这个……笨蛋！”劳伦愤怒地跺着脚。

但他们为什么要对着彼此大喊大叫，劳伦又为什么要脱鞋呢？现在她把T恤衫也从头上扯了下来！让－雷米感到呼吸急促：她美得令人难以置信，她的肌肤，她腰部的曲线，她柔软的腹部，她脱下牛仔裤后露出的臀部。

“你在干什么？”

“我去取我的信！我不想失去你的一个字！”她扯掉胸罩，最后又扔掉了她的白色内裤。她有着舞蹈家的身材。她是世界上最漂亮的姑娘，让－雷米想，是最勇敢、最美好、最出色的姑娘。

劳伦走向码头，去拯救那第一封情书。她忘记了，她曾决定向让－雷米迈出一步，就一步。她准备来个长长的飞跃。但让－雷米站起身朝她跑去。

“不！”他喊道，“我把它记在心里了！”

这时，那只纸船已经漂到了河中央，以越来越快的速度旋转着，即将被流水冲走。

劳伦的眼里含着泪水，她说：“但它是第一封，让－雷米。第一封永远是最重要的。”

你想让我写多少我就写多少，他想。成百上千，年复一年。你会拥有我的整个言语图书馆，我会在厨房里禁盐，因

为我会永远爱你，即使我们已经是夫妻、爸爸妈妈和爷爷奶奶了。但他没有将这话说出口。

她想要那封信？她会得到那封信的！让-雷米脱掉鞋子和衬衫，跳进水里。当他振臂向前游去时，激流和漩涡扣住了他，卷扭着他，他的脑海里充满了他在给劳伦的第一封情书中写下的每一句话。

他游着，不断地抻长脖子，以防看不见那只小船。他的胳膊在燃烧，水变得越来越冷了，他的脚指头也几乎不能动了，但他还是尽可能快地游着，即使这意味着要跟着小船进入大海，在那儿淹死！

河水仙子们似乎被这个追逐自己的文字的泳者给逗乐了。她们让纸船跳起舞来，让小波浪朝他扑来，让他变得气急败坏，让那封情书忽东忽西，仿佛她们在互相抛球似的。然后，她们把它推入阿旺河的一条支渠，让-雷米感到自己越来越小的力气在请求他放弃，干脆仰面朝天地随波逐流，用愤怒和无力的眼泪去追赶着它。

然而，大海的统治者尼缪与让-雷米达成了协议，让那封信驶向他。他拿到它了！他转过身来，面对着仍站在埠头边的劳伦。他已经游得远离了海岸，现在他不得不逆流而上。当他的呼吸平静下来时，他用牙齿咬住那封信，开始往回划。

当他爬上科德鲁克港口岸壁的梯子时，劳伦先是从他的嘴里取下那封信，然后向这个气喘吁吁的男人俯下身去。她双手抱着他的头，把湿漉漉的黑发从他的额头上拨开，无论她的身体碰到他身体的哪个部位，那里都会变得温热起来。

“让 - 雷米。”她在吻他之前耳语道，嘴唇轻轻地触到了他的唇。他心爱的人的亲吻、她的亲昵、她的皮肤、她的气味、她的脸和她的微笑让他如此震惊，以至于几乎仰面摔倒在水里。

她退后几步，小心翼翼地展开那只湿纸船。

劳伦，你是我的一切。你是我的早晨，我的微笑。你是我的恐惧，你是我的勇气。你是我的梦想，我的光明。你是我的夜晚，我的呼吸，你是我最重要的一课。我求你允许我爱你，我求你让我一辈子都陪在你身边。

她读了很长时间，细细品味着，让那些字句回荡在她的灵魂深处。当她抬起眼睛时，她的表情显得十分庄重。

“好的。”她说。

好的。这是世界上最美的词汇。

49

“爱？你什么意思，爱？”

“艺术家若想有所成就，就必须爱。”

“胡说。他必须自由，否则他就成不了艺术家。没有爱，没有恨，没有任何明确的情感。”

保罗挽着萝森从两个男人身边走过，悄悄地对她说：“这是我们第一次与巴黎艺术评论家擦肩而过。”

“这正是预展该有的感觉。”她低声回答。

他把手滑到她的屁股上。“我们去找地窖吧。”他喃喃地说。

没人能真正回忆起是谁的主意，让大家在让-雷米突然罢工后去巴黎参观雅恩·戈梅的展览。雅恩本来想取消这次展出。他本想烧掉、销毁、撕碎这些画作，但柯莱特把它们存放在了一个密封的容器里。她知道，艺术家们有时会在自己的作品即将展出之前这么做：他们会感到焦虑，担心有人会抢走他们的画，而他们在其中投入了所有情感和想法：他们害怕自己的灵魂被偷走。

柯莱特选择的时间恰到好处。9月的第一天是回归日，人们要在这一天返校和回去工作。人人都回到了巴黎，迫不及待地想从在外地的生活中恢复过来，狼吞虎咽地扑向文化和新奇事物，直到他们再次与这座城市的节奏同步。

帕斯卡尔像个吃惊的孩子般走过那些画作。埃米尔支起一条腿坐在一个壁凹处，旁边是一扇高大的平开窗，从那里望出去，可以看到利皮克街（Rue Lepic）。西蒙紧紧地抓着格蕾特的手走到他跟前。“当她本人不在这儿的时候，看到她真是奇怪。”渔夫说。

“她在这儿。”埃米尔咕哝着，转过身来，挥动手臂做了个横扫的姿势，将保罗和萝森、热娜维芙和阿兰、柯莱特和玛丽-克劳德（她说话声音有点太大，有点太过兴高采烈，因而无法掩饰刚当上奶奶的紧张感和陌生感）都划入其中。这些人正鱼贯地慢慢走过那些画着玛丽安的画作，仿佛想把每一个最近的细节都印在他们的记忆里。他们中的许多人都在那幅展示她在舞台上发出耀眼光芒的绘画前停下了脚步。这幅画的名称是《月亮音乐家》。

“看，她在他们的心中，在他们的微笑里，在他们看着她、想着她的时候。尤其是在那里。”

他俩都望向雅恩·戈梅，他正凝视着一幅玛丽安站在贝壳屋的窗前的画像。她的胎记，她身后闪闪发光的天空，背景里的一道波浪：这是一幅由无数深浅不同的红色构成的画作，大海在她的眼睛里闪闪发光。雅恩把这幅画命名为《玛丽安的爱》。

“它表现了她的什么？”西蒙问道。

“她让你想起了自己的梦想，让你回到了当你还有一些梦想的时候。”埃米尔慢慢地说。

渔夫点点头：“没错。看看他们——他们突然都在回忆自己的梦想。”

柯莱特陪着客人们来到画展现场，在印有画作名称的卡片上点上一个古怪的黄色圆点，表示这幅画已被选中，将在展览结束后出售。

西蒙、格蕾特和埃米尔注意到，现在正有越来越多的巴黎人出现在画廊门口，其中一些人希望能赶上柯莱特的脚步。柯莱特看上去很虚弱，脸色苍白，一身黑衣。她对西多妮的爱软化了她的容貌，但她的悲伤使她的动作变得僵硬而机械，仿佛没有了西多妮的陪伴，她再也感觉不到身体的界限了。

这时，一个身穿粗花呢西服、拿着只类似公职人员拎的那种公文包的男人走到雅恩跟前，把画家从沉思默想中唤醒。他们走向《玛丽安的爱》。那人指着那块曾经像火一样将雅恩快速吞噬的胎记。雅恩耸了耸肩，埃米尔站起来，靠在西蒙身上，这样他俩就能悄悄地走得更近些，偷听他们的谈话。

“……遗传和系谱研究可以利用色素的异常，例如这个惊人的例子，从而得出某人是否可能是凯尔特德鲁伊的后裔……”

那男人正在用更加兴奋的方式试图解释，在他看来，玛丽安的火焰标志的特殊图案可能意义非凡，即可追溯至在亚瑟王时代诞生了那么多魔法师和骑士、女德鲁伊和治疗师的那个民族。然而雅恩已不再听。

他瞥了一眼那个穿红衣服的女人，她刚刚走进洛翰画廊，慢慢地摘下她那别致的墨镜，现在正无助地环顾四周——看着那 27 幅油画、18 幅墨水画和 30 幅水彩画，它们全都画的是同一个女人。

“玛丽安！”

玛丽安没有听到雅恩的喊声。她以前所未有的眼光看着自己。她的心一直在狂跳，当她穿着领口深开的红裙穿过这座城市走向画廊时，她感到很害羞。裙子长及膝盖，丝绸质地，具有红色的温暖色调。她是在一家修改旧衣的裁缝店发现它的，裙子的主人忘了来拿它，在之后的两年时间里，它便一直摆放在满是灰尘的橱窗里。她感谢那个陌生人没有足够的勇气去面对这条裙子，而把它留给了她去发现。

潘森·巴贝特的接待员尼古拉斯不仅挖出了洛翰画廊的地址，还走到街上，以便在夕阳的余晖中更好地看看玛丽安。“惊艳。”他说。

而现在她就在此处，站在这些绘画前，它们向她展示了一个她乍一看完全认不出来的玛丽安。将脸朝向夕阳的玛丽安。沉睡的玛丽安。一幅肖像，画的是刚刚接吻之后的她，唇上挂着一丝微笑，沉浸在遐想中。一个在海边拉手风琴的女人。一个裸体的玛丽安。

她通过一个爱她的男人的眼睛看到了自己，她发现自己是美丽的：她拥有被人爱着的女人特有的美丽。她的灵魂改变了。她看到她有许多面孔：悲伤的和放纵的，温柔的和骄傲的，梦幻中的和音乐中的。有一幅画，她知道那上面的自己在思考什么——一条死胡同。她的表情是无限凄凉的，她的眼睛毫无生气，她的嘴唇沮丧苦涩，她脸上的皱纹既深且粗。

在她没有注意到的情况下，其他的参观者给她让出了位置。当她从一幅画走向另一幅画时，有些人在她身后注视着。“那不是……”“看起来就像……”“你认为他们是一对吗？”

最终，她站在了《玛丽安的爱》前面。这张脸显示了她恋爱时的样子。它让她知道了她的所有力量和能力，她的所有欲望和意志力：这是她存在的本质。它带有一种自由的感觉，一种狂野的性感，一种灵气。她的爱就像炽热的大海。

雅恩走到她身后。她不用转身就能感觉到他的存在。她也不需要问他是否会阻止她：绘画的力量使这个问题变得多余。

“这就是你眼中的我吗？”她平静地问道。

“你就是这个样子的。”他说。

你就是这个样子的。你的灵魂是五颜六色的万花筒。

玛丽安转身面对他。

“你有了一张新面孔。我该怎么称呼它？”他问。

她望着他，强烈地感到，在她的余生中，她会和这个男人水乳交融地生活在一起，她还感觉到，她再也不会让自己剥离这种感觉了。

在摆在她面前的各种可能性中，选择雅恩是最容易的一种。当然，她可以走出去，进入世界，去爱其他男人——更高的，较矮的，有着不同的笑纹和不同的眼睛的，他们的眼睛像星辰、山间湖泊或融化的巧克力一样闪着光芒。她可以和不同的朋友到地球的另一端去旅行，那里有不同的河流和房间，在这些房间中，她和她的瓷板画可以单独入眠，毫无疑问将有一只猫会来拜访他们。

但那都是没有必要的。她选择这个站在她面前的男人。她离不开他。他们可以稍后再讨论细节。

"玛丽安还活着，"她回答，"这就是这张脸的名字。"

幸福就是爱我们所需要的，需要我们所爱的——并得到它，雅恩想。

"你愿意和我们一起回科德鲁克吗？"他问。

"愿意。"玛丽安说。科德鲁克拥有她对生活所期望的一切。

然后，仿佛他们再也无法忍受凝望彼此却无法感觉到彼此的状况，紧紧地拥抱在一起，其力度之大，使得他们在接吻时牙齿发生了碰撞。他们笑了，又亲吻了一次，这次比较温柔，但他们的笑声则越来越大，他们站在那里，纠缠在一起，直到整个房间都充满了欢笑声。

跋

人们说，这只不过是个传说。*la nuit de samhain*：属阴节之夜，黑暗月份的开始。这是祖先和生者聚集的夜晚，在这个夜晚，时间和空间被叠加在一起，在十二个没有名称的小时里，过去、现在和未来变得无法区分。另一个世界从迷雾中显现，把我们的死者还给我们一个晚上。我们嘱托他们在以后的日子里向神明、魔鬼和仙女询问我们的命运。

然而，当人类遇到各种元素时，英雄和仇恨者，各自都应该正大光明地坚守自己的立场，因为很少有灵魂能在两个互相交汇的世界之间的战斗中幸存下来。任何一个在黑暗道路上迷失了自己的人，或任何一个位于通往另一个世界的水门边的人，都会遇到只有德鲁伊或女祭司才能击败的灵魂。凡到外面去冒险的，必被吸入死人的国度中，要与他们同住一年。即使他们真的回来了，也没人能看到他们。

尽管如此，玛丽安还是在这样一个夜晚走向大海去迎接她的亡灵。为了纪念死者，她独自离开了宴会。在这个节日上庆祝的不仅是死者，因为她和热娜维芙也把它变成了一个女人的节日，就像被遗忘的凯尔特和布列塔尼神话曾经要求的那样：女人的爱溶解了所有的边界，超越了死亡和时间所能达到的范围。

向这个世界和那个世界的妇女致谢的方式是由燃烧着的一束束谷物构成的祭品，经过一分钟的沉默，它们将被盖住并熄灭。这是夏天结束的标志，当下一束谷物被点燃时，一个新的周期便开始了。每张桌子上都有一个额外的座位，还有一把空椅子，它们是留给那些受到邀请的从另一个世界来的人的。所有的灯都会熄灭一分钟，这样死者就可以在不被人看见的情况下爬进他们的船只，在窗台上的蜡烛的指引下出发前往这个世界。

每个狂欢者都有责任为自己被禁止的行为辩护，或者原谅别人的行为，每个人都有义务列出自己希望在接下来的一年里在属阴节到来之前想要经历的事情。这张生活清单也是玛丽安的主意。

唯有一个人，她曾告诉他，在这个由模糊的世界构成的夜晚里，他不需要苦苦地等待她，他就是雅恩。

雅恩，有拥有他的夜晚，也有没有他的夜晚。当他们把西多妮的骨灰带往那些石头所在地，并将它埋葬在那里的时候，有些日子充满了音乐，有些日子浸透了哀伤。当西蒙和格蕾特以情侣的身份双双前去参观诺曼底的卡度瓦酿酒厂并返回时，当保罗和萝森第二次说出“我愿意”时，都会出现数小时的奇迹，而玛丽安在登记处第一次获知，保罗的出生地是法兰克福。他是个德国人，但他最不像德国人。当他加入外籍军团时，他抛弃了他不再想成为的一切——一个党卫军军官的儿子。这是个使他的一生都蒙上了阴影的秘密。玛丽安仍旧不跟他说一句德语，因为这是他的意志，自从她有了自己的意志以后，她便更尊重别人的意志了。

当让-雷米和劳伦要求她给孩子们取名时，曾有几分钟的快乐时光；当玛丽安从她的房间里望出去，望着窗外太阳和天空在阿旺河上的桃红色反照时，也曾有几秒钟的感恩时光。

还有那些在科德鲁克港的循环往复的星期一，每当这时，玛丽安都与爱她的朋友们坐在一起，谈论上帝、女神、世界和大大小小的梦想。

现在，在这个夜中之夜，她坐在海边。她在身旁放了只折凳，以防备死者中有人想坐下来。

她闭上眼睛，为死者、为女性、为大海演奏了一首歌。这首歌没有名字，她的手指随心所欲地弹奏着。“*Sa—un.*”她低声说，这是布列塔尼语给予这个永恒的时刻的称谓。*Sa—un*，海浪低声回应道。你准备好迈入这段昙花一现的旅程了吗？

玛丽安觉得自己听到了脚步声和欢笑声。当死者跑过沙滩，在沙滩上留下脚印时，她觉得自己能感觉到风的拂过。

你幸福吗？问她的是父亲。他坐在她旁边，双手合十，凝望着黑色的大西洋。

“是的。”

我的坚韧不屈的女孩。

“我爱你，”玛丽安说，“我想你。”

他有你的眼睛，她的祖母说着，跨过波涛向她走来。我爱你的祖父，在他死后，再也没有爱过别人。当一个男人让你的生活变得如此丰富，以至于在他死后你不再需要别人时，这是一种罕有的幸福。

“他是个魔法师吗？”

任何依照她应得的方式去爱一个女人的男人都是魔法师。

玛丽安睁开了眼睛。她的手指停止了弹奏。海滩上空无一人，沙滩上没有脚印，但他们全都在那儿：亡灵、黑夜和大海。大海向她献上了勇敢和爱情之歌。它来自遥远的地方，仿佛世上的某个地方的某个人多年前就曾唱过它，唱给岸上那些不敢冒险的人。